맹자독설

맹자독설 (큰글씨책)

초판 1쇄 발행 2021년 1월 15일

지은이 정천구
펴낸이 강수걸
편집장 권경옥
펴낸곳 산지니
등록 2005년 2월 7일 제 333-3370000251002005000001호
주소 부산광역시 해운대구 수영강변대로 140 BCC 613호
전화 051-504-7070 | 팩스 051-507-7543
홈페이지 www.sanzinibook.com
전자우편 sanzini@sanzinibook.com
블로그 sanzinibook.tistory.com

ISBN 978-89-6545-701-5 03800

고전오디세이 02

과거와 현재를 관통하는 고전의 힘

맹자 독설

정천구 지음

산지니

『논어』의 첫머리에 나온다. "길벗이 먼 데서 찾아오니, 이야말로 즐겁지 아니하냐!"(有朋自遠方來, 不亦樂乎!) 꼭 이태 전이다. 『논어, 그 일상의 정치』를 내놓은 게 계기가 되어서 출판사 사장이 국제신문의 조봉권 기자를 데리고 나를 찾아왔다. 대뜸 『맹자』에 관심이 많아서 꼭 한번 제대로 다루고 싶다고 했다. 나도 맞장구를 쳤다, 21세기에는 『맹자』를 제대로 이해하고 써먹는 나라가 이긴다고 말하면서.

이러저러한 일로 미루어졌다가 올해 봄부터 『맹자』로 현재 이 나라에서 일어나는 갖가지 일들을 조명하는 작업을 했다. 의도는 크게 두 가지였다. 첫째는 고전의 진면목을 보여주자는 것이었다. 대체로 고전이 좋다고들 말하지만, 제대로 읽은 이도 드물고 고전이 구체적으로 어떻게 유용한지를 아는 이는 더욱 드물다. 수많은 고전 번역서들이 나오지만, 대부분 거기서 거기다. 신선한 해석은 제쳐두더라도 명쾌한 번역이나 풀이조차 드물다. 이런 상황에서는 고전이 얼마나 유용하고 흥미로운 책인지 느끼기가 어렵다. 그래서 『맹자』를 통해 지금 이 시대, 이 사회의 일들을 제대로 다루기만 하면, "아, 고전이 이런 것이구나!" 하면서 고전의 참된 가치를 알게 되리라 여겼다.

그리고 독자들로부터 그런 반응을 충분히 끌어냈으니, 의도한 대로 이루었다고 자부한다.

두 번째 의도는 변화해야 할 시기에 제대로 변화하지 못하고 답보 상태에 빠져서 허우적대며 신음하는 우리 사회의 병증을 진단해서 시민들 스스로 반성하고 자각하면서 일어설 계기를 갖게 해주자는 것이었다. 무슨 거창한 일을 꾀한 듯하지만, 고전을 다루면서 가질 수 있는 당연한 기대다. 이 시대의 병폐를 현재의 언설로만 파고들면 별다른 감흥이나 자극을 주지 못한다. 그러나 고전을 끌어와서 비추다 보면, 새롭게 들여다볼 수 있다. 사람들이 갖는 탐욕이나 어리석음, 거기서 비롯되는 갖가지 그릇된 일이 예나 이제나 다르지 않다는 것에서 놀라움을 경험하면서 동시에 일을 바로잡고 다시 세우는 길이 고전에 들어 있다는 것, 아니 정확하게는 바로 지금 여기에 있다는 것을 알아채게 하려는 것이 이 글을 쓴 이유다.

이 글에서 거론한 사건이나 현상이 시사(時事)라서 그 짙은 시의성(時宜性)을 문제로 삼는 이도 있으리라. 그런데 본래 고전이라는 것이 시의성의 산물 아닌 게 없다. 특정한 시대, 특정한 곳에 만연한 병폐를 진단하는 데서 비판적 사유가 나오고 그 해법을 찾는 과정에서 통찰력이 발휘되어 새로운 사상이 제시되면, 시의성을 넘어 보편성을 갖는 언설이 구축된다. 바로 이런 언설이 후대에 고전으로 불리면서 지속적으로 영향을 끼친다. 『논어』를 비롯해서 동양 고전을 두루 살펴보라. 이 점을 간단하게 확인할 수 있으리라. 시의에 적절한 것이 곧 고전의 생명이다. 이 글 또한 2011년이라는 특정한 해를 넘어서 오래도록 읽힐 만한 가치를 가지고 있다고 나는 자부한다. 현실에 대한 진단과 비판에서뿐만 아니라 『맹자』에 대한 이해와 해석에 있어서 충분히 지속적인 가치와 의의를 갖는 책으로 남으리라 확신한다. 물론 이를 알아주고 읽어줄 이는 독자 여러분이지만 말이다.

2011년 3월 9일에 「프롤로그 : 왜 지금 맹자인가」를 쓰면서 「맹자, 현대도시를 거닐다」의 연재가 시작되었고, 12월 14일에 「에필로그 : 고전은 현재를 돌아보는 거울」(몇 편은 이 책에서 제목을 약간 바꾸었다)을 쓰면서 마무리되었다. 모두 32회에 걸쳐 연재되었다. 이 글들을 쓰면서 거의 한 해를 다 보낸 셈이다. 시한을 맞추어야 한다는 어려움도 있었지만, 그만큼 즐거웠고 또 보람도 있었다.

신문의 가치가 예전과 달라졌고 또 전국에 두루 독자를 가진 신문이 아니라서 많은 이들이 읽지는 못했지만, 그래도 읽은 이들이 재미있었다든지, 신선했다든지, 어조가 너무 셌다든지 말해줄 때마다 자못 기뻤다. 이제 책으로 다시 엮어서 내려고 한다. 전체 구성은 신문에 연재된 순서대로 하였고, 내용에서도 달라진 것은 거의 없다. 본래의 글맛을 그대로 살리는 것이 낫다고 생각해서다. 신문지면의 속성으로 말미암아 원고 분량의 제한을 받아서 미처 하지 못한 말이 있을 경우에는 조금 덧붙이기는 했지만, 흐름이나 구성, 대의는 전혀 손대지 않았다. 또 독자들이 고전의 맛을 더 느낄 수 있도록 신문에 실을 때는 없었던 『맹자』 원문을 각 글의 끝에 덧붙여 두었으며, 원문 뒤에 그 편명을 밝혀두었다.

내 고집대로 글을 그대로 실어주었던 국제신문의 문화부와 편집부 여러분께 고마움을 표하고 싶다. 내 글을 읽으면서 함께 즐거워해주신 독자들께도 고마워하는 마음을 드린다. 이제 다시 책을 엮느라 애써주신 분들께도 고맙다.

2011년 12월 14일 금정산 기슭
낙서재에서 정천구 쓰다

차례

프롤로그

왜 지금 맹자인가

맹자가 제(齊)나라 선왕(宣王)을 만났을 때, 이렇게 물었다.

"왕의 신하 가운데에 자기 아내와 자식을 벗에게 맡기고 떠난 자가 있습니다. 되돌아와서 보니, 그 아내와 자식이 추위에 떨고 굶주리고 있었다면, 그 벗을 어떻게 하시겠습니까?"

선왕이 대답하였다.

"버리겠소."

"무관이 무사들을 다스리지 못한다면, 어떻게 하시겠습니까?"

"내쫓겠소."

"나라 안이 다스려지지 않으면, 어떻게 하시겠습니까?"

왕은 좌우를 둘러보면서 딴말을 하였다.[1]

이미 천자의 위세가 땅에 떨어진 시대에 더 이상 천자에게 복종하는 제후가 아닌 어엿한 왕국의 통치자였던 선왕을, 더구나 제후국들 가운데서도 가장 강력했던 제나라의 왕을 궁지로 몰아넣는 맹자의 논변은 제왕들에게는 마치 망나니의 칼과 같이 느껴졌을 법하다. 반면에 신하들이나 백성들이라면 자못 상쾌함을 느꼈을 것이다. 아닌

게 아니라, 맹자는 "백성과 사직과 임금 가운데서 백성이 가장 귀하고 임금은 가장 가볍다"[2]고 했던 사상가다. 물론 백성을 오늘날의 시민이나 국민의 개념으로 말한 것은 아니고 전근대의 신분적 개념으로 말한 것이지만, 그렇다고 해서 그의 사상을 폄하하는 것은 곤란하다. 맹자가 살았던 시대와 우리 시대는 엄연히 다르지 않은가.

어쨌든 맹자의 이런 사상은 제왕을 모든 법 위에서 군림하는 절대적인 존재로 여기는 이들에게는 매우 꺼림칙하게 여겨졌을 것이다. 흥미롭게도 '만세일계(萬世一系)'를 내세우며 천황가의 순수성과 존엄성을 자랑하는 일본에서는 맹자의 사상을 위험시하였는데, 그것은 바로 맹자가 백성을 가장 귀하게 여기고 '역성혁명(易姓革命)'을 주장하였기 때문이다. 그래서 "『맹자』를 실은 배가 일본에 가까이 오면 침몰한다"는 말이 일본에서는 크게 유행하기도 했다. 거기에서도 『맹자』라는 고전에 내재한 힘을 느낄 수 있다.

시대의 소명을 자임한 맹자

맹자는 이름이 가(軻)요, 자는 자여(子輿)다. 대략 기원전 372년에 태어나 기원전 289년에 죽었다. "나이 마흔에 흔들리지 않는 마음(不動心)을 지녔다"[3]라고 말한 그는 "천하를 바르게 다스리려 한다면, 지금 시대에 나를 빼고 누가 있겠는가!"[4]라고 호기 있게 외칠 만큼 매우 강건한 기질을 지닌 사상가였다. 그러한 기질은 『맹자』 곳곳에서 진하게 느낄 수 있는데, 이 때문에 공자와는 사뭇 다른 행보를 하였다.

맹자는 "뒤로 수십 대의 수레를 거느렸고, 따르는 자들이 수백 명이었다"[5]고 한다. '상갓집 개'라 불릴 만큼 초라하게 제후들을 찾아다녔던 공자와는 사뭇 다르게 맹자는 당당하게 천하를 주유했다. 맹자가 직설적이고 때로 거칠게 느껴지는 어조와 논법을 구사하는 것도, 꽤 억지스럽게 여겨질 만한 주장을 아주 대담하게 펼치는 것도 그런 기질에서 기인하는 것이리라. 이 때문에 순자(荀子, 기원전 298~기원전 238)에게서 맹렬한 비난을 받기도 하였다.

> "어떤 이들은 선왕의 법을 얼추 본받기는 했으나 그 본줄기는 알지 못하며, 그런가 하면 재주가 대단하고 뜻은 크지만 견문이 이리저리 뒤섞여 있다. 지난 일을 상고하여 학설을 만들고는 그것을 오행이라 부른다. 아주 치우쳐서 조리에 맞지 않고, 넌지시 감추고는 밝히지 않으며, 막히고 간략해서 알맞은 해명이 없는데, 그럼에도 언사를 꾸며서는 그런 주장을 아주 공경하며 말하기를, '이야말로 참으로 앞선 군자의 말이로다'라고 한다. 자사(子思)가 앞서 주장하고, 맹자가 그에 화답하였다."(『순자』「비십이자(非十二子)」)

맹자의 성향이나 논법, 주장 등을 제대로 꿰뚫어보고 신랄하게 비판한 순자는 맹자를 유가와 천하에 큰 죄를 지은 자로 여겼다. 그러나 순자가 비판한 까닭을 되씹어보면, 거기에서 오히려 맹자의 독자적인 의의와 가치를 발견할 수 있다. 말하자면, 맹자의 사상이 꽤나 독창적이고 혁신적이었음을 알 수 있다. 그렇지 않은가? 공자의 사상을 그대로 이어받는 데서 그쳤다면, 순자가 그렇게까지 비판하지는 않았을 테니까.

유교의 아성(牙城)을 구축한 아성(亞聖)

맹자를 일컬어 '아성(亞聖)'이라 한다. 왜 그가 공자에 버금가는 성인이 되었을까? 사실 맹자가 없었다면, 공자의 사상도 신기루처럼 사라졌을지도 모른다. 물론 역사에는 가정이란 게 없지만 말이다.

공자에게는 이미 수많은 제자들이 있었다. 사마천의 『사기』 「중니 제자열전」을 보면, 육예(六藝)에 통달한 제자가 모두 일흔일곱 명이었고, 특히 덕행과 정치, 언어와 문학에서 탁월했던 제자만도 열 명이었다고 한다. 그럼에도 불구하고 맹자의 시대에는 유가(儒家)가 도가(道家)의 양주, 묵가(墨家)의 창시자인 묵적에 눌려서 기를 펴지 못하고 있었다. 왜 그렇게 되었을까? 공자의 사상을 제자들이 창조적으로 계승하지 못했기 때문이었으리라.

춘추전국시대는 그야말로 백가(百家)가 쟁명(爭鳴)할 수밖에 없었던 전란과 반역, 혼란과 부침이 끊임없었던 시대였다. 그렇다고 혼란의 시대이기만 한 것은 아니었다. 진정으로 문명사가 전개될 수 있는 토대가 형성되던 시대, 중세를 예고하고 예비하던 시대이기도 했다. 칼 야스퍼스가 '축의 시대'(The Axial Age, 기원전 900~기원

16

전 200)라고 명명했던 그 시대였다. 20세기와 21세기의 급격한 문명사적 전환만큼이나 급변하던 시대였다. 그러니 한때의 사상이 어찌 아무런 수정이나 변화를 겪지 않고서 백 년 이상 지속될 수 있었겠는가. 더구나 공자의 사상은 체계화되지 못한 채 남아 있었으니, 더 말해 무엇하랴.

맹자는 공자가 죽은 때로부터 150여 년 뒤에 태어나서, 격렬한 전쟁으로 무수한 소국(小國)이 사라지고 이른바 전국칠웅(戰國七雄)을 중심으로 세력 판도가 재편되던 시대를 살았다. 왜 맹자가 그토록 '왕도(王道)'를 강력하게 주창했는지는 그 시대를 제쳐두고는 이해할 수 없다. '사단(四端)'이나 '성선(性善)' 등의 학설을 내세우고, "백성이 가장 귀하다"고 주장한 것도 그 시대의 병폐를 치유하기 위한 것이었다. 이러한 학설은 공자가 말하지 않았거나 넌지시 던지고만 것들이다.

물론 순자에 이르러서야 유가의 학문이 오롯하게 집대성되기는 했지만, 그 전에 먼저 맹자가 등장하여 공자로부터 시작된 유학을 탄탄하게 다져야만 했다. 맹자를 통해서 유가는 다른 학파에 짓눌리지 않고 당당하게 설 수 있는 기반을 마련할 수 있었다. 말하자면, 맹자가 유교의 아성(牙城)을 구축했던 것이다.

고전은 과거와 현재를 관통한다

고전은 결코 '지나간 시대의 유물'이 아니다. '과거와 현재'를 관통하는 힘을 지닐 때에만 고전이 된다. 그리고 그러한 힘은 재해석을 통해서 드러나며, 재해석은 늘 해석자의 구체적인 체험, 현재의 삶 속에서 이루어진다. 『맹자』가 고전이라면 거기에 담겨 있는 힘이 재해석을 통해 용틀임을 할 것이고, 그 힘은 우리에게 필요한 통찰력을 줄 것이다.

당대(唐代)에 도교와 불교가 극성하면서 유교가 쇠퇴하자, 한유(韓愈, 768~824)는 "양주와 묵적, 노자, 장자, 불가(佛家)의 학문을 길잡이로 하여 성인의 도에 다다르고자 하는 것은 뱃길이 끊긴 강이나 호수를 항해하여 바다에 다다르기를 바라는 것과 같다. 그러므로 성인의 도를 보려는 사람은 반드시 맹자로부터 시작해야 한다"고 말했다. 한유는 유교의 부흥을 위해 공자가 아닌 맹자를 거론했다. 그 시대가 온유한 공자보다는 단호하고 과감한 맹자를 요구했기 때문이리라. 이제 『맹자』의 힘을 빌리려 하는 까닭도 여기에 있다.

사실 21세기의 10년을 보낸 이 시점에서 한국 사회를 돌아보면, 답보하고 있다는 느낌을 갖지 않을 수 없다. 외형적인 변화와 달리 잘 드러나지 않는 내적인 답보! 엄청난 속도로 경제를 일으키며 달려온 천리마가 거대한 장벽을 만나서 갑자기 우뚝 서버린 꼴이다. 천리마는 어찌해야 할지를 몰라서 머뭇머뭇 주춤거리고 있다. 아니, 장벽이 바로 앞을 가로막고 있는지도 아직 알아채지 못하고 있는 듯하다.

그런데 이 장벽은 단순히 경제적 장벽이 아니다. 정치 · 경제 · 문화 · 종교 · 교육 등 모든 분야가 뒤얽힌 장벽이다. 이제 이 장벽을 무너뜨리거나 뚫고 나아가기 위해서는 다소 거친 방법을 써야 한다. 좌

충우돌해야 한다. 이리저리 내달리며 이곳저곳을 들쑤시며 돌아다녀야 한다. 그렇게 하는 데에 『맹자』보다 더 나은 고전을 찾기는 힘들다.

　나는 현대의 갖가지 현상, 특히 한국 사회의 병증을 잘 보여주는 일들을 찬찬히 들여다보면서 『맹자』를 새롭게 읽으려 한다. 그러다 보면, 『맹자』가 고전인지 아닌지, 어떤 면에서 고전이라 불리는지 뚜렷하게 드러날 것이다.

● 원문

1) 孟子謂齊宣王曰: "王之臣有託其妻子於其友而之楚遊者, 比其反也, 則凍餒其妻子, 則如之何?"
王曰: "棄之."
曰: "士師不能治士, 則如之何?"
王曰: "已之."
曰: "四境之內不治, 則如之何?"
王顧左右而言他.(「양혜왕」하6)

2) "民爲貴, 社稷次之, 君爲輕."(「진심」하14)

3) "我四十不動心."(「공손추」상2)

4) "如欲平治天下, 當今之世, 舍我其誰也?"(「공손추」하13)

5) 彭更問曰: "後車數十乘, 從者數百人, 以傳食於諸侯, 不以泰乎?"(「등문공」하4)

맹
자
독
설

맹
자
독
설

인의를 해치는 '한낱 사내'들

제나라 선왕이 물었다.

"탕(湯)이 걸(桀)을 내쫓고, 무왕(武王)이 주(紂)를 쳤다고 하는데, 그렇습니까?"

맹자가 대답하였다.

"기록에 있습니다."

"신하가 그 임금을 죽여도 됩니까?"

"어짊(仁)을 해치는 것을 '적(賊)'이라 하고, 올바름(義)을 해치는 것을 '잔(殘)'이라 합니다. 어짊을 해치고 올바름을 해치는 자를 '한낱 사내'라 부릅니다. 한낱 사내인 주(紂)를 죽였다는 말은 들었어도 임금을 죽였다는 말은 듣지 못했습니다."[1]

생활(生活)이라면 말 그대로 '살아가는 활기'가 있어야 하는데, 요즘 서민들은 그런 활기를 잃어버린 듯, 아니 빼앗긴 듯하다. 지난 겨울 그 유난한 추위도 이겨내고 이제 봄을 맞았는데도 말이다. 햇볕조차도 어찌할 수 없는 냉기가 마음속에서 활기를 짓누르고 있어서다. 당연히 그 원인은 일상을 고단하게 만드는 현실에 있다. 이웃 나라 일본에서 일어난 지진과 해일, 화산 폭발은 더욱더 심란하게 만든다.

2010년 세밑에 시작되어 축산 농가를 해가 넘도록 괴롭히고 서민의 밥상까지 위협하고 있는 구제역. 호미로 막을 걸 가래로도 막지 못하는 지경에 이르더니, 이제는 구제역 매몰지의 악취와 수원 오염 문제로 또다시 떠들썩하다. 슬금슬금 오르던 휘발유 값도 이제는 대놓고 올라버려 리터당 2천 원에 육박하고 있다. 휘발유 값만 오른 게 아니다. 생필품 가격이 일제히 고공행진을 거듭하고 있다. 전세난도 심각하다. 그런데도 정부에서는 제대로 된 대책 하나 내놓지 못하고, 국회에서는 여야가 밀고 당기기만 하며 쓸데없이 힘을 낭비하고 있다.

아, 민생 곧 서민의 '생활'은 어디에서 찾을까? 봄은 왔으나, 봄이 아니로다!

봄은 왔으나 봄이 아닌 까닭

기원전 33년, 한나라 원제(元帝)는 흉노의 왕에게 보낼 궁녀가 떠나는 모습을 지켜보다가 깜짝 놀랐다. 수많은 궁녀들의 초상화집을 훑어보고는 가장 못났다고 여겨서 고른 초상화의 주인공이 바로 저토록 아름다운 여인이었을 줄이야! 그러나 어찌하랴. 이미 흉노의 사신에게 넘겨진 것을. 원제로 하여금 땅을 치며 후회하게 만든 여인은 그 유명한 왕소군(王昭君)! 후대에 수많은 시인들을 안타깝게 만들었던 여인이다. 동방규(東方虬)라는 시인은 「소군원(昭君怨)」에서 이렇게 읊조렸다.

> 오랑캐 땅엔들 꽃과 풀이 없으랴만
> 봄은 왔으나 봄이 아니로구나.
> 야위어서 저절로 옷 띠가 느슨해진 것
> 이는 날씬한 허리를 위함이 아니었도다.
> 胡地無花草, 春來不似春. 自然衣帶緩, 非是爲腰身.

'춘래불사춘'으로 유명한 이 시의 제목은 '소군이 원망하다'는 뜻이다. 시인은 왕소군이 머나먼 북방의 황량한 땅에서 봄을 맞는 심정을 이렇게 느끼고 읊었다. 후대의 시인들도 대부분 왕소군의 처지를 안타깝게 여겨서 대신 원망의 노래를 불렀다. 그러나 그것은 문제의 본질을 보지 못한 것이다. 왕소군의 처지보다 원제라는 황제의 한심한 처사를 나무랐어야 한다. 시인들 모두 사내들이라서 미인에게만 눈길을 두었는지도 모른다. 그리고 그 미인의 딱한 처지를 노래함으로써 또 다른 미인들의 환심을 사려 했는지도 모른다. 어쩌면 이래서 여인들이 "사내들이란!" 하고 한심하게 여기는지도 모른다.

어쨌든 원제는 왕소군이 떠날 때에야 비로소 그녀가 빼어난 미인이었음을 알았다. 이는 무지하고 무책임했음을 의미한다. 제 밑에 있는 사람들의 면면을 몰랐다는 것이 무지요, 제가 거두지 못했으니 무책임이다. 후궁이 무척 많아서 몰랐고, 그래서 거두지 못했다 하더라도 비난을 피할 수는 없다. 스스로 감당할 수 없을 만큼의 후궁을 두었으니, 이는 올바르지 못함이다. 또 미인을 놓쳤다는 데만 마음을 빼앗기고 그 여인의 심정을 이해하려 하지 않았으니, 이는 어진 마음이 없음이다.

무지하고 무책임하며 올바름도 없고 어짊도 없다면, 그가 과연 황제일까? 평범한 사람이라도 올바름이나 어짊이 없다면, 대접받기 어렵다. 하물며 천명을 받은 천자에게 그런 덕목이 없다면, 맹자의 말처럼 그는 '한낱 사내'에 지나지 않는다. 그것도 어짊과 올바름을 해치는 사내 말이다.

한낱 사내인 원제는 다행하게도 걸(桀)처럼 쫓겨나지 않았고 주(紂)처럼 죽임을 당하지도 않았다. 그러나 머지않아서 원제의 황후인 왕씨 일족에서 왕망(王莽)이라는 인물이 나타나 제위를 찬탈하고 새롭게 신(新)나라를 세웠다. 망조란 눈에 띄지 않는다. 눈에 띨 때는 이미 패망의 나락으로 떨어지고 있는 중이다. 길조 또한 눈에 띄지 않는다. 눈에 띨 때는 이미 흥성하고 있는 중이다.

맹자는 양나라 혜왕이 "선생께서는 천 리를 멀다 않고 오셨는데, 분명 내 나라를 이롭게 할 무언가가 있으시겠지요?"라고 물었을 때, "왕께서는 어찌하여 이로움을 말씀하십니까? 역시 어짊과 올바름이 있을 따름입니다"라고 대답하였다.[2] 이는 왕이 어짊과 올바름을 버려두고 이익을 앞세우는 것은 곧 망국으로 가는 길임을 역설한 것이다. 어짊과 올바름, 그것은 제왕이 지녀야 할 가장 중요한 덕목이면서 국가의 융성을 가능케 하는 토대다.

표심을 얻은 국회의원들, 그러나

자, 위의 이야기에 등장하는 인물을 현대로 가져와 견주어보자. 원제는 황제다. 황제는 천명을 받은 이다. 하늘이 명했다고 하지만, 사실은 백성이 준 것이다. 그래서 천심이 민심이라 한 것이다. 그 민심이 오늘날에는 국민의 표심이니, 국민의 표심을 얻어 대표의 자격을 얻은 국회의원—크게 보면 시의원이나 구의원도 마찬가지다—이 저 황제나 왕에 비유될 수 있겠다.

그런데 국회의원은 제왕적인 권력을 쥐고 정치를 하는 자가 아니다. 그 대신에 국회라고 하는 합의체의 구성원이 되어, 민의를 토대로 하여 대화와 토론 등을 거쳐서 합의를 이끌어내는 존재다. 민의를 알고 민생을 위해서 일한다는 점에서는 어짊(仁)을 지녀야 하고, 대화와 토론을 통해 합의를 이끌어내야 하므로 올바름(義)을 지녀야 한다. 따라서 국회의원의 자격도 인의(仁義)를 갖추는 데에 있다고 할 것이다.

그런데 국회의원은 제왕과 같은 지존(至尊)이 아니라 수많은 대표 가운데 한 사람일 뿐이니, 맹자가 말한 그 인의를 그대로 갖추라고 요구할 수는 없을지 모른다. 그러나 국민을 대표하는 이가 되어 국회에 들어가서 정치를 하겠다고 했을 때에는 그런 마음이나 정신을 최소한은 지니고 있어야 한다. 실제로 걸핏하면 '국민의 뜻'을 운운하는 이들이 그들 아닌가. 그런데 그런 그들이 이 봄에 국민들로 하여금 "봄은 왔으나 봄이 아니로다!"라는 탄식을 쏟아내게 만들고 있다.

2011년 3월 4일 저녁, 국회 행정안전위원회에서 정치자금법 개정안을 기습 처리했다. 소리 없이 빠르다! 여야 의원들 사이에 만성이 된 고성도 욕설도 드잡이도 없었다. 공청회는 더더욱 없었다. 국회의원의 세비도 5.1% 올라 억대의 연봉을 받는 귀하신 몸(?)들이 되었다. 세비는 물가보다 더 올랐다. 그러나 국회의원의 능력이나 인격은 그만큼 오른 것 같지 않다. 2010년 10월, 국회의장은 "IMF 당시 의원들의 세비를 깎은 뒤 그동안 한 번도 세비 인상이 이뤄지지 않았다"는 망언을 했고, 의원들조차 비난했다. 그런데 세비가 인상되었다. 반대한 의원이 있다는 말은 듣지 못했다.

더더욱 기가 막힌 일이 있다. 2010년 2월 25일, 헌정회 육성법 개정안이 여야 의원 191명 가운데 187명 찬성으로 통과하였다. 국민들은 아무도 몰랐다. 1년이 지난 지금에서야 알려졌다. 이 개정안으로 국회의원을 지낸 65세 이상의 사람은 단 한 번 국회의원을 했어도 매달 국가로부터 120만 원을 지급받는단다. 국민들 몰래 통과시켰으니, 그들도 여론의 뭇매를 맞을 것임을 짐작했다는 말이다. 참으로 한심하다. 인의는 고사하고 국회의원으로서 존엄이나 품격 따위는 아예 없다는 말이다. 존엄이나 품격이 있다고 한들 그 값이 한 달에 120만 원에 지나지 않는 꼴이니, 실로 국회의원에게는 명예조차 없다고 해야겠다.

28

저 ‘한낱 사내’ 들을 장차 어찌할까

인의도 없고 명예조차 없다면, 그들에게 무엇이 남겠는가? 맹자가 그토록 경계했던, 이익에 대한 집착만 남는다. 아, 이제야 그들이 자신들의 잇속을 차리는 데에 그토록 재빠르고 거침이 없었던 이유를 알겠다. 저 옛날 서역의 명마인 한혈마(汗血馬)도 이토록 빠르지는 않았을 것이다. 아니, 국회의원들은 더 대단하다. 한혈마는 피땀을 흘렸지만, 국회의원들은 땀 한 방울 흘리지 않고도 그토록 빠르니 말이다.

그렇게 민의(民意)는 제쳐두고 사의(私意)만 챙기는 그들은 어짊과 올바름을 해치는 ‘한낱 사내’ 들일 뿐이다. 그럼에도 국민의 표심을 얻었다는 사실을 방패로 삼아 제왕적인 권력을 누리려 한다. 그렇다면, 이들을 어떻게 해야 할까? 한낱 사내인 주를 죽인 것처럼 죽여야 할까? 지금은 왕정시대가 아니다. 모든 잘못을 왕에게 떠넘기고서 천명이나 민심을 외치는 신하가 나서서 왕을 죽이던 그런 시대가 아니다.

이제는 민주(民主)의 시대다. 주인은 엄연히 국민이다. 힘이 없어 저 궁궐을 떠나야 했던 왕소군과 달리 국민에게는 힘이 있다. 맹자가 제나라 선왕에게 “나라 안이 다스려지지 않으면, 어떻게 하시겠습니까?” 하고 묻자, 왕은 좌우를 둘러보면서 딴말을 하였다. 이제 맹자는 이 시대의 국민들에게 “그대들이 뽑아서 국회에 보낸 의원들이 본분을 저버리고 제 잇속만 차리고 있다면, 어떻게 하겠소?”라고 묻는다. 자, 국민들은 어떻게 대답할 것인가? 어떻게 행동할 것인가?

분명한 것은 더 이상 손을 놓은 채 불평만 늘어놓아서는 안 된다는 사실이다. 불평은 하인이 하는 짓이지, 주인이 할 짓은 아니다. 대체 주인이 불평하면, 그 불평을 누가 들어주리라 생각하는가? 주인이란 스스로 나서서 행동하는 자, 일상에서 늘 주인답게 행동하는 자다. 주인다운 주인이 되어야 한다. 주인다움은 먼저 냉철하게 판단을 하고 이어서 과감하게 행동하는 데서 갖추어진다. 그야말로 맹자가 말한 '흔들리지 않는 마음'을 지녀야만 주인다운 주인이 된다는 말이다.

● 원문

1) 齊宣王問曰: "湯放桀, 武王伐紂, 有諸?"

孟子對曰: "於傳有之."

曰: "臣弑其君, 可乎?"

曰: "賊仁者謂之賊, 賊義者謂之殘. 殘賊之人謂之一夫. 聞誅一夫紂矣, 未聞弑君也." (「양혜왕」하8)

2) 孟子見梁惠王, 王曰: "叟不遠千里而來, 亦將有以利吾國乎?"

孟子對曰: "王何必曰利? 亦有仁義而已矣." (「양혜왕」상1)

빼앗지 않고는
만족하지 않는 제국

양(梁)나라 혜왕(惠王)에게 맹자가 말하였다.

"왕께서는 어찌하여 이로움을 말씀하십니까? 어짊과 올바름이 있을 따름입니다. 왕께서 '무엇으로써 내 나라를 이롭게 하지?'라고 말씀하시면, 대부는 '무엇으로써 내 집안을 이롭게 하지?'라고 말하고, 뭇 선비들은 '무엇으로써 나를 이롭게 하지?'라고 말할 것이니, 이렇게 위와 아래가 서로 다투어 이로움을 구한다면 그 나라는 위태로워집니다. 만 대의 전차를 가진 나라에서 그 임금을 죽이는 자는 반드시 천 대의 전차를 가진 집안에서 나오고, 천 대의 전차를 가진 나라에서 그 임금을 죽이는 자는 백 대의 전차를 가진 집안에서 나옵니다. 만 대 가운데서 천 대를 가지고 있고 천 대 가운데서 백 대를 가지고 있는 것이 많지 않은 것은 아닙니다만, 참으로 올바름을 뒤로 하고 이로움을 앞세운다면 빼앗지 않고서는 만족하지 않습니다."[1]

"초과이익공유제는 경제학 책에 나오는 말도 아니고, 사회주의 국가에서 쓰는 말인지, 자본주의 국가에서 쓰는 말인지, 공산주의 국가에서 쓰는 말인지 모르겠다." 2011년 3월 10일, 삼성전자 이건희 회장이 한 말이다. 이는 동반성장위원회의 정운찬 위원장이 '초과이익공유제' 라는 화두를 던진 데 대한 반응이었다. 초과이익공유제는 대기업이 초과이익을 냈을 때 그 일부를 협력업체와 나누자는 것이다.

대기업은 협력업체인 중소기업들 없이는 존재하지 못한다. 한국 경제가 외형적으로는 대기업에 의해서 돌아가는 것처럼 보이지만, 그 그늘에 있는 협력업체가 없다면 그야말로 사상누각이다. 그럼에도 협력업체들이 제대로 대접받은 경우는 매우 드물다. 그러므로 대기업 회장이 그런 반응을 보였다는 것은 결코 가벼이 보아 넘길 수 없는 일이다.

이익의 독점과 성장은 대기업의 속성이다

사실 2010년 3월에 이건희 회장은 경영 일선에 복귀한 뒤 삼성전자 경영진에 "협력사와 동반성장이 부족하다" 며 동반성장을 주문하였고, 6월에는 협력사의 경영 진단에 대한 보고를 받고는 "내가 30년 동안 상생(相生) 경영을 이야기했는데, 이 정도밖에 안 되느냐. 제조업의 관건은 협력업체 육성이다. 협력사 사장들이 자기 재산과 인생을 모두 걸고 전력을 다할 수 있는 여건이 돼야 제대로 된 품질이 나오고 사업 경쟁력이 생긴다. 여기에 삼성 미래가 달려 있다"고

질타하기까지 했다.

그 스스로 협력사와 동반성장이 필요함을 역설했다. 삼성의 미래가 달려 있다고까지 했다. 그런데 이제 와서 마치 그런 말은 한 적이 없었다는 듯이 '초과이익공유제'에 대해 노골적인 비난을 하고 있다. 그렇다면 1년 전에는 속에 없던 말을 했던가? 아니면 그새 자신이 한 말을 잊어버린 건가? 속내가 따로 있어서다. 그것은 협력업체의 도움으로 성장을 해왔듯이 앞으로도 지속적인 성장을 위해서는 협력업체의 도움이 필요하기 때문에 '어쩔 수 없이' 독려할 필요가 있었던 것이다.

사실 대기업이 성장하기 위해서는 중소기업이 일종의 제물이 되어야 한다. 모든 기업이 똑같이 성장할 수도 없고 그래서도 안 된다는 것이 자본주의의 경쟁 논리에 숨겨져 있다. 협력업체는 대기업을 위한 부속적 존재로 남아야지, 그것을 넘어서 그 자체가 성장해버리면 오히려 대기업의 성장에 장애가 된다. 이를 대기업은 잘 알고 있다. 그 수장이라면 더욱더 잘 알고 있다. 그러니 이건희 회장의 반응은 당연하다. 그는 대기업의 경영자이기 때문이다.

이윤을 극대화하고 이익을 독점하려는 것이 기업의 속성이다. 이런 속성은 자본주의 경제체제 자체에 내재해 있던 것이다. 기업 자체가 자본주의 경제의 산물이다. 따라서 자본주의가 어떻게 시작되어 전 세계를 하나로 묶었는지를 생각해보면, 답은 절로 나온다.

프랑스의 역사학자 마르크 블로크(Marc Bloch, 1884~1944)는 "근대의 시작은 영주의 소득 위기에서 비롯되었다"고 말했다. 영주는 중세에 백성들의 생사여탈권을 쥐고 있던 존재다. 그런 영주가 소득의 위기를 맞았다고 하였으니, 백성들은 더욱더 심각한 빈곤을 겪었으리라. 바로 거기에서 자본주의가 잉태하였다. 소박하게는 먹고살기 위해서였지만, 먹고살기 위한 방편을 마련하기 위해서는 당시 아랍 상인들의 시장을 빼앗아야만 했다. 여기서 탐욕으로 말미암은 무한경쟁의 시대가 시작되었다.

자본주의가 전 세계로 퍼지면서 갖게 된 속성은 마르크스가 날카롭게 지적했다. "아메리카에서 금은이 발견된 것, 원주민들이 광산에서 멸종되고 노예화되고 매몰된 것, 동인도제도의 정복과 약탈이 시작된 것, 아프리카가 상업적인 흑인 사냥터로 바뀐 것 등이 자본주의적 생산 시대의 장밋빛 새벽을 알려주었다. 이 목가적인 과정들이 원초적 축적의 주요한 계기들이다. 바로 그 뒤를 이어서 전 지구를 무대로 한 유럽 국가들의 교역전쟁이 시작되었다."

자본주의시대는 대기업들의 전국시대

20세기에 전 세계는 자본주의 경제체제로 하나가 되었고, 각 국가와 대기업, 중소기업 등은 서로 견제와 경쟁을 통해 이익과 성장만을 추구하였다. 이들 국가와 대기업, 중소기업의 관계는 저 옛날 중국 전국시대(戰國時代)의 천자와 제후, 제후와 대부들의 관계와 다르지 않다. 전국시대에 천자는 유명무실해졌고, 오로지 제후들이 서로 경쟁하면서 천하의 패권을 다투었다. 그 사이에서 대부들도 스스로 제후가 되기 위해 온갖 권모술수를 부리며 서로 다투거나 때로 제후를 죽이고 찬탈하기도 하였다.

서두에서 맹자가 한 말은 바로 그러한 시대적 상황에서 나온 것이다. 맹자가 말한 왕은 곧 제후다. 그런 왕이 오로지 제 나라를 이롭게 하려고만 한다면, 그 아래에 있는 모든 대부와 사(士)들도 자기 집안이나 자기 자신의 이익만을 꾀할 것이다. 그렇다면 서로 빼앗거나 죽이지 않을 수 없다. 맹자의 말대로, 당시 대부는 제후의 나라에서 10분의 1에 해당하는 영지와 재산을 가진 큰 귀족이었다. 그럼에도 그것으로 만족하지 못해서 제후를 죽이고 나라를 빼앗으려 하였다.

춘추시대에 노나라에서는 이런 일이 있었다. 노나라의 군주는 실권을 잃고, 그 아래 세 대부 곧 계손(季孫), 숙손(叔孫), 맹손(孟孫)이 권력을 장악하고 있었다. 이들은 나라의 토지와 백성을 넷으로 나누어서 계손 씨가 둘, 숙손 씨와 맹손 씨가 각기 하나씩 차지했다. 노나라 군주에게는 약간의 재물을 주면서 달랬다. 이에 화가 난 군주 소공(昭公)은 20년 뒤에 계손 씨를 공격했으나, 도리어 세 대부에게 쫓겨나서 유랑하는 신세가 되었다.

그런데 이 세 대부 가운데서 가장 강력했던 계손 씨도 나중에 소공과 비슷한 꼴을 당했다. 계손 씨의 집안일을 양화(陽貨)라는 자가 관장하고 있었는데, 이 자가 자기 주군에게 반기를 들었던 것이다. 다른 대부의 가신들과 손을 잡고 세 대부를 전복시키려 했다. 물론 실패로 끝나고 말았지만, 그야말로 맹자가 말한 "위와 아래가 서로 이익을 다투면서 서로 빼앗지 않고는 만족하지 못하는" 형국이 벌어졌던 것이다. 그 결과는 무엇이겠는가? 결국 제후의 나라도, 대부의 집안도 위태로워졌다.

오늘날 기업들이 서로 경쟁하는 모습은 제후와 제후, 대부와 대부, 제후와 대부 등이 서로 다투던 꼴과 다르지 않다. 또 대기업이 자신의 이익을 극대화하기 위해서 온갖 제도적 장치를 마련해달라고 정부에 압력을 행사하거나 국회의원을 회유하는 일은 제후가 천자를 핍박하고 대부가 제후를 죽이려 권모와 술수를 부린 것과 무엇이 다른가.

탐욕으로 일군 제국은 영원하지 않다

왕정시대의 권력 다툼이나 자본주의시대의 금력 다툼이나 모두 탐욕에서 비롯된 것이다. 왜 맹자가 양혜왕에게 "하필이면 이로움을 말씀하시오?"라고 했겠는가? 탐욕이 모든 전쟁과 분란, 몰락의 원인이었기 때문이다. 보라, 전국칠웅(戰國七雄) 곧 진(秦)·초(楚)·연(燕)·제(齊)·조(趙)·위(魏)·한(韓)의 패권 다툼을. 마침내 진나라의 승리로 끝났다. 그러나 통일을 이룬 진나라도 고작 16년을 이어갔을 뿐이다.

'최초의 황제'로 자칭한 진시황(秦始皇)은 자신의 제국이 영원할 거라 믿었을 것이다. 그러나 거대한 제국도 자연의 법칙을 거스르지 못한다는 것을 몰랐다. 태어나는 모든 것은 죽으며, 성장은 언젠가는 멈춘다는 법칙을 말이다. 게다가 화무십일홍(花無十日紅), 열흘

붉은 꽃은 없다! 그럼에도 오늘날 대기업의 제왕들은 자신의 제국이 영원할 것이라 믿는다. 영원한 제국은 없다. 하물며 탐욕으로 일군 제국임에랴.

그런데 모든 대기업은 악(惡)인가? 탐욕을 버리고 올바름을 앞세우지 않는 한, 악이다. 그렇다면 선한 기업은 없는가? 있다. 얼마든지 있다. 맹자가 말한 왕도(王道)를 경영에서 실천함으로써 오래도록 건재하며 훈향을 풍기는 기업들이 있다. 다음 이야기에서 말하겠다.

● 원문

1) 孟子對曰: "王何必曰利? 亦有仁義而已矣. 王曰, '何以利吾國?' 大夫曰, '何以利吾家?' 士庶人曰, '何以利吾身?' 上下交征利而國危矣. 萬乘之國弑其君者, 必千乘之家, 千乘之國弑其君者, 必百乘之家. 萬取千焉, 千取百焉, 不爲不多矣. 苟爲後義而先利, 不奪不饜. 未有仁而遺其親者也, 未有義而後其君者也. 王亦曰仁義而已矣, 何必曰利?" (「양혜왕」상1)

왕도를 실현하는
기업들

양나라 혜왕이 말하였다.

"천하에 우리 진(晉)나라보다 강한 나라가 없었다는 건 선생께서도 아시는 바입니다. 헌데 과인에 이르러서는 동으로는 제(齊)나라에 패하여 장남이 죽었고, 서쪽으로는 진(秦)나라에 7백 리의 땅을 빼앗겼으며, 남으로는 초(楚)나라에 모욕을 당하였으니, 과인은 이를 부끄럽게 여겨 죽은 자들을 위해 한번 설욕하고자 합니다. 어떻게 하면 되겠습니까?"

맹자가 대답하였다.

"땅이 사방 백 리만 되어도 왕 노릇할 수 있습니다. 왕께서 만일 백성에게 어진 정치를 베푸셔서 형벌로 다스리는 건 줄이고 세금을 적게 거두신다면, 백성은 깊이 밭 갈고 편안하게 김매고 또 장성한 자들은 일하는 여가에 효성과 공경과 참된 마음과 믿음을 닦아서, 들어가서는 그 아비와 형을 섬기고 나가서는 어른과 윗사람을 섬길 것이니, 이리하면 몽둥이를 들고서도 진나라나 초나라의 견고한 갑옷과 예리한 병기를 매질하여 물리치게 할 수 있습니다."[1]

혜왕은 자신의 나라를 진(晉)나라라 했는데, 그렇게 자칭한 데에는 까닭이 있다. 진나라는 강력한 제후국이었는데, 춘추시대 말엽에 지(知)·범(范)·중항(中行)·위(魏)·한(韓)·조(趙)씨 등 여섯 대부 가문이 진나라 정치를 마음대로 흔들면서 서로 격렬하게 대립하였다. 먼저 범씨와 중항씨가 망하였고, 다시 지씨가 한·위·조 세 가문의 연합군에게 멸망하였다. 이리하여 한·위·조가 진나라를 나누어 가지고 각자 제후국이 되었으니, 이때가 403년이며 바야흐로 전국시대가 시작되었다. 그때 제후국이 된 위(魏)나라가 바로 혜왕의 양(梁)나라다. 그래서 이전의 진나라를 자칭했던 것이다.

춘추시대에 강력한 패자(覇者)로서 행세했던 진나라가 세 대부에 의해서 찢겨진 형국은 오늘날 한국의 재벌가에서 벌어지는 '형제의 난'을 떠오르게 한다. 형제의 다툼으로 거대한 제국은 분열하였고, 때로 자살하는 경영자도 나왔다. 천하를 오시(傲視)하던 경영자가 자살이라니! 한때 대부였다가 제후의 지위를 찬탈한 양나라의 태자가 죽임을 당하고 땅을 빼앗겼던 것처럼 현대의 제국 또한 몰락의 길을 걷게 될 것인데, 제국의 수장들은 그 이치를 모른다. 당연하다. 탐욕으로 눈과 마음이 이미 멀었으므로.

제국 대신 문화를 남긴 카네기

1892년에 '카네기철강회사'라는 트러스트를 결성하여 미국 철강 생산의 4분의 1을 차지하였던 '철강왕' 앤드류 카네기(Andrew

Carnegie, 1835~1919)는 정직한 기업가이자 노동자의 벗으로 행세하였으나, 그 또한 전형적인 악덕 자본가였다. 그러한 그가 역사적으로 높이 평가받는 까닭은 스스로 자선사업가로 변신한 데 있다. 카네기는 이렇게 말했다. "나는 정신적 삶을 고양시키는 일에 주의를 기울일 것이다. 그것은 사회와 나누는 일이다. 재산을 안고 죽는 사람은 천국에서 자기 명패를 찾을 수 없을 것이다."

카네기는 1901년에 자신의 철강회사를 4억 8천만 달러에 모건(J. P. Morgan)에게 매각하였다. 그리고는 자선사업을 관장할 기구를 조직해서 1902년에는 카네기협회, 1905년에는 카네기교육진흥재단, 1910년에는 카네기국제평화재단, 1911년에는 카네기재단을 설립하였다. 1901년에 2백만 달러를 기부하여 피츠버그에 카네기기술연구소를 세운 것을 시작으로 곳곳에 기부를 하였다. 카네기기술연구소는 이제 카네기멜론대학교의 일부가 되어 있다.

카네기는 학술과 문화 사업에 전 재산을 쏟아부었는데, 그가 한 가장 위대한 일은 도서관 설립이었다. 1883년에서 1929년 사이에 2,509개의 공공 및 대학 도서관을 설립하였다. 미국의 3,500개 도서관 가운데 거의 절반이 그의 기부로 지어졌다. 미국뿐만 아니라 영국, 캐나다, 호주, 피지 등 전 세계 곳곳에 도서관을 세웠다. 오늘날 미국은 공공도서관과 대학도서관에 의해 지탱되고 있다고 해도 과언이 아니다. 지금 한국에서 대기업들이 대학에까지 탐욕스런 손길을 뻗치며 또 다른 이익을 좇고 있는 행태, 사학 재단이 대학을 개인의 금고쯤으로 여기고 있는 것과 얼마나 대조적인가!

카네기는 1919년 8월 11일 세상을 떠났다. 이미 3억 5천만 달러 이상을 기부했던 그는 세상을 떠나면서 마지막 남은 3천만 달러를 재단과 자선단체에 희사하였다. 이렇게 그는 탐욕을 버리고 박애로 향했으며, 제국을 버리고 문화를 선택했다. 그것은 곧 미래를 밝히는 위업이었다. 그의 시작은 오로지 이익과 확장을 꾀한 패업(覇業)이었으나, 그의 끝은 인류에 대한 박애의 길, 곧 왕도(王道)였다.

여민락을 실현한 기업, 미쉐린

'기드 미슐랭(*Guide Michelin*)'이라는 게 있다. 흔히 '미쉐린 가이드'라고 부르는데, 이는 그 명칭에서 드러나듯이 세계적인 타이어 생산 회사인 미쉐린―프랑스어로 미슐랭이다―에서 해마다 발행하는 책자다. 호텔과 식당을 안내하는 책자로서, 유럽에서 가장 오래되고 널리 알려진 것이다. 1900년에 타이어 구입 고객에게 무료로 나누어준 데서 시작된 미쉐린 가이드는 이제 식당 안내서로는 경전의 반열에 올라 미식가들에게 일종의 '성서'가 되었다. 이는 평범한 손님으로 가장한 전담요원이 같은 식당을 1년에 대여섯 차례 방문해서 직접 먹고 마시며 관찰하여 객관적인 평가를 내렸기 때문이다. 1957년부터는 스페인, 포르투갈, 이탈리아, 영국 등 다른 유럽 국가에 대한 책자도 펴내고 있고, 2011년에는 '한국' 편도 낸다고 한다.

이렇게 단순히 타이어만 제조하는 것이 아니라 문화도 생산하고 판매하는 미쉐린은 그 본사를 클레르몽페랑(Clermont-Ferrand)에

두고 있다. 클레르몽페랑은 대학과 문화의 도시로, 클레르몽과 몽
페랑 두 마을이 결합하여 하나가 된 도시다. 1731년에 이미 합쳐졌
으나, 두 마을은 몽페랑의 독립 의지로 인해 20세기가 될 때까지 대
립과 갈등의 상태에 매여 있었다. 그러다 미쉐린이 19세기 말부터
공장을 건설하고 직원을 위한 주택단지를 조성하면서 두 도시를 하
나로 화합시켰다. 이는 지역에 투자함으로써 그 지역의 발전과 화
합을 이끄는 것이 기업의 역할이라는 경영철학에서 말미암은 것이
었다.

　음악을 좋아한다는 제나라 선왕에게 맹자는 "백성들과 함께 즐거
워하는 것이 왕도다"라는 '여민락(與民樂)'을 설파하였다. 고객들
에게 무한한 감동을 주고 노동자들에게 커다란 자부심을 느끼게 하
며 지역 주민들에게는 자랑이 되고 있는 미쉐린이야말로, 여민락을
실천하고 "백성이 가장 귀하다"는 철학을 실현하고 있는 기업이다.
물론 이익을 구하고 확대하기 위해서 그런 방편을 쓰고 있다고 빈정
댈 수도 있겠지만, 바로 그 방편이 중요하고 긴요하다. 어떤 방편을
쓰느냐에 따라서 왕도와 패도가 나뉘기 때문이다. 백성들과 더불어
즐거워하는 방편을 쓴다면 왕도로 나아갈 것이요, 제왕 제 홀로 또
는 지배층만 즐거워하는 방편을 쓴다면 패도로 나아갈 것이다.

측은지심으로 인형을 만드는 슈타이프

2010년 10월 13일, 런던 크리스티 경매에 1,300여 점의 희귀 인형

들이 나왔는데, 1900년대 초반에 만들어진 테디 베어 인형들은 3,300만 원에서 8,800만 원에 낙찰되었다(다른 경매에서는 1925년에 만든 테디 베어가 무려 2억 5천만 원에 낙찰되었다). 이들 인형을 제조한 회사는 독일의 봉제완구업체인 '슈타이프(Steiff)' 다. 슈타이프는 테디 베어의 명가로, 그들이 만든 테디 베어는 전 세계 어린이들이 좋아한다. 1902년에 태어났으니 벌써 100년이 넘었다.

슈타이프는 1880년에 마르가레테 슈타이프(Margarete Steiff, 1847~1909) 여사가 세웠다. 슈타이프 여사는 "아이들에게 최고가 되는 것만이 최선이다"는 철학을 내세웠다. 그리하여 오늘날까지 철저하게 아이들의 마음과 건강을 생각하면서, 디자인에서부터 본을 뜨고 마름질하며 바느질하는 모든 과정을 장인들의 수작업으로 한다. 상품을 만드는 것이 아니라 예술작품을 만든다. 슈타이프의 인형을 가진 아이가 평생을 그 인형과 함께 살도록 해준다.

맹자는 "아이가 우물로 들어가려는 것을 보면 모든 사람이 깜짝 놀라며 슬퍼하고 안타까워하는 마음(측은지심)을 갖는다"[2]고 했다. 사람이라면 누구나 측은지심을 지니고 있다. 그러나 누구나 그 마음을 오롯하게 쓰지는 못한다. 명예나 이익을 탐하는 마음이 앞서기 때문이다. 그러나 슈타이프는 측은지심을 잃지 않고 백 년이 넘도록 한결같이 지니고 있다. 그래서 장수하는 기업이 되었고, 좋은 평판과 높은 명성을 얻었다.

맹자는 "땅이 사방 백 리만 되어도 왕 노릇할 수 있다"고 했다. 그렇다. 기업이 반드시 커야만 하는 것은 아니다. 이익을 따지더라도 미쉐린이나 슈타이프와 같이 어진 마음을 지니고 문화를 창조하는 데 힘쓴다면, 더 큰 이익을 얻을 것이다. 부와 함께 대중의 마음까지 얻기에. 그리하면 욕되지 아니하고 길이 영예를 누릴 것이다.

● 원문

1) 梁惠王曰: "晉國, 天下莫强焉, 叟之所知也. 及寡人之身, 東敗於齊, 長子死焉. 西喪地於秦七百里, 南辱於楚. 寡人恥之, 願比死者壹洒之, 如之何則可?"
孟子對曰: "地方百里而可以王. 王如施仁政於民, 省刑罰, 薄稅斂, 深耕易耨, 壯者以暇日修其孝悌忠信, 入以事其父兄, 出以事其長上, 可使制梃以撻秦楚之堅甲利兵矣."(「양혜왕」상5)
2) "今人乍見孺子將入於井, 皆有怵惕惻隱之心."(「공손추」상6)

정치와 일을 해치는
대통령의 말

공손추가 여쭈었다.

"감히 묻겠습니다. 선생님께서는 무엇을 잘하십니까?"

"나는 말을 안다."

"말을 안다는 게 무엇입니까?"

"치우친 말에서는 그 마음이 무엇에 가려져 있는지 알고, 지나친 말에서는 그 마음이 어디에 빠져 있는지 알며, 삿된 말에서는 그 마음이 이치에서 벗어나 있음을 알고, 피하는 말에서는 그 마음이 어디에 막혀 있는지를 알 수 있으니, 말이란 그 마음에서 생겨나 그 정치를 해치고, 그 정치에서 일어나 그 일을 해친다네. 성인이 다시 나와도 반드시 내 말을 좇을 것이야."[1]

2011년 4월 1일, 청와대 춘추관에서 이명박 대통령은 신공항 건설을 백지화한다고 선언했다. 한마디로 일방적인 선언이다. "사업성이 없고 국익에 반하면 공약도 변경 가능하다"고 말하며 변명을 늘어놓았다. 타당성을 검토하고 면밀하게 기술성을 검토한 결과 사업성이 없다는 결론을 내렸다고 하는데, 어째서 믿음이 가지 않는 것일까? 왜 의구심만 더하는 것일까?

맹자는 "저울질을 한 뒤에야 가벼움과 무거움을 알 수 있고, 재본 뒤에야 길고 짧음을 알 수 있다"[2]고 했다. 저울질이나 자로써 재는 일은 공정하고 타당한 원리나 원칙을 앞세워야 한다는 뜻이다. 아무리 제왕이라도 마음대로 해서는 안 된다는 말이다. 원리나 원칙을 세우고 그에 따라 일을 처리하면, 일의 결과에 대한 책임을 질 뿐이지 달리 변명을 할 필요가 없다. 그렇다, 바로 이것이다. 대통령의 발언이 하찮은 변명으로 여겨지고 믿음이 가지 않는 이유는 공명정대한 저울질이 없었기 때문이다. 그러면 어떻게 해서 이를 알 수 있는가? 바로 대통령의 말을 통해서다.

공명정대하지 못한 마음에서 나온 말들

대통령은 "공약을 할 때 사업타당성, 경제성에 대한 전문가의 검토를 다 거쳐서 하는 것은 아니다"고 말했다. 사사로운 약속도 아니고 공공의 약속을 애초에 아무런 검토도 없이 했다면, 그것은 수단과 방법을 가리지 않고 자신의 목적을 이루려 술수를 부렸다는 말이다. 이건 변명도 아니고 자백이다. 자백이 무엇인가? 자신의 죄나 허물을 남들에게 고백하는 일이다. 대통령의 이런 고백은 곧 자신에게 쏟아질 비난의 화살을 피하려는 마음이 앞서 자충수를 둔 것과 다름이 없다. 더욱 문제가 되는 것은 그 말이 자백인 줄을 정작 본인은 모

46

른다는 사실이다.

또 대통령은 "동남권 신공항 공약을 지킬 수 없게 된 것을 개인적으로 안타깝고 송구스럽게 생각한다"고 말했다. 참으로 어이없는 말이다. '개인적으로' 라니! 이는 그야말로 대통령으로서는 책임이 없다는 말, 대통령으로서는 미안하지 않다는 말이 아닌가. 이는 맹자가 말한 '수오지심(羞惡之心)'이 없음을 단적으로 드러낸 것이다. 수오지심은 '부끄러워하고 미워하는 마음'이다. 무엇을 부끄러워하고 미워하는가? 자신의 내면이 바르지 못한 것을 부끄러워하고, 자신의 허물을 미워한다. 그런데 수오지심은 바로 '올바름의 실마리(義之端)'다. 수오지심에서 올바른 마음이 나오고, 그 마음에서 올바른 판단과 결정이 이루어진다. 대통령에게 수오지심이 없었으니, 애초부터 공명정대한 판단을 기대할 수는 없었다. 그 말에서 공명정대함을 느끼기 어려웠던 것도 당연하다.

대통령은 대선후보로 나섰을 때인 2007년 10월 5일, 부산의 모 초등학교에서 "국어와 국사를 영어로 강의하자"고 말했다. 왜 국어와 국사를 공부하는지, 왜 영어를 배워야 하는지에 대한 최소한의 이해조차 없음을 드러낸 말이다. 2011년 2월에는 한국장학재단을 방문한 자리에서 한 대학생이 반값 등록금 공약은 어떻게 된 거냐고 묻자, 대통령은 "등록금 싸면 좋지. 그런데 너무 싸면 대학교육 질이 떨어지지 않겠나?"라고 대답했단다. 4월 5일에는 대통령이 4대강 정비사업현장을 찾아가서 "지금은 정비가 싹 돼서 이 지역이 천지개벽한 것 같더라"고 자찬했다. 아니, '천지개벽'이라니! 천지개악(賤地改

惡)이다! 땅을 하찮게 여기고 강을 더 나쁘게 만들지 않았는가!

대통령이 한 말은 치우치거나 지나치거나 삿되거나 그 가운데 하나에 반드시 걸린다. 이렇게 거듭해서 어긋난 말을 하는 것은 모두 수오지심이 없어서다. 수오지심이 있다면, 자신의 말과 행동을 돌아본다. 돌아보면 고치려 애쓰고 함부로 말하거나 행동하려 하지 않는다. 그런데 수오지심이 없다. 그러니 식언(食言)하는 일이 예사가 되었다.

마음이 그릇되니 사람도 잘못 쓴다

『삼국사기』의 「온달전」에 나오는 이야기다. 고구려 평강왕 때, 평강왕은 어린 딸이 자주 울자, 장난삼아 "네가 늘 울어대어 내 귀를 시끄럽게 하니, 네가 자라면 반드시 바보 온달에게 시집보내겠다"고 말했다. 왕은 매번 그렇게 말하고서는, 딸이 열여섯 살이 되자 귀족인 고씨에게로 시집보내려 하였다. 그러자 공주가 왕에게 아뢰었다.

"대왕께서는 늘 말씀하시기를 '너는 반드시 바보 온달의 아내가 될 것이다'라고 하시더니, 이제 무슨 까닭으로 말씀을 바꾸십니까? 필부도 식언(食言)을 하지 않으려 하거늘, 하물며 지존인 왕께서야 더 말할 나위가 있겠습니까? 그래서 '왕에게는 농담이 없다'고 했습니다. 이제 대왕의 명령은 잘못된 것이므로 저는 감히 받들지 못하겠습니다."

알다시피 평강공주는 가출하여 온달을 찾아가서 그 아내가 되었다. 부왕이 식언하는 것을 용납할 수 없었기 때문이다. 누군가는 그것을 꾸짖고 일깨워주어야 했다. 공주가 그렇게 하지 않았으면, 평강왕은 필부보다 못한 존재로 떨어졌을 것이다. 그러면 지금 대통령의 주위에도 평강공주와 같이 직언을 서슴지 않는 사람, 제 몸을 내던져서 대통령이 식언하지 않도록 하려는 사람이 있는가? 내가 보기에는 없다.

대통령에게 공명정대한 마음이 없으니, 사람을 제대로 뽑을 리가 없다. 공자는 "곧은 자를 들어 굽은 자 위에 두면 백성은 따른다. 허나 굽은 자를 들어 곧은 자 위에 두면 백성은 따르지 않는다"(『논어』「위정(爲政)」)고 했다. 이는 제왕이 곧으면 곧은 자가 기용되고, 제왕이 굽으면 굽은 자가 기용된다는 말이기도 하다. 이명박 정부 들어서 개각을 할 때마다 '인사 문제'로 떠들썩하지 않은 때가 있었던가? 미리 검증했다고 하는데, 그럼에도 부적격자투성이였다. 도대체 눈을 감고 검증했다는 말인가? 그보다는 그 마음이 꽉 막혀 있었던 것이다. 그리하여 추천하고 검증한 자들의 마음이 치우쳐 있었거나 사사로움에 빠져 있었음을 보여주었을 따름이다. 추천하고 검증한 자들의 잘못은 곧 그들을 거느리는 자의 허물이다.

대통령에게 공명정대한 마음이 없었으니, 그 아래에 공명정대한 마음을 지닌 자가 없음은 당연하다. 오히려 자리에 욕심을 내는 자, 그 자리를 이용해서 사사로운 이익을 챙기려는 자들만 불나방처럼 달려든다. 그래서 세상이 나무라도 물러서지 않고 나선다. 나서다가 여지없이 깨지고는 꼬리를 만다. 그런데 다시 또 나선다. 이것이 수오지심을 모르는 자들의 행태다. 그런 행태를 이 정부는 참으로 자주 많이 보여주고 있다.

공명정대하지 않으니 춘추필법도 모르리라

이명박 대통령이 '신공항 건설 백지화'에 대한 입장을 표명하고 기자들과 회견한 곳은 놀랍게도 '춘추관(春秋館)'이다. 고려와 조선 시대에 춘추관은 당시의 정치와 행정에 관한 기록을 맡아 하던 관청이었다. 지금도 그런 의미로 명명했을 것이다. 그런데 춘추관의 '춘추'가 공자가 편찬했다는 역사서의 이름에서 따온 것임을 대통령은 알까? 모를 것이다. 그 『춘추』에서 비판적이고 엄정하며 대의명분을 명확하게 밝히는 역사서술의 방법이자 마음가짐인 '춘추필법(春秋筆法)'이 유래했음은 더욱더 모를 것이다. 그럼에도 대통령은 안다고 말할지도 모르겠다. 마치 마이클 샌델의 『정의란 무엇인가』를 읽었다고 말한 것처럼.

이명박 대통령은 잘난 체하기를 좋아한다. 그래서 "나도 예전에 이런저런 일을 해봐서 안다"라는 말을 입에 달고 다닌다. 참으로 하지 않은 게 없고 하지 못한 게 없다. 그런데 실상 이 말은 제대로 알거나 할 줄 아는 게 없다는 말이다. 오로지 말만으로 모든 것을 하는 셈이다. 그것도 과거형으로 말이다. 그러니 어떤 믿음을 줄 수 있겠는가? 믿음을 주지 못하는데 왕도는커녕 '정의' 조차 실행할 수 있겠는가? 수오지심이 없는 이가 설령 『정의란 무엇인가』를 읽었다고 한들, 그 뜻을 알기나 했을까?

맹자는 "말이란 그 마음에서 생겨나 그 정치를 해치고, 그 정치에서 일어나 그 일을 해친다"고 했다. 참으로 지당한 말인데, 대통령의 말들을 생각하면 섬뜩해진다. 그 말들이 공명정대하지 못한 마음에서 나왔기 때문이다. 자신은 옳다, 자신만이 잘할 수 있다는 데에 빠져 있는 마음, 무지에 가려져 있으면서도 그런 사실을 알아채지 못하는 마음, 고집을 피워서 원리도 원칙도 어기고 끝내는 날명을 일삼는 마음, 한마디로 수오지심이 없다. 수오지심이 없는 그런 마음에 정치가 무너지고 국민의 억장이 무너진다.

● 원문

1) "敢問夫子惡乎長?"

曰: "我知言, 我善養吾浩然之氣."

"何謂知言?"

曰: "詖辭知其所蔽, 淫辭知其所陷, 邪辭知其所離, 遁辭知其所窮. 生於其心, 害於其政, 發於其政, 害於其事. 聖人復起, 必從吾言矣." (「공손추」상2)

2) "權, 然後知輕重, 度, 然後知長短." (「양혜왕」상7)

민주주의의 필요조건, 시비지심

맹자가 말하였다.

"공자께서는 '어짊에 머물면 아름답다 하리라. 잘 가려서 어짊에 머물지 못한다면, 어찌 지혜롭다 하겠는가?'라고 말씀하셨다. 저 어짊이란 하늘이 내린 존귀한 작위요, 사람이 머물 편안한 집이다. 막지 않는데도 어질지 못하다면, 이는 지혜롭지 못한 것이다. 어질지 못하고 지혜롭지 못하며 예의가 없고 올바름이 없다면, 남에게 부림을 당할 것이다. 남에게 부림을 당하면서 그렇게 부림을 당하는 것을 부끄러워한다면, 그것은 마치 활 만드는 사람이 활 만드는 일을 부끄러워하고 화살 만드는 사람이 화살 만드는 일을 부끄러워하는 것과 같다. 부끄러워하는 것은 어질게 되는 것만 못하다. 어짊이란 활쏘기와 같으니, 활 쏘는 자는 자신을 바르게 한 뒤에야 쏘며, 쏘아서 맞히지 못하면 자기를 이긴 자를 탓하지 않고 돌이켜 자신에게서 허물을 찾을 따름이다."[1]

2011년 4월 27일은 재·보궐선거가 있는 날이었다. 출마자들이 최종적으로 심판을 받는 날이었다. "백성이 귀하고 임금은 가볍다"고 말한 맹자가 투표장에서 제 권리를 행사하는 시민들을 본다면, 어떤 생각을 할까? 저 옛날에도 백성은 '민(民)'이라 불렸다. 공자와 맹자 시대에 민은 지배층의 교화를 받아서 "따라갈 수는 있으나 스스로 알고 행동할 수는 없는" 존재들이었다. 그러나 이제는 민이 시민이나 국민, 민중으로 불리면서 공동체와 나라의 주인이 되었다. 누군가의 지시를 따르는 자가 아니라, 스스로 알고 선택할 수 있는 존재가 되었다. 맹자에게는 그야말로 '천지가 개벽한' 엄청난 혁명이다.

그런데 시민이 주인이 되었다고 해서 다 된 것일까? 주인은 권리와 함께 의무도 있다. 의무를 제대로 이행하지 않으면, 스스로 주인이기를 포기한 것이다. 과연 지금 시민은 주인으로서 권리를 제대로 누리고 있는가? 주인으로서 의무를 다하고 있는가? 맹자라면 "아니다!"라고 말할 것이다. 왜 그런가? 주인이 주인 노릇을 못하고 있기 때문이다.

시민들이 연출한 위선과 비방의 난장판

유세장으로 눈을 돌려보자. 출마자들은 저마다 자신이 시민들을 위해서, 지역을 위해서 가장 잘 일할 수 있다고 외치는데, 한참을 귀 기울여서 들어도 도대체 들을 만한 주장, 구체적인 정책은 없다. 이익이 된다는 구실을 내세우며 저는 할 수 없는 일, 못할 일을 함부로 약속한다. 아니면 비방과 폭로를 일삼고, 호소나 읍소 따위로 표를 구걸한다. 이건 허튼수작이다. 유권자들을 상대로 수작질이라니! 그런데 이게 통하고 있다. "나이 마흔에 흔들리지 않는 마음을 지녔다"고 한 맹자도 발끈해서 호통을 칠 판이다.

최근 어떤 출마자는 한 신문과 인터뷰에서 "선거전이 시민들의 뜻과 상관없이 정치대결의 장으로 변질된 것 같아 매우 안타깝다. 어떤 후보가 어떤 일을 얼마나 많이 할 수 있는지, 또 어느 후보를 선택해야 (지역)발전을 이끌어낼 수 있는지 철저하게 검증하는 선거가 돼야 한다"고 주장했다. 옳은 말이다. 문제는 정작 이 말을 한 장본인이 상대 후보를 깎아내리려고 근거도 없이 비방을 하다가 사과를 하는 해프닝을 벌였다는 사실이다. 이뿐인가? 그 자신이 정책도 대안도 없이 그런 말을 하고 있으니, 후안무치하기 짝이 없다.

비전 제시는 아예 바랄 수도 없는 이런 후안무치한 자와 맞붙은 상대 후보는 그러면 더 나은가? 딱히 낫다고 할 게 없다. 어찌 그리도 비슷한지, 참으로 딱하다. 상대의 비방에 비방으로 대응하지 않으면, 변명을 늘어놓기에 바쁘다. "나는 상대보다 낫다"고 외치지만, 그야말로 맹자가 말한 '이오십보소백보(以五十步笑百步)' 다. 전쟁터에서 오십 보 달아난 놈이 백 보 달아난 놈을 비웃는 꼴이란 말이다.

왜 이렇게 위선적인 출마자들이 나서서 난장판을 벌이고 있을까?

어질고 지혜로운 자는커녕 몸가짐에 예의가 있거나 그 생각과 말에 올바름이 있는 사람이 드물어서 이런 지경에 이르렀다. 그래서 시민들은 탄식하며 답답해한다. 맹자는 "오직 어진 사람이 높은 자리에 있어야 하는데, 어질지 못하면서 높은 자리에 있으면 이는 대중에게 해악을 퍼뜨리는 일이 된다"[2]고 말했다. 시민들도 경험을 통해 이를 잘 알고 있다. 그래서 혀를 차지만, 정작 시민들 자신들이 이런 난장판을 연출하는 데 가장 크게 기여했다는 사실은 미처 모르고 있다.

시민이라면 누구나 어진 사람, 지혜로운 사람, 예의가 있는 사람, 올바른 사람이 나서서 지역과 나라를 위해 일해주기를 바란다. 그런데 왜 그런 사람이 나서지 않는가? 그들이 나서는 순간, 난장판은 곧바로 흥겨운 놀이판이 될 텐데. 안타깝게도 그런 사람들은 나서지 않는다. 왜? 시민들이 뽑아주지 않기 때문이다. 공자가 말했듯이, 성인이나 현자는 도가 행해지지 않으면 나서지 않는다. 괜히 나섰다가는 곤욕을 치르거나 제 인생만 위태로워진다는 것을 알기 때문이다.

누구나 시비지심을 지니고 있다

맹자는 "어짊에 머물면 아름답다 하리라. 잘 가려서 어짊에 머물지 못한다면, 어찌 지혜롭다 하겠는가?"라는 공자의 말을 인용하면서 당시의 귀족들 또는 지식인들을 일깨웠다. 당시의 귀족이나 지식인에 해당되는 계층이 오늘날에는 따로 없다. 바로 시민이 귀족이기도 하고 지식인이기도 하다. 시민이라면 누구나 교육을 받고 공직을 맡을 기회가 주어지기 때문이다.

그러면 귀족이면서 지식인인 시민으로서 다시 맹자의 말을 살펴보자. "어짊에 머무는 일"은 내가 어질게 되려는 것이면서 동시에 어진 사람을 만나 사귀는 일이기도 하다. 이를 선거와 관련시키면, 어진 사람을 가려서 뽑는 일이 될 것이다. 그런데 그것은 지혜로워야 할 수 있다고 했다. 지혜! 민주주의의 꽃인 선거를 난장판으로 만드느냐 놀이판으로 만드느냐는 바로 이 지혜에 달려 있다.

지혜라니! 너무 거창한 게 아닌가라고 말할지도 모르겠다. 지혜를 갖추는 일은 성자나 현자라야 가능하지, 평범한 사람에게는 너무 벅차다고 말할지도 모르겠다. 물론 궁극의 지혜를 얻는 일은 지극히 어렵다. 그러나 명심하라. 지혜를 얻어서 현자가 되고 성자가 되는 것이지, 현자나 성자라서 지혜를 얻는 게 아니라는 것을.

사람마다 타고난 자질은 다르지만, 누구나 지혜로워질 수 있다는 것은 사실이면서 진리다. 시민은 행복해질 권리만 있는 게 아니다. 지혜로워질 권리도 있다. 아닌 게 아니라, 지혜로워야 행복할 수 있다. 그럼에도 지레짐작만으로 애쓰지도 않고 지혜를 멀리한다면, 이는 스스로 주인이기를 포기하는 짓이다. 그런 자를 맹자는 '자포자기한 자'라 했다.

"자신에게 사납게 구는(自暴) 자와는 함께 말할 게 없고, 자신을 버리는(自棄) 자와는 함께 할 일이 없다. 예의와 올바름을 그르치는 말을 하는 것, 이를 '자신에게 사납게 구는 짓'이라 한다. 내 몸은 어 즮에 머물 수 없고 올바름을 따를 수 없다고 하는 것, 이를 '자신을 버리는 짓'이라 한다."[3]

자포자기하는 자는 남이 해치기 전에 먼저 자신을 해치며, 남이 알 아주기 전에 먼저 자신을 버린다. 이러고서야 어찌 대화를 하고 토 론을 하며 함께 일을 꾀할 수 있겠는가? 그런데 왜 자포자기하는가? 자신에게 있는 시비지심(是非之心)을 쓰지 않았기 때문이다. 시비지 심을 쓰지 않으면, 이치에서 멀어진다. 이치에서 멀어지면, 그 마음 은 의리보다 이익에 기울고 멀리 내다보지 못할뿐더러 심지어는 제 스스로 무덤을 판다.

시비지심은 민주주의의 싹이다

맹자는 "시비지심이 없으면 사람이 아니다"[4]고 했는데, 시비지심 을 쓰지 않아도 사람이 아니다. 시비지심은 이치나 원칙에 입각해서 옳고 그름을 따지는 마음으로, 여기에서 정확한 분석과 냉철한 판 단, 담대한 결정이 이루어진다. 맹자는 사람에게 이런 마음이 있는 줄을 알고 또 믿었기 때문에 '성선설(性善說)'을 주장하였다. 이는 모든 사람이 주인이라는 민주주의의 실현에서 입증되었다. 그 민주 주의의 제도적 표현 가운데 하나가 선거제도다.

그러나 이념은 이념이고 제도는 제도일 뿐이다. 이념을 현실화하 고 제도가 제 구실을 하도록 만드는 것은 주인인 시민이다. 시민이 민주주의의 싹인 시비지심을 기르지 않는다면, 이념은 망상에 그치고 제도는 무너진다. 이 나라에서 아직 토론 문화가 정착되지 못하고, 공동체나 지역, 나라를 먼저 위하고 공명정대한 마음으로 일할 사람이 시민을 대표하지 못하며, 악화(惡貨)가 양화(良貨)를 몰아내듯이 위선자가 진실한 자를 내모는 일들이 현실이 되어 있는 것은 바로 시민들이 시비지심을 버려두고 쓰지 않기 때문이다.

맹자는 "활 쏘는 자는 자신을 바르게 한 뒤에야 쏜다"고 했다. 이제 투표권의 행사는 일종의 활쏘기다. 시민들의 활쏘기는 시비지심으로 시위를 당기는 데서 시작된다. 시비지심이 없으면 겨냥이 잘못되어 과녁을 못 맞힐 뿐만 아니라, 쏜 화살이 되돌아와 시민들의 가슴을 꿰뚫는다. 부메랑처럼. 그건 비극이다! 대체 언제까지 이런 비극을 연출할 것인가?

● 원문

1) "孔子曰: '里仁爲美. 擇不處仁, 焉得智?' 夫仁, 天之尊爵也, 人
之安宅也. 莫之禦而不仁, 是不智也. 不仁, 不智, 無禮, 無義, 人
役也. 人役而恥爲役, 由弓人而恥爲弓, 矢人而恥爲矢也. 如恥之,
莫如爲仁. 仁者如射, 射者正己而後發. 發而不中, 不怨勝己者,
反求諸己而已矣." (「공손추」상7)

2) "惟仁者宜在高位. 不仁而在高位, 是播其惡於衆也." (「이루」상1)

3) 孟子曰: "自暴者不可與有言也, 自棄者不可與有爲也. 言非禮義,
謂之自暴也, 吾身不能居仁由義, 謂之自棄也. 仁, 人之安宅也,
義, 人之安路也. 曠安宅而弗居, 舍正路而不由, 哀哉!" (「이루」상7)

4) "無是非之心, 非人也." (「공손추」상6)

사랑하되
조장하지 말라

"송나라 사람 가운데에 싹이 자라지 않는 것을 걱정하여 싹을 뽑아 올린 자가 있는데, 꽤 지친 채로 돌아와서는 집안사람들에게, '오늘은 아주 힘들구나. 내가 싹이 자라는 걸 도왔지(助長)'라고 말하였네. 그 아들이 달려가서 보았더니 싹이 말라 있었다네. 천하에 싹이 자라는 걸 돕지 않는 자는 적다네. 이익이 없다고 여겨서 버려두는 자는 싹을 김매지 않는 자고, 자라는 걸 돕는 자는 싹을 뽑아 올리는 자니, 이런 건 이익이 없을 뿐 아니라 도리어 해치는 짓이라네."[1]

내일은 어린이날이다. 어린이를 위한 축제가 곳곳에서 열린다. 어린이들이 뛰어놀며 즐거워하는 모습은 언제 보아도 흐뭇하다. 그런데 어린이들이 날마다 그렇게 즐거워한다면 좋으련만, 현실은 그렇지 못하다. 어린이의 고귀함을 비로소 인식한 어른들이 진정으로 어린이를 위하겠다는 다짐에서 만든 날이 어린이날이다. 그게 1957년 5월 5일이었다. 그런데 이제 어린이날은 '1년에 단 하루만 어린이들

60

을 위하는 날' 처럼, 아니 '위하는 것처럼 하는 날'이 되어버렸다.

경제적으로 풍요로워진 우리나라에서 어린이들은 그 풍요로움 때문에 도리어 학대받고 있다. 부모들의 과도한 교육열로 말미암아 유치원에서 학교, 학원 그리고 집에서 쉼 없이 공부하도록 강요받고 있다. 이는 공부가 아니라 노동이다. 노동 가운데서도 중노동이다. 이러니 어린이들이 괴롭지 않겠는가? 심성이 올발라질 수 있겠는가? 이러고서야 쭉쭉 뻗은 나무가 아닌 굽은 나무만 될 뿐이다. 그런데도 부모들은 자기들이 힘들다고, 아이들이 말을 듣지 않는다고, 사교육비가 늘어 허리가 휜다고 하소연하고 있다. 어디서부터 무엇이 잘못된 것일까?

아이는 사람의 처음이요, 동심은 마음의 처음이다

중국 역사상 가장 이단적인 사상가로서 당시 사회의 사상적·문화적 주류를 자임하던 자들로부터 탄압과 박해를 받았고, 사후에는 3백여 년 동안 이단으로 배척받으며 그 저술들이 금서로 낙인찍혔던 인물이 있다. 바로 이탁오(李卓吾, 1527~1602)다. 허울뿐인 유교와 인정(人情)을 억압하는 체제에 반기를 든 그는 반유교적인 기행을 일삼았으며 거친 언사를 대담하게 내뱉었다. 그렇게 세상을 향해 쓴 소리를 내지르던 그도 감당하기 어려운 슬픔이 있었으니, 바로 자녀들을 잃은 일이었다.

이탁오는 26세 때 향시(鄕試)에 합격한 뒤로 하급관료생활을 하였다. 당시에 지식인들은 모두 관료가 되기를 바랐지만, 바란다고 해서 되는 것도 아니었고 또 된다고 해서 생활을 넉넉하게 영위할 수 있었던 것도 아니었다. 관리로서 떵떵거리며 살려면 중앙으로 진출해야만 하는데, 세태와 영합하지 않았던 이탁오는 지방관으로 떠돌아야만 했다. 당시의 지방관은 박봉으로, 근근이 입에 풀칠하며 사는 정도였다. 이탁오 또한 그런 가난을 평생 달고 살았는데, 29세 때에는 맏아들이 죽었고 39세 때에는 둘째와 셋째 딸이 굶어서 죽었다. 아, 자식이 죽으면 부모는 가슴에 묻는다는데!

일찌감치 여러 자녀를 잃었던 이탁오가 남긴 글에 「동심설(童心說)」이 있다. 그 글에서 그는 "동심은 참된 마음이다. 만약 동심이 있으면 안 된다고 하면, 이는 참된 마음이 있으면 안 된다고 하는 것과 마찬가지다. 동심이란 거짓 없고 순수하고 참된 것으로, 사람이 태어나서 처음 갖게 되는 본심이다. 동심을 잃으면 참된 마음을 잃게 되고, 참된 마음을 잃으면 참된 인간성도 잃게 된다"고 말하였다. 그에게 아이는 사람의 처음이요, 동심은 마음의 처음이었다.

그런데 아이러니하게도 반유교적이었던 이탁오의 이 사상은 그대로 유교의 핵심을 관통하는 것이다. 『중용』에서는 "하늘이 부여한 것을 본성이라 한다(天命之謂性)"고 했다. 그 본성이 바로 동심이다. 동심은 그래서 무조건 보호되어야 하고 또 간직하여야 한다. 거기에 맹자가 말한 네 가지 실마리, 곧 측은지심(惻隱之心)·수오지심(羞惡之心)·사양지심(辭讓之心)·시비지심(是非之心)이 담겨 있기 때문이다. 그래서 맹자도 "큰사람(大人)은 어린아이의 마음을 잃지 않은 자다"[2]라고 말했다.

예나 이제나 누구나 '큰사람'이 되기를 바란다. 오늘날의 부모는 더욱더 자기 자식이 큰사람이 되기를 바랄 것이다. 그런데 그 큰사람이 자잘한 지식이나 얻어서 되는 것으로 잘못 알고 있다. 그래서 아이들이 본래부터 타고났던 그 마음을 간직하게 해주지 않고, 오히려 자잘한 지식들을 억지로 주입시키느라 그 마음을 빼앗고 망치는 짓을 일삼는다. 하찮은 지식으로 호연지기(浩然之氣)를 억눌러버린 셈이니, 이래서야 어떻게 큰사람이 되겠는가?

아이는 공부가 필요하지 않으니 조장하지 말라

어느 때부터인가 이 사회에 조기교육이니 영재교육이니 하는 열풍이 불어닥치더니, 좀체 누그러지지 않고 있다. 그 열풍이 얼마나 뜨거운지, 이 시대의 어린이들을 태워죽일 것만 같다. 내가 엄살을 피운다고 여기지 말라. 대한민국에서 교육열이 높다는 데서 가장 번창하고 있는 게 학원이라는 것을 아는 사람은 다 알지 않는가. 오죽하면 학원의 심야 교습을 제한하는 조례를 만들려고 하겠는가. 그러나 법으로도 막지 못한다. 학부모들이 그 열풍에 편승하여 더욱더 부채질을 하고 있는 한은. 물론 학부모들이야 "다 내 자식이 잘 되라고 하는 일이다"라고 말할지 모르지만, 자식들이 잘 되리라는 것을 누가 무엇으로 보장한단 말인가.

이탁오가 말했듯이 "동심은 참된 마음이다." 그 마음만으로도 어린이들은 늘 즐겁고 행복하다. 그런데 동심을 잃어버린 어른들이 어린이의 그 참된 마음을 억누르고 있다. 그리고 어른이라는 이름으로 횡포를 부린다. 어른들의 쓸데없는 교육열은 섣부른 판단과 어설픈 결정, 닦달하는 행위로 이어지고, 이는 결국 어린이들을 '공부'라는 노동으로 내몰고 학원이나 학교를 생지옥으로 만들고 있다. 그러면서 "어린이들이 잘 자라게 해주려는 것이다"고 말한다. 아, 그건 조장(助長)이다! 양육도 교육도 아닌, 조장일 뿐이다.

맹자가 말한 대로 오늘날에도 "천하에 싹이 자라는 것을 돕지 않는 자는 적다." 그러나 예나 이제나 조장하는 사람이 더 많다고 해서 그 조장이 정당화되지는 않으며 또 정당화되어서도 안 된다. 조장은 순전히 욕심과 어리석음 때문에 하는 짓이다. 욕심 때문에 이치에서 벗어난 짓을 하고, 어리석기 때문에 그게 나와 남을 해치는 짓인 줄을 모른다. 저 송나라 사람을 보라. 그 자신은 지치고, 싹은 말라 죽지 않았는가. 오늘날 자녀들을 일찌감치 '경쟁사회' 속에 몰아넣고서 자신만 힘들다고 탄식하는 학부모는 저 송나라 사람보다 더 탐욕스럽고 어리석다.

맹자는 "사람에게는 하지 않아야 하는 것도 있다. 그런 뒤에야 제대로 할 수 있다"[3]고 말했다. 어린이들에게 공부해야 한다고 강요하는 일, 그것이 바로 '하지 않아야 하는 것'이다. 어린이에게 해주어야 할 것은 어린이답게 자라도록 보살피는 일이다. 이는 어진 마음(仁)의 실마리인 측은지심만 있어도 가능하다. 남의 아이가 잘못 되는 것을 보아도 안타깝고 불쌍하지 않은가. 그 모두 측은지심이 있어서다. 그런데 왜 자신의 자녀에게는 그 측은지심을 쓰려고 하지 않는가?

자신이 배우는 부모가 학부모다

맹자는 이렇게도 말했다. "임금이 신하를 개나 말처럼 여기면, 신하는 임금을 평범한 사람처럼 여긴다. 임금이 신하를 흙이나 풀처럼 여기면, 신하는 임금을 도둑이나 원수로 여긴다."[4] 우리의 자녀들이 언제나 우리를 사랑하고 먼 훗날 우리에게 은혜를 갚기를 바란다면, 지금 여기서 그들을 사랑하고 그들을 행복하게 해주라. 공부하라고 닦달하고 미래를 위한답시고 지금 괴롭히는 것은 사랑도 은혜도 아니다. 그것은 폭군들의 전유물인 학대다. 자녀를 학대하는 부모, 그들은 학부모(學父母)가 아니라 학부모(虐父母)다.

진정으로 자녀가 잘 되기를 바란다면, 학부모가 공부해야 한다. 참으로 공부가 필요한 이들은 우리 어른들, 학부모들이 아닌가. 탐욕과 어리석음으로 힘들어하고 괴로워하니, 공부를 해서 지혜를 터득하고 즐겁게 살아야 한다. 학부모(學父母)는 '학생을 둔 부모'가 아니다. '배우는 부모'다. 자녀에게 배우라고 권하는 존재가 아니라, 스스로 먼저 배움에 힘쓰는 존재다. 위대한 스승인 공자도 자식을 가르치려 하지 않았다. 왜? 그 스스로 배움을 좋아하고 즐기면서 배움이란 억지로 되는 게 아님을 잘 알았기 때문이다. 학부모가 할 일은 그저 자신이 공부하고 그 참맛을 아는 것이다. 자신은 배우기 싫어하면서 자녀에게 배우라고 한다면, 그것은 "나는 바담 풍 해도, 너는 바람 풍 해라"는 격이다.

잊지 말자. 어린이는 그 자체로 축복이요, 빛이다. 그 존재만으로 주위 사람들을 기쁘고 즐겁게 해주니, 축복이다. 그 맑은 마음이 탐욕으로 어두워진 세상을 환하게 밝혀주니, 빛이다. 어린이는 어린이라는 그 이유로 해서 늘 행복해야 하고, 어른은 어른이기 때문에 늘 어린이를 행복하게 해주어야 한다. 그러기 위해서는 부모나 어른들이 먼저 행복해야 한다. 부모(어른)는 행복해야 할 의무가 있고, 자녀(어린이)는 그 행복을 볼 권리가 있다.

● 원문

1) "宋人有閔其苗之不長而揠之者, 芒芒然歸, 謂其人曰: '今日病矣! 予助苗長矣!' 其子趨而往視之, 苗則槁矣. 天下之不助苗長者寡矣. 以爲無益而舍之者, 不耘苗者也. 助之長者, 揠苗者也. 非徒無益, 而又害之."(「공손추」상2)

2) 孟子曰: "大人者, 不失其赤子之心者也."(「이루」하12)

3) 孟子曰: "人有不爲也, 而後可以有爲."(「이루」하8)

4) "君之視臣如犬馬, 則臣視君如國人, 君之視臣如土芥, 則臣視君如寇讎."(「이루」하3)

누가 사도를
땅에 떨어뜨리는가

"풍년에는 젊은이들이 게을러지고, 흉년에는 젊은이들이 사나워진다. 이는 하늘이 내린 재주가 다르기 때문이 아니다. 그 마음을 빠져들게 하는 것이 그렇게 만드는 것이다. 이제 저 보리의 씨를 뿌리고 흙을 덮는데, 그 땅이 똑같고 심는 때도 똑같으면 세차게 싹이 나와서는 무르익는 때를 맞이하여 모두 익는다. 가령 똑같지 않은 것이 있다면, 그것은 땅의 기름짐과 메마름, 비나 이슬, 사람이 하는 일이 같지 않기 때문이다. 그러므로 같은 부류인 것은 모두 서로 비슷하다. 어찌 사람에 대해서만 그것을 의심하겠는가? 성인(聖人)도 나와 같은 부류다."[1]

공자는 그 자신이 배우기를 좋아했던 인물이었고 또 그렇게 자처했다. 그러했으므로 누구보다도 배우는 자의 심정을 잘 알고서 가르쳤다. 공자는 "말린 고기 한 묶음 이상을 들고 스스로 찾아온 자라면, 내 가르치지 않은 적이 없다"(『논어』「술이(述而)」)고 말했으며, 또 "가르칠 때 신분을 가리지 않는다"(『논어』「위령공(衛靈公)」)고도 말하였다. 실제로 공자에게는 미천한 출신의 제자들이 많았다. 공자는 귀족들이 독점하던 지식을 누구나 배울 수 있도록 평등한 기회를 제공했던 위대한 교사였다.

위대한 교사로서 공자는 사후에도 지대한 영향을 끼쳤는데, 맹자도 그 영향을 받았다. 맹자는 스스로 "나는 공자의 문도가 될 수는 없었으나, 다른 사람을 통해서 본받고 배웠다"[2]고 말했다. 맹자가 늘 공자와 더불어 일컬어진 데에는 그 자신의 지극하고 한결같은 노력이 더 컸겠으나, 역시 공자라는 교사가 존재했다는 사실을 간과할 수 없다. 그리고 맹자 자신도 제후들이 왕도사상을 받아들이지 않자 교사의 길을 걸었다. 아니, 애초에 제후들을 마치 학생을 대하듯이 가르치고 일깨웠으니, 제후들의 교사이기도 했다.

자각 없이는 교사가 될 수 없다

전국시대의 제후들은 현실적으로 부국강병만이 살 길이라 여겼기 때문에 왕도(王道)보다는 패도(覇道)를 지향했다. 제후들은 맹자의 주장을 입으로는 찬성하면서도 결국 받아들이지 않았는데, 현실과 너무 동떨어져 있다는 게 이유였다. 그러나 맹자가 보기에는 오히려 제후들이 근시안적으로 이익만을 쫓다가 혼란을 가중시키고 있었다. 그래서 거칠고 대담한 언사로써 제후들의 간담을 서늘하게 하였다. 흥미로운 것은 그럼에도 제후들이 맹자를 깍듯하게 대했다는 사실이다. 그것은 맹자가 단순한 유세가(遊說家)가 아닌 교사(敎師)로

서의 면모를 보여주었기 때문이리라.

맹자는 이렇게 말한 적이 있다. "큰일을 하려는 군주에게는 함부로 부를 수 없는 신하가 있소. 군주가 일을 꾀하려면 몸소 신하를 찾아갔으니, 그 덕을 높이고 그 도를 즐거워함이 이와 같지 않으면 함께 큰일을 할 수가 없소. 그래서 탕 임금은 이윤(伊尹)에게 나아가서 배운 뒤에야 그를 신하로 삼았기 때문에 힘들이지 않고 왕 노릇을 했소."[3)]

이윤은 중국 은나라의 명재상으로, 탕(湯) 임금을 도와서 하나라의 걸왕(桀王)을 멸망시키고 선정을 베푼 인물이다. 신하인 이윤을 탕 임금이 함부로 대할 수 없었던 것은 이윤이 지혜와 능력을 지닌 교사의 기운과 풍모를 지녔기 때문이다. 맹자도 자신을 제후들의 교사로 여겼다. 제자 만장(萬章)이 이윤에 대해 물었을 때, 맹자는 이윤의 말로써 대답했다.

"하늘은 이 백성을 내면서 먼저 안 자가 나중에 아는 자를 깨우치고, 먼저 깨친 자가 나중에 깨치는 자를 깨우치게 하였다. 나는 하늘이 낸 백성 가운데서 먼저 깨친 사람이다. 나는 앞으로 이 도리로써 이 백성을 깨우칠 것이니, 이들을 깨우치는 일을 내가 아니면 누가 하겠는가?"[4)]

참으로 당당한 선언이다. 이를 두고 교만이니 오만이니 하는 말을 하는 자가 있다면, 그는 자신을 바로 세우는 공부를 해본 적이 없는 자다. 이런 발언은 그 시대에 자신이 해야 할 일을 자각한 데서 나온 것으로, 교사의 길 곧 사도(師道)는 바로 이런 시대적 소명을 자각하는 데서 시작된다는 것을 보여준다. 맹자가 나아가서는 정치가로, 물러나서는 교사로 살 수 있었던 바탕에는 이런 자각이 있었다.

누가 사도를 땅에 떨어뜨리는가

맹자는 "젊은이들이 풍년에는 게을러지고 흉년에는 사나워진다"고 말했다. 이는 환경에 따라 그 마음이 빠져드는 게 달라지기 때문이다. 그런데 "나는 나이 마흔에 흔들리지 않는 마음을 지녔다"고도 말했다. 이는 스스로 씨를 뿌리고 흙을 덮는 공부를 함으로써 자신을 바로 세웠기 때문이니, 누구나 그런 공부를 할 수 있는 자질이 있다는 확신이 있었던 것이다. "사람의 성품은 착하다"는 성선설도 그런 확신에서 나온 것이다.

땅에 메마름과 기름짐의 차이가 있듯이 타고난 자질에 차이가 있다고 하더라도, 또 비나 이슬이 다르듯이 환경이 다르다고 하더라도, 사람은 본질적으로 다르지 않으며 같은 부류라는 맹자의 주장은 교사들이 새겨두어야 할 지침이다. 만약 교사 자신이 군자나 성인이 될 수 있다는 확신이 없다면, 어떻게 남을 가르치고 이끌 수 있겠는가? 맹자는 "성인도 나와 같은 부류다"라고 했다. 성인도 될 수 있는데, 어찌 뛰어난 교사가 되지 못하겠는가?

그런데 불행하게도 오늘날에는 그런 확신을 가진 교사가 드물다. 성인은커녕 군자가 되는 일조차 마치 불가능한 것처럼 손사래를 친다. 그러면서도 가르치려 들고 교사가 되려 한다. "사람들에게는 마

70

음의 병이 있으니, 그것은 남의 스승이 되기를 좋아하는 것이다"[5]라고 한 맹자의 말은 이 시대에 그대로 들어맞는다. 인격과 학식은 갖추려 하지 않고 그저 직업으로서 교사가 되려는 이들, 그렇게 된 이들이 넘쳐나고 있다.

근래에 학부모가 교사에게 폭언이나 폭행을 일삼는 일, 학생이 교사에게 무례한 짓, 때로는 폭행을 서슴지 않는 일이 곳곳에서 일어나고 있다. 뿐만 아니라, 교사에 대한 신뢰도 대체로 아주 낮아졌다. 어찌하여 이런 지경에 이르렀는가? 교사들이야 무례한 학부모나 버릇없는 학생, 나아가 도덕을 상실한 사회와 세태를 탓할지 모르지만, 기실 모든 빌미는 교사들에게 있다. "사도가 땅에 떨어졌다"고 하는데, 그 사도가 누구의 길인가? 교사의 길, 교사가 가는 길 아닌가? 사도를 세우는 이도 교사요, 떨어뜨리는 이도 교사다.

나에게 허물이 없는데도 남이 나를 업신여기는 일은 없다. 있다고 한들, 그것은 오해일 뿐이다. 맹자도 "내가 반드시 먼저 나를 업신여긴 뒤에야 남이 나를 업신여긴다"[6]고 말했다. 사도가 땅에 떨어진 것은 교사 스스로 사도를 그르쳤기 때문이다. 그럼에도 남을 탓하고 현실을 개탄하면서 자신을 돌아보지 않는다면, 이는 '스스로 옳지 못함을 부끄러워하고 착하지 못함을 미워하는 마음'인 수오지심(羞惡之心)조차 없음을 드러내는 짓이다. 그런데, 과연 이 시대에 사도를 세운 적이나 있었던가?

교사는 과거와 미래의 징검다리다

교사 노릇하기 힘들다고, 학생들이 말을 듣지 않아 괴롭다고 불평을 늘어놓는 교사들이 적지 않다. 그런데 불평하면서도 그만두지 못하는 까닭은 무엇인가? 생계를 위한 직업이기 때문이다. 단지 직업일 뿐이라면, 교사는 더 이상 교사가 아니라 한낱 노동자다. 장인정신이 없는 노동자일 뿐이다. 그런 노동자를 과연 누가 존경하고 따르겠는가?

교사로서 대접받고 싶다면, 교사로서 존경받고 싶다면, 먼저 자신이 교사다운 교사가 되어야 한다. 그래야만 사도가 저절로 선다. 맹자는 "사람이라면 누구나 귀해지고 싶은 마음이 있다. 그런데 사람마다 자기에게 그 귀함이 있건마는, 스스로 생각하지 않을 뿐이다"[7]라고 말했다. 정당하게 대접받고 존경까지 받을 수 있는 길은 교사 자신에게 있다. 스스로 배우기를 좋아하는 것, 그것이 길이다. "나는 나면서부터 아는 자가 아니었다. 옛것을 좋아하여 재바르게 구하는 사람일 뿐이다"(『논어』 「술이」)라고 말한 공자도 그 길을 가서 위대한 교사가 되어 오늘날까지 추앙받고 있다.

공자는 또 "옛것을 무르익히고 새것을 알아야 스승이 될 수 있다(溫故而知新, 可以爲師矣)"고 말했다. 옛것을 무르익힘은 교사의 필요조건이요, 새것을 아는 일은 교사의 충분조건이다. 이런 조건이 요구되는 것은, 가르침을 받을 학생들이 미래를 살아갈 존재들이기 때문이다. 결국 교사는 과거와 미래를 잇는 징검다리가 되도록 애써야 한다는 말이다. 과거에 매여서도 안 되고, 현재에 머물러도 안 된다.

20세기 한국 사회의 교육에 커다란 영향을 끼친 이로는 미국의 철학자이자 교육운동가인 존 듀이(John Dewey, 1859~1952)를 꼽을 수 있다. 그가 어떤 영향을 끼쳤는지는 제쳐두고, 공자가 한 말과 상통하는 말을 『철학의 재구성』이라는 저술에서 한 적이 있어 옮겨본다. "모든 심사숙고에서 실제로 다루어야 하는 점은 … 어떤 자아가 지금 형성 중이고 어떤 세계가 앞으로 펼쳐질 것인가다." 이는 그대로 교사 또는 교육자가 새겨두어야 할 말이다. 어떤 자아가 지금 형성 중인가는 곧 어린 사람들의 자아가 어떻게 형성되고 있는가에 관심을 가지는 일이고, 어떤 세계가 앞으로 펼쳐질 것인가는 그 어린 사람들이 살아갈 미래에 대해 전망을 가지는 일이라 할 수 있다.

물론 교사다운 교사가 되는 일은 어려운 일이다(아니, 가치 있는 일치고 어렵지 않은 게 어디 있는가). 어려운 일이므로 지극한 마음으로 해야 한다. 그러나 불가능한 일은 아니다. 맹자는 "태산을 옆구리에 끼고 북해를 건너뛰는 것은 불가능하다"고 말했는데, 교사다운 교사가 되는 일이 그런 불가능한 일인가? 그렇다고 여긴다면, 티끌만큼이라도 그런 마음을 갖고 있다면, 교사 노릇은 당장에 그만두는 것이 좋다. 그게 자신과 어린 학생들을 위해 할 수 있는 최선이다.

● 원문

1) 孟子曰: "富歲, 子弟多賴, 凶歲, 子弟多暴, 非天之降才爾殊也, 其所以陷溺其心者然也. 今夫麰麥, 播種而耰之, 其地同, 樹之時又同, 浡然而生, 至於日至之時, 皆熟矣. 雖有不同, 則地有肥磽, 雨露之養, 人事之不齊也. 故凡同類者, 舉相似也, 何獨至於人而疑之? 聖人, 與我同類者."(「고자」상7)

2) "予未得爲孔子徒也, 予私淑諸人也."(「이루」하22)

3) "故將大有爲之君, 必有所不召之臣. 欲有謀焉, 則就之. 其尊德樂道, 不如是, 不足與有爲也. 故湯之於伊尹, 學焉而後臣之, 故不勞而王."(「공손추」하2)

4) "天之生此民也, 使先知覺後知, 使先覺覺後覺也. 予, 天民之先覺者也. 予將以斯道覺斯民也. 非予覺之, 而誰也?"(「만장」상7)

5) "人之患在好爲人師."(「이루」상23)

6) "夫人必自侮, 然後人侮之."(「이루」상8)

7) "欲貴者, 人之同心也. 人人有貴於己者, 弗思耳."(「고자」상17)

탐욕은 사람의
마음이 아니다

추(鄒)나라와 노(魯)나라가 서로 싸웠다. 추나라 목공(穆公)이 물었다.

"나의 유사(有司, 벼슬아치) 서른세 명이 죽었는데, 백성들은 그들을 위해 죽지 않았소. 백성들을 베면 이루 다 벨 수 없을 것이고, 베지 않으면 그들은 윗사람의 죽음을 보고도 밉게 생각하여 구하려 하지 않을 것이오. 어찌해야 되겠소?"

맹자가 대답하였다.

"흉년이 들어 굶주릴 때에 임금의 백성들 가운데 늙고 약한 자들은 도랑이나 골짜기에 버려졌고 장정들은 사방으로 흩어졌는데, 거의 천 명이나 되었습니다. 그런데 임금의 곡식 곳간과 재물 곳간은 가득 차 있는데도 유사들이 보고하지 않았으니, 이는 윗사람이 게을러서 아랫사람에게 모질게 굴었던 것입니다. 증자(曾子)가 말하기를, '경계하라, 경계하라! 너에게서 나온 것이 너에게로 돌아가리라!'고 하였습니다. 저 백성들이 이제부터 그것을 되돌려 줄 것입니다. 임금께서는 그들을 허물치 마십시오."[1]

5월은 가정의 달이라고 한다. 그런데 곳곳에서 자살 소식이 잇달 아 들려온다. 마치 가정의 달은 무슨 가정의 달이냐고 항변하듯이. 이토록 많은 자살이 일어나고 있는데, 무슨 요란한 행사들이냐고 질 타하는 듯이. 그렇다, 언론이나 방송에서 '가정'의 소중함에 대해 떠 들어대면 떠들어댈수록 가정의 몰락이 다가온 게 아닌가 여겨진다. 아닌 게 아니라, 거대한 몰락일수록 그 징후는 잘 드러나지 않는다. 몰락이 임박해서야 비로소 징후가 드러나지만, 드러났을 때는 이미 늦다. 모든 자살이 다 가정의 몰락을 알리는 징후겠지만, 청소년의 자살이 급증하고 있다는 것만큼 섬뜩하게 느껴지는 징후는 없다. 아 마도 어른인 나, 우리에게 그 책임이 있기 때문이리라.

누가 청소년들을 죽음으로 내모는가

추나라 백성들은 유사 곧 벼슬아치가 서른세 명이나 죽는데도 그 들을 위해 죽지 않고 수수방관하였다. 이에 추나라 목공(穆公)은 백 성들을 괘씸하게 여겨서 베어 죽이려는 생각까지 하였는데, 이는 당 연하다. 유사들은 목공의 분신이나 다름이 없었으니까. 그러나 그런 생각은 무지를 드러낸 것일 뿐이다. 자업자득인 줄을 몰랐으므로. 결국 무지했던 목공은 맹자에게 물었는데, 맹자의 대답은 참으로 서 늘하다. 제후의 등골을 오싹하게 해주면서 백성들의 속을 시원하게 풀어주니, 이중으로 서늘하다.

지금 이 시대 어른들의 처지가 저 목공의 처지와 비슷하다. 그러니

저 문답을 비유로 알고 다가가 보자. 추나라 목공과 유사들은 지배층으로서 하나다. 이들은 오늘날의 어른에 해당한다. 다스림을 받는 백성들은 오늘날의 청소년들이다. 힘이 없으며 아직 자립하지 못하는 처지가 서로 비슷하다.

흉년이 들어 굶주릴 때, 늙고 약한 자들은 도랑이나 골짜기에 버려지고 장정들은 사방으로 흩어졌다고 했다. 흉년이 들어 굶주린다는 상황은 영양가라고는 없는 교과서와 자잘한 지식 따위를 외우느라고 이팔청춘호시절을 끔찍하게 보내고 있는 청소년들의 처지에 비유된다. 도랑이나 골짜기에 버려진 늙고 약한 자들은 자살한 청소년들이고, 사방으로 흩어진 장정들은 자살하지는 않았으나 어른들과 이 세상을 원망하며 마음이 죽어버린 청소년들이다.

백성들이 굶주려 죽거나 사방으로 흩어질 때, 군주의 곡식 곳간과 재물 곳간은 가득 차 있었다. 유사들은 게을러서 곳간을 열지 않았고 목공은 그 사실을 몰랐다. 그 탓에 백성들이 모진 고초를 겪었다. 경제적으로 윤택한 이 사회는 그 자체가 곳간이다. 그런데 어른들은 청소년들에게 온갖 좋은 것들을 다 먹이면서도 심리적으로 정서적으로는 닦달하며 옥죄고 있다. 이는 몸은 길러주면서도 그 마음을 길러주지 않는 것이니, 이 또한 모질게 구는 짓이다.

맹자는 "먹이기만 하고 사랑하지 않으면, 그것은 돼지로서 사귀는 짓이다. 사랑하면서도 그 마음을 지극하게 지니지 않으면, 짐승으로서 기르는 짓이다"[2]라고 말했다. 지금 어른들은 청소년들을 마치 돼지나 짐승을 기르듯이 할 뿐, 사람으로서 기르지 않고 있다. 어른들이야 사랑과 지극함으로 대한다지만, 그 정도야 애완동물에게도 쏟지 않는가. 청소년을 한 인격체로, 한 사람으로 대하고 길러주지 않는 한, 거기에는 참된 사랑도 지극한 마음도 없다. 이것이 청소년들의 마음을 병들게 하였으니, 살아 있다고 한들 어찌 사는 것이겠는가?

백성들은 전쟁이 벌어지자 유사들에게 앙갚음했다. 목공은 백성들이 왜 그랬는지 몰랐다. 몰랐으므로 백성들을 탓하며 분노했다. 이에 맹자는 그 모든 것이 이전에 제후와 유사들이 저지른 일에서 비롯된 것이었음을 분명하게 일깨워주었다. 그리고는 "경계하라, 경계하라! 너에게서 나온 것이 너에게로 돌아가리라!"고 한 증자의 말을 들려주면서 백성들의 앙갚음은 당연한 것이라 했다. 자, 그러면 지금의 청소년들이 이 사회의 주축이 되어 있을 먼 훗날을 떠올려보라. 지금의 어른들이 노인이 되면 어떤 대접을 받게 될까? 미리 말해 두거니와, 그때 한낱 짐승으로 대접받더라도 결코 원망하지 말라. 그 모두 오늘 뿌린 대로 거두는 것이니.

탐욕스런 마음을 지닌 자는 사람이 아니다

그런데 목공과 그의 유사들은 백성들이 그렇게 할 줄을 왜 몰랐을까? 탐욕 때문이다. 탐욕으로 말미암아 올바른 분별을 할 수 없었다. 흉년이 들어 백성들이 굶주리면 당연히 곳간을 열어서 구제해주어야 했음에도 유사들은 그렇게 하지 않았다. 탐욕이 올바른 판단과

78

행동을 막아버렸기 때문이다. 모질게 굴었던 유사들로 말미암아 이미 마음이 떠나버린 백성들을 이끌고 전쟁에 나섰다가 낭패를 본 목공은 바로 탐욕 때문에 백성들의 마음을 읽지 못했다.

탐욕은 이토록 무섭다. 사람이라면 누구나 지닌 측은지심을 억눌러서 어짊의 싹을 죽이기 때문이다. 오늘날의 어른들이 청소년들의 처지를 제대로 이해하지 못하고 그들을 진정으로 아끼고 사랑하지 못하는 것도 탐욕에 절어 있어서다. 한나라 때의 정치가이자 문인이었던 가의(賈誼)는 "탐욕스러운 자는 재물 때문에 목숨을 잃고, 열사는 이름을 얻기 위해 목숨을 바치며, 뽐내기 좋아하는 사람은 그 권세 때문에 죽는다"고 말했는데, 가의가 언급한 그 재물과 이름, 권세 따위에 현대의 어른들도 목숨을 걸고 있다. 어른들 자신들만 그러는 것이 아니라 그것이 지고의 가치인 듯이 청소년들에게까지 강요하고 있다.

맹자는 "어짊이란 것은 사람이다. (어짊과 사람을) 아울러서 말하면, 도(道)다"[3]라고 말했다. 『중용』에서는 "도란 잠시도 떨어져 있을 수 없는 것이다"라고 말했다. 도는 사람이 가야 할 길이고, 살아 있는 한은 결코 벗어날 수 없다. 그렇다면 사람이 어진 마음을 지니며 살아가는 것은 당연하고 천연한 이치다. 그런데 탐욕이 그러한 이치를 잊게 만들고는, 어진 마음은 성자나 현자라야 지닐 수 있는 것처럼 여기게 한다.

예나 이제나 탐욕에 물든 사람은 어짊이 본래 사람임을, 사람 그 자체임을, 어짊으로 나아가는 것이 바로 사람의 길임을 모른다. 오죽하면 맹자가 이렇게 탄식했겠는가. "어짊은 사람의 마음이요, 올바름은 사람의 길이다. 그 길을 버려두고 가지 않으며, 그 마음을 놓아버리고 구할 줄을 모르니, 슬프도다! 닭이나 개가 달아나면 찾으려 하면서, 그 마음을 놓치고서는 구할 줄을 모르는구나!"[4)]

어짊이 사람의 마음이고, 탐욕은 사람의 마음이 아니다. 어진 마음이 없으면 사람이 아닌 데서 그치지만, 탐욕스런 마음이 있으면 사람이 아닌 데서 그치지 않는다. 짐승으로 떨어진다. 멀리 전국시대로 돌아갈 것까지 없다. 오늘날 이 땅에서 날마다 들려오는 아우성과 곳곳에서 벌어지는 이전투구(泥田鬪狗)를 보라. 거기 어디에 어짊이 있는가? 어디에 사람다운 사람이 있는가?

어짊과 올바름은 어른이 먼저 가야 할 길이다

"사람이 자기 몸에 대해서는 한결같이 아끼고, 한결같이 아끼면 한결같이 잘 기른다. 한 자나 한 치의 살갗을 참으로 사랑한다면, 한 자나 한 치의 살갗을 기르지 않는 일이 없다"[5)]고 맹자는 말했는데, 요즘 사람들이 까다로운 다이어트와 힘든 운동을 하면서 멋진 몸매를 만들려고 처절하리만치 애쓰는 모습들을 보면 그 말이 옳음을 알 수 있다. 이렇게 자신을 아끼고 사랑하는 마음이 어짊과 올바름을 실천하는 실마리다. 그리고 그것은 어른들의 일이고 몫이다.

핑계와 변명 따위를 늘어놓는 것은 볼썽사납다. 공자가 말하지 않았던가. "어짊이 멀리하더냐? 내가 어질고자 한다면, 그예 어짊이 오느니라."(『논어』「술이」) 올바른 길을 가며 어짊을 이루는 일은 물론 어렵다. 어느 누구도 쉽게 하지 못했다. 그러나 올바름은 사람의 길이기 때문에 가야만 하고, 어짊은 사람의 마음이기 때문에 지녀야 한다. 그래야 내가 살고 우리가 살며 청소년들도 산다. 거기에 현재와 더불어 미래도 있다.

"사람에게는 모두 참기 어려운 게 있는데, 그것을 꿰뚫고서 참아내는 데에 이르는 것이 어짊이다. 사람에게는 모두 하기 어려운 게 있는데, 그것을 꿰뚫고서 해내는 데에 이르는 것이 올바름이다."[6] 참기 어렵다고, 하기 어렵다고 "나는 못하겠다"는 어른이 있다면, 그는 사람이 아니다.

● 원문

1) 鄒與魯鬨. 穆公問曰: "吾有司死者三十三人, 而民莫之死也. 誅之, 則不可勝誅, 不誅, 則疾視其長上之死而不救, 如之何則可也?"

孟子對曰: "凶年饑歲, 君之民老弱轉乎溝壑, 壯者散而之四方者, 幾千人矣. 而君之倉廩實, 府庫充, 有司莫以告, 是上慢而殘下也. 曾子曰: '戒之戒之! 出乎爾者, 反乎爾者也.' 夫民今而後得反之也. 君無尤焉!"(「양혜왕」하12)

2) "食而弗愛, 豕交之也. 愛而不敬, 獸畜之也."(「진심」상37)

3) "仁也者, 人也. 合而言之, 道也."(「진심」하16)

4) "仁, 人心也. 義, 人路也. 舍其路而不由, 放其心而不知求, 哀哉! 人有鷄犬放, 則知求之, 有放心而不知求. 學問之道無他, 求其放心而已矣."(「고자」상11)

5) "人之於身也, 兼所愛. 兼所愛, 則兼所養也. 無尺寸之膚不愛焉, 則無尺寸之膚不養也."(「고자」상14)

6) "人皆有所不忍, 達之於其所忍, 仁也. 人皆有所不爲, 達之於其所爲, 義也."(「진심」하31)

누가 통일을
말하는가

맹자가 양나라 양왕(襄王)을 만나보고 나와서는 사람들에게 말하였다.

"멀리서 볼 때도 임금 같지 않더니, 다가가서도 두려워할 만한 것을 보지 못하였다. 그런데 갑자기, '천하가 어떻게 정해지겠습니까?' 하고 묻는데, 내가 '하나로 정해집니다'라고 대답하였다. '누가 하나로 할 수 있습니까?' 하고 또 묻기에, '사람 죽이기를 좋아하지 않는 자가 하나로 할 수 있습니다'라고 대답하였다. '누가 그와 함께 하겠습니까?' 하고 또 묻기에, 내 이렇게 대답하였다. '천하에 그와 함께 하지 않는 자가 없습니다. 왕께서는 저 싹을 아십니까? 칠팔월에 가뭄이 들면 싹이 말라버립니다. 그러다가 하늘에 잔뜩 먹구름이 끼어 억수같이 비가 내리면 그 싹은 우쩍우쩍 일어납니다. 그게 이렇다면 누가 막을 수 있겠습니까? 이제 이 천하의 임금 가운데 사람 죽이기를 좋아하지 않는 자가 없으니, 만약 사람 죽이기를 좋아하지 않는 자가 있다면 천하의 백성들은 모두 목을 길게 빼고 그를 기다릴 것입니다. 진실로 이와 같다면 물이 아래로 흐르는 것처럼 백성들도 그에게로 돌아갈 것이니, 그 대단한 기세를 누가 막을 수 있겠습니까?'"[1]

2011년 5월 9일, 독일을 방문한 이명박 대통령은 "독일 통일을 지켜보며 오늘날까지 남과 북의 사람들이 엉켜서 축배를 들고 축가를 부를 수 있는 순간이 언제일지 하루도 빼지 않고 생각해왔다"고 말했다. 5월 25일에는 민주평통 간부 자문위원들을 청와대에 초청해서 "당장 내일 오는 것도 아니고 앞으로 몇 십 년이 걸릴지 모르지만 그러나 준비는 내일 올 듯이 준비해야 된다, 독일의 통일을 보면 그렇다"고 말했고, 또 "북한이 책임 있는 자세로 나와야 한다"고도 말했다.

통일을 하루도 빼지 않고 생각해왔다고? 북한이 책임 있는 자세로 나와야 한다고? 다 제쳐두고 묻겠다. 독일의 통일을 보았다고 하는데, 그러면 빌리 브란트(Willy Brandt, 1913~1992)를 아는가?

빌리 브란트의 수오지심과 독일 통일

2차 세계대전이 끝난 뒤에 독일과 베를린은 동과 서로 나누어졌다. 그리고 1949년부터 수많은 동독의 기술자들과 지식인들이 서독으로 넘어갔다. 이에 동독은 1961년 8월 12일 밤부터 장벽을 설치하기 시작했다. 이것이 독일 분단의 상징이요, 냉전의 상징이었던 베를린 장벽(Berlin Wall)이다. 그때 서베를린의 시장으로서 장벽 설치에 적극 항의하며 나선 인물이 있었으니, 바로 빌리 브란트였다.

히틀러의 나치 정권에 항거하는 활동을 했던 빌리 브란트는 1969년에 서독 총리가 되었다. 이듬해 브란트 총리는 폴란드를 방문했다. 당시 폴란드 국민들은 독일에 아주 적대적이었다. 2차 세계대전이 독일의 폴란드 침공에서 시작된 데다 바르샤바의 유태인 게토 지구에서 40만 명이 나치에 의해 희생된 참혹한 기억 때문이다. 어찌 반감이 없을 수 있겠는가. 그러했으므로 12월 7일에 브란트 총리가 바르샤바의 전쟁 희생자 묘역을 찾았을 때, 폴란드인들의 시선은 아주 싸늘했다. 그저 의례적인 행사려니 했다. 그런데 갑자기 브란트 총리가 전쟁 희생자 묘비 앞에 무릎을 꿇었다. 그것은 그 누구도 예측하지 못했고 또 상상조차 하지 못했던 사건이었다.

당시 독일의 시사주간지 『슈피겔』은 "무릎 꿇을 필요가 없었던 그가 정작 무릎을 꿇어야 할 용기 없는 사람들을 대신해 무릎을 꿇은 것이다"라고 적었다. 그렇다, 브란트 총리 개인은 용서를 구할 이유가 없었다. 그럼에도 그는 스스로 무릎을 꿇고 사죄하였다. 한 사람의 독일인으로서 그리고 전 독일인의 총리로서. 그것은 '수오지심(羞惡之心)'에서 우러나온 행동이었다. '자신의 허물을 부끄러워하고 뉘우칠 줄 아는' 수오지심은 누구에게나 있으나, 깊은 반성과 자각을 거쳐야만 그런 올바르고 용기 있는 행동을 할 수 있다.

브란트 총리의 수오지심과 그 용기 있는 행동은 곧바로 폴란드 국민의 마음을 사로잡았고, 폴란드 국민은 독일인을 용서하며 화해하였다. 바로 이것이 독일의 통일에 밑거름이 되었다. 맹자는 "하·은·주 세 왕조는 어짊으로 천하를 얻었고, 어질지 못함으로 천하를 잃었다"[2]고 하였는데, 빌리 브란트는 수오지심으로 폴란드인뿐만 아니라 전 세계인의 마음을 사로잡으면서 새로운 시대를 열었다.

독일이 통일되던 그해 5월에 남예멘과 북예멘도 협상에 의해 통일되었다. 그러나 통일을 위한 정치적·경제적 기반도 부실했을 뿐 아니라 서로 내부적인 안정과 화합조차 결여된 상태에서 강행한 통일이었으므로 결국 1994년에 전면적인 내전이 벌어지게 되었다. 무력이 우세했던 북예멘이 남예멘의 수도 아덴을 점령하면서 다시 통일은 되었으나, 독일과 달리 지금까지도 불안정과 혼란을 거듭 겪고 있으며 그 전망도 어둡다. 독일이 왕도(王道)로써 통일을 이루었다면, 예멘은 패도(覇道)로써 통일을 지향했다가 낭패를 보고 있는 것이다.

사람을 살리는 왕도만이 통일의 길이다

전국칠웅 가운데 하나인 위(魏)나라 곧 양(梁)나라의 양왕(襄王)은 부국강병을 이룸으로써 천하를 통일하려는 열망을 지니고 있었다. 그런데 맹자는 그를 만난 뒤에 "멀리서 볼 때도 임금 같지 않더니, 다가가서도 두려워할 만한 것을 보지 못하였다"고 말하며 사정없이 깎아내렸다. 일국의 군주를 두고서 임금 같지 않다니! 맹자가 이렇게 폄훼한 것은 양왕이 군주로서 위엄과 덕성, 국량을 갖추지 못했기 때문이다.

그런 양왕이 "천하가 어떻게 정해지겠습니까?"라고 물었는데, 이는 당시의 형국이 가늠하기 어려울 만큼 혼란스러웠음을 의미한다. 양왕이 보기에는 도무지 안정이나 통일이 될 것 같지 않았던 것이다. 그런데 맹자는 딱 부러지게 "하나로 정해진다"고 대답하였다. 분열과 통일이 반복되는 것이 역사의 법칙임을 잘 알고 있었기 때문이다.

누가 하나로 정할 수 있느냐는 물음에 맹자는 '사람 죽이기를 좋아하지 않는 자'라고 말했다. 당시는 제후들이 영토 확장과 정복을 위해서 끊임없이 전쟁을 일으키며 백성을 사지로 내몰던 시대였으므로 '사람 죽이기를 좋아하지 않는 자'는 곧 '어진 마음을 지닌 자'다. 그런 자가 펴는 정치가 왕도정치다. 왕도는 사람을 살리는 길로서, 백성의 주검 위로 뻗어 있는 패도와는 정반대의 길이다.

물론 맹자의 예상과 달리, 기원전 221년에 무력을 앞세운 진왕(秦王)이 최종적으로 통일을 이루기는 했다. 그러나 그 제국은 모진 정치로 말미암아 16년 만에 멸망했으니, 과연 통일을 이루었다고 말할 수 있을까? 진나라의 패업(霸業)은 패업(敗業)이었다고 하는 게 옳으리라. 패도에 뜻을 두었던 제나라 선왕에게 맹자는 이렇게 말했다.

"왕께서 정말 하고 싶은 것을 알겠습니다. 땅을 넓히고 진(秦)나라와 초(楚)나라의 조회를 받고 모든 나라의 중심에 서서 사방의 오랑캐를 어루만지고자 하십니다. 그러나 지금 하고 계신 것(霸道)으로써 바라는 바를 구하신다면, 이는 나무에 올라가 물고기를 구하는 것(緣木求魚)과 같습니다."[3]

누가 통일을 말할 수 있는가

대한민국의 대통령이라면 누구나 통일에 대해 말하는 것이 당연하다. 아니, 통일에 대한 막중한 책임이 있다. 그래서 두 전직 대통령(김대중과 노무현)은 햇볕정책을 추진하였다. 이는 남북의 화해와 협력을 통해 평화적인 통일을 지향하는 것이었다. 그런데 이명박 대통령은 그 정책을 깡그리 부정하고 폐기처분하였으며 남북관계를 악화시켰다. 그리고는 북한 정권에 책임을 전가하며 비방하기만 해왔다. 이는 수오지심도 없을 뿐더러 역사의식도 없음을 말해준다. 어디 이뿐인가?

1980년 5월 18일, 광주. 무고한 시민들이 동족의 군대에 의해서 학살을 당했다. 참으로 비통하고 치욕스런 역사다. 사람이라면 애도를 표하지 않을 수 없다. 그런데 이명박 대통령은 취임 후에 한 번도 5·18 민주화기념식에 참석하지 않았다. 이는 직무유기에 그치지 않는다. 억울하게 죽은 이들을 모욕하는 짓이며, 살아 있는 유족들을 능멸하는 짓이다. 빌리 브란트와 얼마나 대비되는가! 맹자는 "산 사람을 기르고 죽은 사람을 장례 지내는 일에서 섭섭함이 없는 것, 이것이 왕도의 시작이다"[4]고 말했는데, 그렇다면 지금 대통령은 패도(覇道)도 못 되는 패역(悖逆)을 저지르고 있는 셈이다.

이런 대통령이 바로 맹자가 말한 '사람 죽이기를 좋아하는 자'다. 이런 대통령과 그 추종자들이 정권을 농단하고 있는 지금은 바야흐로 '칠팔월 가뭄이 혹심한 때'다. 이 가뭄에 국민들 사이에는 균열이 일어나고 있다. 이때 필요한 것은 화합의 소나기다. 그럼에도 통일을 운운하는 것은 국민을 우롱하는 짓이다. 그런데 국민이여, 그대는 수오지심을 지니고 있는가? 그대는 진정 사람 죽이기를 좋아하지 않는 자인가?

● 원문

1) 孟子見梁襄王, 出, 語人曰: "望之不似人君, 就之而不見所畏焉. 卒然問曰: '天下惡乎定?' 吾對曰: '定於一.' '孰能一之?' 對曰: '不嗜殺人者能一之.' '孰能與之?' 對曰: '天下莫不與也. 王知夫苗乎? 七八月之間旱, 則苗槁矣. 天油然作雲, 沛然下雨, 則苗浡然興之矣. 其如是, 孰能禦之? 今夫天下之人牧, 未有不嗜殺人者也. 如有不嗜殺人者, 則天下之民皆引領而望之矣. 誠如是也, 民歸之, 由水之就下, 沛然孰能禦之?'" (「양혜왕」상6)

2) "三代之得天下也以仁, 其失天下也以不仁." (「이루」상3)

3) "然則王之所大欲可知已. 欲辟土地, 朝秦楚, 莅中國而撫四夷也. 以若所爲求若所欲, 猶緣木而求魚也." (「양혜왕」상7)

4) "養生喪死無憾, 王道之始也." (「양혜왕」상3)

어떤 사람을
어떻게 쓸 것인가

맹자가 제(齊)나라 선왕(宣王)에게 말하였다.

"한 나라의 군주라면 현명한 이를 승진시키되, 그리하지 않을 수 없었던 것처럼 해야 합니다. 그래야만 낮은 자를 높은 자 위에 끌어올리고, 먼 살붙이를 가까운 살붙이 위에 둘 수가 있습니다. 좌우에서 모두들 '현명합니다'라고 말해도 충분하지 않습니다. 여러 대부들이 모두 '현명합니다'라고 말해도 충분하지 않습니다. 온 나라 사람들이 모두 '현명합니다'라고 말한 뒤에야 자세히 살피시고, 현명함을 보신 뒤에야 쓰시는 겁니다. 좌우에서 모두 '안 됩니다'라고 말해도 듣지 마십시오. 여러 대부들이 모두 '안 됩니다'라고 말해도 듣지 마십시오. 온 나라 사람들이 모두 '안 됩니다'라고 말한 뒤에야 자세히 살피시고, 안 되는 까닭을 안 뒤에야 내치십시오. 좌우에서 모두 '죽여야 합니다'라고 말해도 듣지 마십시오. 여러 대부들이 모두 '죽여야 합니다'라고 말해도 듣지 마십시오. 온 나라 사람들이 모두 '죽여야 합니다'라고 말한 뒤에야 자세히 살피시고, 죽여야 할 까닭을 안 뒤에야 죽이십시오. 그렇게 하기 때문에 '나라 사람들이 그를 죽였다'고 합니다. 이와 같이 한 뒤에야 백성들의 부모가 될 수 있습니다."[1]

이명박 정부가 들어서면서부터 유행한 말에 '고소영'과 '강부자'가 있다. 배우의 이름을 끌어와서 정부의 내각을 구성하는 자들의 성격을 빗댄 것인데, 대통령의 인사(人事)가 국민이 납득할 수 없는 수준에서 이루어지고 있음을 냉소적으로 표현한 말이다. 물론 인사권자는 대통령이고 그 대통령은 국민들이 뽑았으니, 뒤늦게 냉소하는 것은 뒷북치는 일일 수도 있다. 그럼에도 이야기하지 않을 수 없는 것은 한낱 대리인이 주인 행세를 하고 주인은 관객 노릇을 하고 있어서다.

제나라 환공과 관중

기원전 686년, 제(齊)나라의 군주 양공(襄公)이 피살되자 공자 소백(小白)과 규(糾)가 서로 왕위를 다투었다. 그때 소백을 보좌한 이는 포숙(鮑叔)이고, 규를 보좌한 이는 관중(管仲)이었다. '관포지교(管鮑之交)'로 널리 알려져 있는 두 인물이다. 규의 명령으로 군대를 이끌고 나아가 소백을 막던 관중은 활을 쏘아 소백의 허리띠를 맞혔다. 그러나 싸움은 소백의 승리로 끝났다. 이리하여 규는 죽임을 당했는데, 관중은 죽지 않았다. 대체로 주군이 죽으면 그를 모시던 이도 죽어야 하는데, 관중은 '천하에 이름을 날리지 못하는 것을 부끄러워하여' 죽지 않았던 것이다.

소백은 군주의 자리에 올라 환공(桓公)이 되었다. 포숙은 환공에게 관중을 적극 추천하였다. 물론 관중에게 죽을 뻔했던 환공은 마뜩치 않게 여겼지만, 포숙에게 설득되어 결국 관중을 등용하여 재상으로 삼았다. 이는 대단한 일이다. 자신의 원수를 등용하고, 게다가 재상의 지위를 주었으니 말이다. 그 결과, 관중은 40여 년 동안 재상의 자리에 있으면서 정치와 경제, 군사 등 모든 방면에서 개혁을 단행하여 환공을 춘추시대의 첫 번째 패자(霸者)가 되게 하였다.

그러나 패자가 된 제나라는 다른 제후국들을 군사력으로 제압하지 않았다. 그것은 관중의 정책이 백성들의 삶을 중시했기 때문이다. 관중이 지었으리라 여겨지는 『관자(管子)』를 보면, 첫 번째 편이 「목민(牧民)」이다. 거기에 "백성에게 주는 것이 곧 받는 것임을 아는 것, 이것이 정치의 요체다"라는 대목이 나온다. 사마천도 관중의 정책에 대해 "백성이 바라는 것은 그대로 들어주고 백성이 싫어하는 것은 그들의 뜻대로 없애주는 것"(『사기』「관안열전(管晏列傳)」)이었다고 적고 있다. 그러니 백성을 괴롭히고 죽음으로 내몰 수도 있는 일, 곧 군사력을 동원하는 일을 함부로 했겠는가?

나중에 공자가 "환공은 여러 번 제후들을 모아 맹약하게 하면서 무력으로써 하지 않았으니, 이는 관중의 힘이었다. 그만큼 어질다, 그만큼 어질다!"(『논어』「헌문(憲問)」)라고 말하며 관중을 높이 일컬었던 것도 그 때문이다. 그런데 그런 관중을 등용한 환공 또한 일

컨지 않을 수 없다. 물론 포숙이 강력하게 추천하므로 마지못해 썼을 뿐이라고도 하겠으나, 안목을 갖춘 현명한 포숙을 밑에 둔 것 또한 그의 능력이 아닌가. 맹자는 "군주가 어질면 (아랫사람이) 어질지 않음이 없고, 군주가 올바르면 (아랫사람이) 올바르지 않음이 없다"[2]고 말했다. 환공이 어질지 못했다면, 포숙이나 관중 같은 인물을 밑에 둘 수 있었겠는가?

어떤 사람을 어떻게 쓸 것인가

제나라 환공이 관중을 쓴 것은 안목이 뛰어난 포숙 덕분이었다. 환공과 관중은 포숙이 없었다면 서로 만날 수 없었고, 등용하고 섬길 일도 없었다. 문제는 그런 역할을 할 수 있는 인물이 흔치 않다는 데에 있다. 있다고 하더라도 알아보고 받아들일 군주도 흔치 않다. 만약 군주로서 역량이 부족하다면, 어떻게 해야 할까? 제나라 선왕은 환공에 미치지 못할 뿐더러, 대화 내용을 보면 어딘지 덜떨어진 인물로 보인다. 그런 인물에게 맹자가 어떻게 사람을 쓸 것인지 말해주었으니, 귀를 기울일 만하다.

맹자는 "한 나라의 군주라면 현명한 이를 승진시켜야 한다"고 말했다. 이 말은 의미심장한데, 군주는 한 나라를 책임지는 존재이므로, 결코 사사로운 감정이나 판단으로 사람을 써서는 안 된다는 단언이다. 그런데 현명한 이를 어떻게 가려 뽑을 것인가? 군주 자신에게 안목이 없고 포숙과 같은 신하가 없다면, 어떻게 할 것인가? 특히 권력을 쥔 자는 흔히 그 권력이 곧 자신의 빼어난 능력과 뛰어난 덕성을 입증하는 것이라고 착각을 한다. 그래서 쥐고 있는 권력이 크면 클수록 남의 말을 더욱 들으려 하지 않는다.

맹자가 선왕에게 일깨워준 것은 자신의 견해나 판단을 유보하고, 먼저 좌우의 사람들이 어떻게 생각하는지, 그 다음에는 대부들이 어떻게 생각하는지, 끝으로 온 나라 사람들이 어떻게 생각하는지를 들으라는 것이었다. 이는 시쳇말로 대화와 소통을 먼저 하라는 것이다. 그것도 측근하고만 하는 것이 아니라, 가장 멀리 있지만 가장 중요한 이들인 백성과 하라는 것이다. 정치에서 가장 긴요한 일은 바로 백성의 뜻을 읽는 일인데, 이는 백성 없이는 왕도 사직도 존재할 수 없기 때문이다.

맹자는 "(폭군인) 걸(桀)과 주(紂)가 천하를 잃은 것은 백성을 잃었기 때문이니, 백성을 잃은 것은 그 마음을 잃은 것이다. 천하를 얻음에 길이 있으니, 백성을 얻으면 천하를 얻는다. 백성을 얻음에 길이 있으니, 그 마음을 얻으면 백성을 얻는다. 마음을 얻음에 길이 있으니, 바라는 것을 주어서 모여들게 하고, 싫어하는 것을 하지 않는 것이다"[3]고 말했다. 바로 백성의 마음을 읽고 그 마음을 얻기 위해서 그들에게 귀를 기울이라고 한 것이다.

그런데 맹자는 온 나라 사람들이 "현명하다"거나 "안 된다"고 하더라도, 그런 견해를 무작정 따라서도 안 된다고 하였다. 이는 근시안적이고 감정적이며 작은 이익에 곧잘 치우치는 대중의 심리를 꿰뚫어본 데서 나온 말이다. 무엇보다도 만장일치는 있을 수 없다. 있다면, 그것은 조작이다. 다양한 견해가 제시될 때는 결국 결정권자의 판단이 중요한데, 그때 시비지심을 오롯하게 써야 한다.

왕이 먼저 시비지심을 써버리면, 객관적이고 공정한 관점을 견지하기 어렵다. 그리고 오류를 저지를 위험도 다분하다. 그런 위험을 최소화하기 위해서는 먼저 백성의 마음을 읽는 데서 시작하는 것, 이것이 사람을 쓰는 요체라는 것이다. 아직 여론에 대한 이해가 부족했던 시대에 맹자는 여론의 중요성을 누구보다도 잘 알고 있었던 것이다. 왕정에서도 이토록 여론은 중요한데, 하물며 민주정치에서는 어떠하겠는가?

잘못된 인사는 국민을 해친다

왜 현명한 이를 뽑아서 써야 하는가? 부적합한 인물, 특히 탐욕스런 인물이라면 자신의 직위나 권력을 남용할 것이기 때문이다. 권력남용은 권력누수보다 심각하고 위험한 일이다. 탐욕스런 사람에게 권력을 맡기는 것은 고양이에게 생선가게를 맡기는 것보다 더 심각하고 위태로운 지경을 초래한다. 고양이는 생선만 먹어치우고 동료를 먹지는 않는다. 그러나 탐욕스런 자가 권력을 쥐면 국민을 해치는 짓까지 서슴지 않는다. "짐승끼리 서로 잡아먹는 것도 사람들은 미워하는데, 백성의 부모가 되어 정치를 하면서 짐승을 몰아 사람을 먹게 한다면, 백성의 부모가 된다는 게 어디 있겠는가?"[4]라고 맹자는 말했는데, 탐욕스런 자에게 권력이나 직위를 주는 것은 곧 짐승을 몰아서 사람을 잡아먹게 하는 것과 진배없는 짓이다.

맹자는 "어질지 않은 자와 함께 말할 수 있겠는가? 그런 자는 위태로움을 편안하게 여기고 재앙을 이롭게 여겨서 망할 짓을 즐겨한다"[5]고 했다. 누구도 위태로움을 편안하게 여기거나 재앙을 이롭게 여기지 않는다. 아무도 망할 짓을 즐겨하지 않는다. 그러나 마음에 탐욕이 있으면 망할 짓을 하게 마련이다. 국민은 어질지 않은 자를 뽑았고, 뽑힌 자는 줄곧 탐욕스런 자를 기용하고 있다. 한마디로 악순환이다. 이러고서야 나라가 위태롭지 않을 리 없고, 국민들에게 재앙이 없을 수 없다. 곳곳에서 레임덕이니 권력누수니 하는 말들이 나오는데, 이 망할 짓을 누가 즐겨했을까?

● 원문

1) "國君進賢, 如不得已, 將使卑踰尊, 疏踰戚, 可不愼與? 左右皆曰賢, 未可也. 諸大夫皆曰賢, 未可也. 國人皆曰賢, 然後察之, 見賢焉, 然後用之. 左右皆曰不可, 勿聽. 諸大夫皆曰不可, 勿聽. 國人皆曰不可, 然後察之, 見不可焉, 然後去之. 左右皆曰可殺, 勿聽. 諸大夫皆曰可殺, 勿聽. 國人皆曰可殺, 然後察之, 見可殺焉, 然後殺之. 故曰, 國人殺之也. 如此, 然後可以爲民父母."(「양혜왕」하7)

2) "君仁, 莫不仁, 君義, 莫不義."(「이루」하5)

3) "桀紂之失天下也, 失其民也, 失其民者, 失其心也. 得天下有道, 得其民, 斯得天下矣. 得其民有道, 得其心, 斯得民矣. 得其心有道, 所欲與之聚之, 所惡勿施, 爾也."(「이루」상9)

4) "獸相食, 且人惡之. 爲民父母, 行政, 不免於率獸而食人, 惡在其爲民父母也?"(「양혜왕」상4)

5) "不仁者可與言哉? 安其危而利其菑, 樂其所以亡者."(「이루」상8)

나를 바꾸어야
세상이 바뀐다

제나라 선왕에게 맹자가 말하였다.

"역시 근본으로 돌아가야 합니다. 이제 왕께서 정치를 하면서 어짊을 펴시어 천하에 벼슬하는 자들이 모두 왕의 조정에 서고 싶어 하도록 만들고, 밭 가는 자들이 모두 왕의 들녘에서 밭 갈고 싶어 하도록 만들고, 장사치들이 모두 왕의 저자에 물건을 쌓아두고 싶어 하도록 만들고, 나그네들이 모두 왕의 길로 다니고 싶어 하도록 만든다면, 세상에서 자기 임금을 미워하는 자들은 모두 왕께 달려와 하소연하고 싶을 것입니다. 이와 같이 한다면, 누가 막을 수 있겠습니까?"[1]

얼마 전, 삼성그룹 이건희 회장이 계열회사의 내부비리와 관련해서 "삼성의 자랑이던 깨끗한 조직 문화가 훼손됐다. 부정을 뿌리 뽑아야 한다"고 강하게 질책했다고 한다. 기자들에게는 "부정부패엔 향응과 뇌물도 있지만 제일 나쁜 건 부하 직원을 닦달해서 부정을 시키는 것이다. 자기 혼자 하는 것도 문제인데, 부하를 시켜서 부정하게 되면 그 부하는 나중에 저절로 부정에 '입학' 하게 된다"고도 말했다.

비슷한 때에 이명박 대통령은 일반의약품의 편의점·수퍼마켓 판매를 유보한 데 대해 진수희 보건복지부 장관에게 화를 냈다고 한다 (청와대에서는 사실이 아니라고 했지만, 과연 그럴까?). 전하는 말에 따르면, "도대체 사무관이 하는 것처럼 일을 하느냐"고 말했다고도 한다. 이 나라의 정치와 경제를 대표하는 두 사람이 한 이 말들을 맹자가 들었다면, 어떤 반응을 보였을까? 틀림없이 배꼽을 쥐고 웃었으리라!

진 제국의 멸망은 누구의 책임인가

저 옛날 진시황은 천하통일이라는 위업을 이룸으로써 '최초의 황제' 라는 칭호를 얻었다. 오늘날 국가들과 대기업들도 바로 이런 위업을 이루고자 열망하며 끊임없이 경쟁을 한다. 그리고 경쟁에서 이기기 위해, 나아가 세계를 제패하기 위해 인재를 얻으려 애쓴다. 진시황을 도와 천하통일을 이루는 계책과 책략을 내놓았던 이사(李斯)와 같은 인재를 말이다.

그런데 알아야 한다. 진 제국이 법률과 제도를 정비하고 문자와 도량형을 통일하며 군현제를 실시한 것이 모두 이사의 공헌이기는 했지만, 다시금 천하를 혼돈과 분열, 전란으로 몰아넣은 인물이 바로 이사이기도 했음을. 이사는 오로지 자신의 부귀와 영달만을 꾀하여 동문수학했던 한비자(韓非子)를 죽음으로 내몰았고, 분서갱유(焚書坑儒)를 단행하며 비판 세력을 억누르는 등 억압적이고 가혹한 전제 정치를 주도했다. 그러나 승상으로서 부귀와 권력을 누리던 이사는 그 자신보다 더 음흉하고 간교한 인물인 조고(趙高)의 술수에 넘어가 결국 고문을 당하고 허리가 잘리는 형벌에 처해져서 죽었다.

진시황이 순행하던 도중에 수레에서 죽었을 때, 그 곁에 있었던 환관이 바로 조고다. 그는, 성품이 곧고 빼어났던 태자 부소(扶蘇)가 즉위하면 강직하고 현명한 장수 몽염(蒙恬)이 중용되어 제가 누릴 권세가 약해질까 두려웠다. 해서 꾀를 내어 이사와 함께 호해(胡亥)라는 모자란 놈을 즉위시키고 부소를 자살하게 만들었으며 몽염을 옥에 가두었다. 이로써 제국은 조고의 손에서 놀아났으니, 조고는 몽염과 그 일족에게 반역의 혐의를 씌워 모두 죽였다. 이때부터 제국은 분열과 혼란을 거듭하다가 마침내 '진승오광(陳勝吳廣)의 난'을 부르더니, 몰락의 내리막길로 치달았다.

부소뿐만 아니라 2세 황제인 호해도 조고의 위협을 받아 스스로 목숨을 끊었다. 그런데 조고는 새로이 황제가 된 진시황의 손자 자영(子嬰)에 의해 죽고 그 삼족까지 모조리 죽임을 당했다. 자영 또한 즉위한 지 석 달 만에 항우(項羽)에 의해 목이 베였다. 이리하여 진나라는 천하를 통일한 지 16년 만에 다시 천하를 잃었다. 과연 누구의 책임일까? 누가 이사를 기용하고 신임하였으며 조고를 곁에 두었던가?

맹자는 "신하된 자가 이끗을 붙좇으며 그 임금을 섬기고, 자식된

자가 이곳을 붙좇으며 그 아비를 섬기고, 아우된 자가 이곳을 붙좇으며 그 형을 섬긴다면, 이는 임금과 신하, 아비와 자식, 형과 아우가 끝내 어짊과 올바름을 버리고 이곳을 붙좇으며 서로 대접하는 것이니, 이러고서도 망하지 않는 자는 아직 없었다"[2]고 했는데, 진시황과 그 신하들이 이를 확실하게 입증해주었다.

진시황이 비록 엄격한 조칙과 형벌로써 통일을 이루었더라도 맹자가 말한 '근본으로 돌아가서' 어진 인재들을 얻어 왕도로써 제국을 통치하려고 했다면, 이사가 배신하는 일도 환관이 날뛰는 일도 없었을 것이다. 그러나 진시황 자신이 탐욕을 버리지 않았으니, 어찌 어질고 올바른 사람들이 있었을 것이며, 있었다고 한들 제대로 쓰기야 했겠는가?

아랫사람의 부정과 무능은 윗사람의 조장이다

이제 삼성그룹도 제국이 되었다. 그런데 제국 안에서 부정이 있었으니, 그 황제가 어찌 질책하지 않을 수 있겠는가? 그는 "제일 나쁜 건 부하 직원을 닦달해서 부정을 시키는 것이다"라고 했다. 참으로 지당한 말인데, 웃음을 참을 수가 없다. 향응과 뇌물은 삼성이 정치권이나 법조계에 늘 해오던 짓이 아니던가? 그런 짓을 누가 지시했던가? 전환사채를 이용해서 교묘하게 자신의 아들에게 경영권을 넘겨준 장본인이 누구던가? 삼성이 마지못해 8,000억 원을 기부(?)한 것도 그 때문이 아닌가? 그렇다면, 그 부하들이 부정을 저지르고 부패한 짓을 한 것은 바로 그 자신이 닦달해서 시킨 것이나 다름이 없지 않은가. 그런데도 자신에게 할 말을 남에게 했으니, 쯧!

오로지 자신의 이익만을 꾀하며 공존보다는 독존을 지향하고 상생보다는 상쟁(相爭)을 부추기는 경영자가 이끄는 회사라면, 그가 부리는 자들에게 어찌 탐욕이 없겠는가? 탐욕이 있으니, 속이거나 빼앗거나 훔치지 않을 수 없다. 그러고도 부정과 부패가 없다면, 그게 오히려 기이한 일이다. 이러한 이치를 모르고 도리어 남을 꾸짖기만 하고 자신을 돌아보지 못하니, 과연 돈을 버는 것 말고 달리 경영 철학이 있기나 한가?

부하 직원의 부정으로 말미암아 배신감을 느끼고 능멸을 당했다고 여기며 그런 부하들에게 질책할 뿐, 정작 자신을 돌아보지 않는 이런 경영자에게 맹자는 이렇게 말했다. "군주가 신하를 개나 말처럼 여기면 신하는 군주를 거리를 오가는 사람으로 여기고, 군주가 신하를 흙이나 티끌처럼 여기면 신하는 군주를 원수처럼 여긴다"[3] 라고. '인재 제일'을 내세우지만, 실제로 그러한가? 인재를 키우기보다는 인재를 그릇되게 이용해먹는 게 전부가 아닌가?

이명박 대통령은 장관에게 일을 잘못 처리했다고 화를 냈다. "사무관이 하는 것처럼 일을 하느냐"는 말은 신랄한 꾸짖음인데, 도대체 그런 무능한 사람을 누가 뽑았는가? 무능한 줄을 모르고 뽑았다면, 대통령이 무지했다는 말이다. 무능을 알고서 뽑았다면, 사사로운 감정으로 뽑은 셈이니 직무유기요, 권력남용이다. 그런데 자신이 잘못 보고 잘못 뽑은 줄을 모르고 그 사람만 나무라며 비하하였으니, 이는 자신의 무지를 드러내면서 자신을 비하한 것이다. 아, 그 무지의 끝은 어디인가?

맹자가 다시 태어나 이런 대통령을 보았다면, 이렇게 탄식했을 것이다. "현명한 자는 자신의 밝은 마음으로 남을 밝게 하는데, 요즘에는 자신의 어두운 마음으로 남을 밝게 하려 하는구나!"[4] 이에 덧붙여 "자신이 바르지 않으면서 남을 바로잡았다는 자를 나는 아직 들어본 적이 없다. 하물며 자기를 그릇되게 하면서 천하를 바로잡을 수 있겠는가?"[5]라고도 말했으리라.

나를 바꾸는 일이 곧 혁신이다

2011년 6월 13일, 이명박 대통령은 라디오연설에서 "국민은 무엇보다 선출직과 고위공직자들의 부패를 가장 심각하게 보고 있다"면서 "정부는 공직자윤리법부터 보다 엄격하게 고치고자 한다"고 말했다. 기독교 장로라고 하시는데, 과연 기독교인이 맞는가? '회개'라는 말뜻조차 모르는 듯해서 하는 말이다. '회개'란 희랍어 '메타노이아'를 번역한 것으로, '자신을 확 바꾸는 일'을 뜻한다. 그리하여 죄에서 벗어나 신에게로 돌아간다는 것인데, 자신에게 할 말을 남에게 하면서 법이나 고치겠다는 대통령이 과연 기독교인인지 의심스럽다.

1993년 6월 프랑크푸르트에서 "처자식 빼놓고 다 바꾸자"고 한 이건희 회장의 발언은 유명하다. 이른바 혁신만이 살길이라는 것인데,

과연 혁신의 뜻이나 알고 그런 말을 했을까? 저 옛날 하(夏)나라의 무도한 걸왕(桀王)을 내쫓고 혁명을 이룩한 탕왕(湯王)은 세숫대야에 "날로 새롭고 날마다 새로우며 또 날로 새롭다(日新, 日日新, 又日新)"는 글을 새겨두고서는 날마다 되새겼다고 한다. 나를 바꾸고 새롭게 하는 일이 혁신임을 늘 되새겼던 것이다. 나를 바꾸어야 세상이 바뀌기 때문이다. 나를 바꾸지 않고 세상을 바꾸려는 것은 사마귀가 앞발을 들고서 거대한 수레를 세우려는 짓과 다르지 않다.

회개와 혁신, 이것이 맹자가 말한 근본이다. 아, 회개가 무엇인지, 혁신은 어디에서 시작되는 것인지를 모르시는 분들께 거울이라도 하나 선물해야겠다.

● 원문

1) “蓋亦反其本矣. 今王發政施仁, 使天下仕者皆欲立於王之朝, 耕者皆欲耕於王之野, 商賈皆欲藏於王之市, 行旅皆欲出於王之塗, 天下之欲疾其君者皆欲赴愬於王. 其若是, 孰能禦之?”(「양혜왕」상7)

2) “爲人臣者懷利以事其君, 爲人子者懷利以事其父, 爲人弟者懷利以事其兄, 是君臣父子兄弟終去仁義, 懷利以相接. 然而不亡者, 未之有也.”(「고자」하4)

3) “君之視臣如犬馬, 則臣視君如國人, 君之視臣如土芥, 則臣視君如寇讐.”(「이루」하3)

4) “賢者以其昭昭使人昭昭, 今以其昏昏使人昭昭.”(「진심」하20)

5) “吾未聞枉己而正人者也. 況辱己以正天下者乎?”(「만장」상7)

본성을 잃고
괴물이 된 대학

"우산(牛山)에는 아름다운 나무들이 있었는데, 큰 나라의 교외에 있었다. 사람들이 도끼로 날마다 베어 갔으니, 어찌 산이 아름답게 될 수 있겠는가. 밤낮으로 자라고 비와 이슬에 젖어 싹이 나지 않는 일이 없건마는, 소나 양을 풀어놓아 싹을 먹게 만들었다. 그래서 저토록 민둥해졌는데, 사람들은 그 민둥민둥함을 보고는 본래부터 좋은 재목이 없었다고 여긴다. 이게 어찌 산의 본성이겠는가? … 그러므로 진실로 제대로 기를 수 있다면 자라지 않는 일이 없을 것이고, 진실로 제대로 기르지 못한다면 사라지지 않는 일이 없을 것이다."[1]

근래에 '반값 등록금' 논쟁이 거세다. 대학생들과 그 부모들, 정치권과 정부 모두 변죽만 울리고 있고, 대학들은 근원적인 문제를 숨기고 있다. 먼저 주요 사립대의 적립금 액수를 보라. 수백 억에서 수천 억, 전체적으로는 10조 원에 이르고 있다. 정부에서 지원했을 리는 없을 터이고, 또 어디서 거액을 기부받은 것도 아닐 터인데, 그렇

106

다면 이는 등록금을 빼돌렸다는 말이다. 횡령이고 사기다!

맹자는 "닭이 울면 일어나서 부지런히 힘쓰며 착한 일을 하는 자는 순 임금의 무리요, 닭이 울면 일어나서 부지런히 힘쓰며 잇속을 차리는 자는 도척(盜跖)의 무리다"[2]라고 했는데, 적립금을 쌓은 사립대들만 모질고 악독한 도적인 도척과 한 무리가 아니다. 여타 국립대들은 그럴 기회가 적었을 뿐, 하는 행태는 별로 다르지 않다. 등록금을 받은 만큼 대학생들을 가르치고 있는가? 그게 아니라면, 똑같이 도적이다.

동아시아에서 대학의 탄생

가혹한 법으로써 백성을 억압했던 진 제국이 무너진 뒤에 들어선 한(漢) 왕조는 문제(文帝)와 경제(景帝)의 치세를 거치면서 경제적으로 크게 흥성하였으나, 역시 무력으로 천하를 평정한 데다 황제의 친인척들이 일으킨 연이은 반란으로 혼란을 거듭 겪었다. 동시에 음양오행 등 미신적인 신앙이 유행하고 풍속도 문란해졌다. 이러한 상황에서 법이나 형벌은 큰 효력을 발휘하지 못하였고, 오히려 교묘하게 법망을 피하는 술수만 늘어갔다. "정령(政令)으로써 이끌고 형벌로써 잡도리하려고 하면, 백성들은 벗어나려고만 하고 부끄러워할 줄을 모른다"(『논어』「위정(爲政)」)고 한 공자의 말이 실제로 연출되고 있었던 것이다.

"송사를 듣고 처리하는 것은 나도 남들과 같다. 그러나 반드시 하기로 한다면, 송사가 없도록 할 것이다!"(『논어』「안연」)라고 공자가 말했듯이, 형벌이나 법령을 쓰지 않고 다스리는 것이 최상이다. 그게 왕도정치다. 그러나 왕도정치를 천하에 펴려면, 왕도를 체득한 관리들이 양성되어야 한다. 한나라의 무제가 유학자 공손홍(公孫弘)과 동중서(董仲舒) 등의 건의에 따라 '왕립학교이자 관료양성기관'인 태학(太學)을 설립한 까닭이 여기에 있다.

맹자도 50세 된 이가 비단옷을 입고 70세 된 자가 고기를 먹으며 몇 식구의 집안이 굶주리지 않을 수 있게 된 뒤에는 "상(庠)과 서(序)의 가르침을 삼가며 효도와 깍듯함을 거듭 가르친다면, 머리가 반쯤 흰 어른들이 길에서 짐을 지거나 이지 않게 될 것이다"[3]라고 말한 적이 있다. 이를테면, 먹고사는 문제를 해결해준 뒤에는 반드시 교화로써 이끌고 가르쳐야 한다는 것이었다. 이를 한나라는 태학의 설립으로 실현하였던 것이다.

중국에서만 그러했던 게 아니다. 고구려는 소수림왕이 372년에 태학을 설립하면서 국가의 체제를 정비하였는데, 이를 바탕으로 광개토대왕이 전성기를 누릴 수 있었다. 신라도 통일을 이룬 뒤인 신문왕 2년(682)에 국학(國學)을 세웠다. 이어 고려는 성종 때에 국자감(國子監)을 두었으니, 이것이 그대로 조선의 성균관(成均館)으로 이어졌다. 일본도 8세기 초에 교육과 관리 양성을 위해서 다이가쿠료오(大學寮)를 두었다. 이 모두 인재 양성이 곧 국가의 번영이라는 자각에서 비롯된 것이다.

예나 이제나 인재는 국가의 기둥이요, 들보였다. 그래서 나라나 집안을 떠받치는 큰일을 맡을 만한 인재를 두고 동량지재(棟梁之材)니 동량지신(棟樑之臣)이니 하며 비유하지 않았던가! 그러나 교육기관이 존재한다고 해서 인재가 절로 나오는 것은 아니다. 그에 걸맞은 운용을 해야만 한다. 무엇보다도 기본을 잊어서는 안 되고, 본성을 망각해서도 안 된다. 그러나 기본이나 본성은 또 얼마나 쉽게 잊히는 것이던가!

본성과 본분을 망각한 대학

비록 현재의 대학들이 그 모델을 서구에서 가져왔다고 하더라도, 인재 양성을 표방한 데서는 저 태학이나 성균관 등과 다르지 않다. 그런데 이제 대학들을 보면, 과연 학문과 교육을 통해 인재를 양성하려는지 의심이 든다. 사립대들은 적립금을 쌓겠다고 학생들과 그 부모들을 속이고, 국립대들은 끊임없이 더 많은 지원을 정부에 요구하고 있다. 그러는 사이에 대학은 인재(人才)를 기르는 곳이 아니라 인재(人災)를 일으키는 곳이 되었다. 책 읽는 소리보다 신음소리가 더 익숙한 곳이 되었다. 이렇게 변질된 대학은 맹자가 비유로 든 '우산(牛山)' 과 꼭 같다.

맹자가 '우산의 나무들' 을 비유로 든 것은 당시 사람들이 스스로 제 본성을 되찾으려 하지 않는 풍조를 일깨우기 위해서였는데, 지금의 대학에도 견주어보자. 소가 뛰논다는 우산은 지금의 대학이고, 나무들은 바로 대학생들이다. 대학생들은 밤낮으로 자라고 비와 이

슬만 맞아도 싹을 틔우는 존재들이다. 그런데 대학은 비싼 등록금으로 그들을 짓누르고 있다. 이는 날마다 도끼질을 하는 격이다. 될성부른 나무들을 이런 도끼질로 거침없이 베어내고 있다. 이뿐만이 아니다. 무능하고 무책임한 자들을 교수나 강사랍시고 강의실에 들여놓았으니, 이는 싹을 먹어치우는 소나 양을 풀어놓은 격이다. 이러한데 어느 겨를에 대학생들이 싹을 틔워서 아름답고 우람한 나무가 될 수 있겠는가?

이렇게 대학생들의 싹을 말리고 그나마 있는 재목감조차 베어내는 게 과연 대학의 본성일까? 아니다. 대학은 좋은 재목을 키우는 것을 본성으로 한다. 그러면 왜 인재를 키우지 않는가? 의지가 없기 때문이다. 왜 의지가 없는가? 잇속을 챙기는 데에만 온 마음이 쏠려 있기 때문이다. 그런데 이익에도 작은 것과 큰 것이 있으며, 남을 해치면서 얻는 것도 있고 함께 넉넉해지도록 하는 것도 있다. 명색이 대학이면서도 작은 이익이나 남을 해치는 이익에 몰두하느라 본성을 망각하고 있으니, 그것은 그대로 그 사회와 미래에 재앙의 씨를 뿌리는 짓이다.

사마천의 『사기』에는 「화식열전(貨殖列傳)」이 있다. '화식'이란 재물을 불린다는 뜻이다. 따라서 이 열전은 재물을 불리는 데 탁월한 능력을 발휘했던 인물들의 전기를 싣고 있다. 그런데 이 열전에서 사마천은 "일 년을 살려거든 곡식을 심고, 십 년을 살려거든 나무를 심으며, 백 년을 살려거든 덕을 베풀어야 한다. 덕이란 인물을 두고 하는 말이다"라고 적고 있다. 그렇다, 덕을 갖춘 인재를 기르는 일이 가장 남는 장사다. 덕을 지닌 인물은 백 년의 이익, 백 년의 흥성을 가져오게 하는데, 이보다 더 큰 재물 불리기가 어디에 있겠는가. 그런 백 년의 이익을 꾀하는 일이 바로 대학의 본분이요, 본성이다.

봉황을 닭으로 만드는 대학

주말에 산을 가면 참 많은 이들이 산행을 즐기고 있음을 보게 된다. 그런데 지금 우리들이 즐기는 산들은 한때 벌거숭이였다. 물론 본래부터 벌거숭이는 아니었다. 오래전 가난했던 시절에 시도 때도 없이 베어가는 바람에 헐벗게 되었던 것이다. 그 헐벗은 산에 해마다 나무를 심고 돌보면서 함부로 베어내지 않았기 때문에 이렇게 우거졌다. "진실로 제대로 기를 수 있다면 자라지 않는 것이 없을 것이고, 진실로 제대로 기르지 못한다면 사라지지 않는 것이 없을 것이다"라고 맹자가 말한 그대로가 아닌가.

십 년의 이익을 꾀한 것이 이러할진대, 백 년의 이익은 얼마나 더 클까? 더구나 모든 대학생들은 자질이 뛰어나다. 가능성에 대한 믿음을 갖고 가르쳐야 한다는 당위성을 떠나서, 실제로 가르쳐본 바에 따르면 대부분의 학생들은 자질이 뛰어나다. 그들은 또 열정과 패기를 가득 품은 휴화산이다. 언제든지 폭발하면 엄청난 기세로 세상을 바꿀 수도 있다. 그런데 깨어날 기미가 보이지 않는다. 대학의 마법에 홀려 있어서다. 비싼 등록금과 있으나 마나 한 장학금, 수준조차 운운할 수 없는 강의들이 대학의 마법이다. 이 마법이 빚어내는 작품은 이름하여 입봉출계(入鳳出雞)!

봉황을 받아들여서는 닭으로 만들어 내보낸다! 참으로 신묘불측하기 이를 데 없는 마법이다. 아마도 이래서 비싼 등록금을 받아 챙기는지도 모르겠다. 그러나 닭이 된 젊은이들은 날지 못할뿐더러, 황량한 벌판에서 살아남기도 버거워한다. 맹자는 "백성을 가르치지 않고 전쟁에 쓰는 것을 '백성에게 재앙을 내린다'고 하니, 백성에게 재앙을 내리는 자는 요나 순 임금의 시대에도 용납되지 못했다"[4]고 했는데, 이런 대학들을 어찌해야 할까? 계륵이 되어버린 괴물들을.

● 원문

1) "牛山之木嘗美矣, 以其郊於大國也, 斧斤伐之, 可以爲美乎? 是其日夜之所息, 雨露之所潤, 非無萌蘗之生焉, 牛羊又從而牧之, 是以若彼濯濯也. 人見其濯濯也, 以爲未嘗有材焉, 此豈山之性也哉? … 故苟得其養, 無物不長, 苟失其養, 無物不消."(「고자」상8)

2) "鷄鳴而起, 孳孳爲善者, 舜之徒也. 鷄鳴而起, 孳孳爲利者, 蹠之徒也."(「진심」상25)

3) "謹庠序之敎, 申之以孝悌之義, 頒白者不負戴於道路矣."(「양혜왕」상3)

4) "不敎民而用之, 謂之殃民. 殃民者, 不容於堯舜之世."(「고자」하8)

군자의 길을
버린 교수

맹자가 말하였다.

"힘을 어짊이라 거짓되게 꾸미는 자는 패자(覇者)이니, 패자
는 반드시 큰 나라가 있어야 한다. 덕으로써 어짊을 행하는 자는
왕자(王者)이니, 왕자는 큰 나라에 기대지 않는다. 탕 임금은
70리로써, 문왕은 백 리로써 왕 노릇하였다. 힘으로써 남을 눌
러 따르게 하는 것은 마음으로 좋게 하는 것이 아니다. 힘이 모
자라서다. 덕으로써 남을 따르게 하면 마음속으로 기뻐하며 진
실로 따른다. 이는 마치 70명의 제자들이 공자를 따른 것과 같
다. 시에서 이르기를, '서쪽에서 동쪽에서, 남쪽에서 북쪽에서,
따르지 않는 이가 없다'고 했으니, 이를 두고 한 말이다."[1]

2011년 6월, 부산대학교에서는 총장선거가 있었다. 새로 총장으로
선출된 교수는 선거가 지나치게 혼탁하고 과열된 게 아니냐는 지적
에 대해 "지난 직선에 비해서는 비교적 조용하게 치러진 것 같다"고
답했다. 그런데 이렇게 말한 교수와 다른 출마자 두 명에 대해 검찰

이 압수수색에 들어갔다고 한다. 선거 때 동료교수와 직원들에게 음식과 선물을 제공했다는 혐의 때문이다(결국 총장선출은 무효가 되고, 다시 선거를 해서 새로 총장을 뽑았다. 이게 대학의 현주소다. 여기에 과연 학문이나 진리가 있다고 말할 수 있겠는가).

대학의 총장선거에 나섰던 이들이 검찰의 수사대상이 된 이 일을 어떻게 해명해야 할까? 죄의 유무가 밝혀지기 전에 함부로 단정해서는 안 되지만, 이 일만큼은 그렇지 않다. 그들은 교수가 아닌가. 교수는 곧 선비인데, 선비라면 '오이 밭에서 신을 고쳐 신지 않고, 자두나무 아래서 갓끈을 고치지 않는 법'이다. 그러니 그런 혐의를 받았다는 것 자체가 이미 큰 허물이다. 게다가 단순한 혐의가 아니라는 것은 "지난 직선에 비해서는 비교적 조용하게 치러진 것 같다"고 한 말에도 이미 드러나 있다. 이제까지 대체로 총장선서가 혼탁했고 이번에도 크게 다르지 않다는 의미가 숨겨져 있으니 말이다. 문제는 그런 혼탁을 부추기고 조장한 이들이 모두 교수들이었다는 데에 있다.

대학을 소인국으로 만드는 존재

'교수'의 사전적 의미는 '학문을 연구하고 가르치는 사람'이다. 연구와 교육, 이 두 가지가 교수가 할 일이다. 중세에는 태학이나 국자감의 박사(博士)들이 그 일을 했다. 박사는 '두루 배운 선비'라는 뜻이다. 지금도 박사라는 말을 쓰고 있는데, 그 연원이 거기에 있다.

실제로 지금의 교수들은 대개 박사학위를 받은 이들이 아닌가. 그런데 선비란 어떤 존재인가?

맹자가 제나라에 있을 때, 왕자 점(墊)이 물었다. "선비는 무엇을 일삼습니까?" 그러자 맹자는 "뜻을 높게 지니오"라고 대답했다. 왕자가 다시 "뜻을 높게 지닌다는 게 무엇입니까?"라고 묻자, 맹자는 이렇게 대답했다. "어짊과 올바름일 뿐이오. 한 사람이라도 죄 없는 이를 죽이는 것은 어짊이 아니오. 제 것이 아닌데도 가지는 것은 올바름이 아니오. 어디에 머물어야 하냐면, 바로 어짊이오. 어디로 가야 하냐면, 바로 올바름이오. 어짊에 머물고 올바름을 따라가는 것, 여기에서 대인(大人)의 일은 갖추어지오."[2]

어짊과 올바름에 뜻을 두고 거기에 머물며 사는 선비가 대인 곧 군자라는 말이다. 소인 또한 선비지만, 대인과는 일삼는 게 다르고 지향하는 바가 다르다. 대인은 어짊과 올바름을 따르지만, 소인은 애초부터 사사로운 이익에 뜻을 둔다. 그래서 공자도 "군자는 올바름에 밝고, 소인은 잇속에 밝다"(『논어』「리인」)고 말했다.

선비에 군자가 있고 소인이 있다면, 교수에도 군자가 있고 소인이 있다. 그런데 직선제로 이루어지는 총장선거를 보면, 교수들 가운데도 군자보다 소인이 훨씬 많다는 사실을 확인하게 된다. 총장선거에서 각 후보자가 쓰는 돈이 억대가 넘는다는 것은 이미 공공연한 비밀이다. 그렇게까지 해서 총장이 되려는 게 과연 대학을 살리기 위해서일까? 그렇지 않다는 것은 그들 교수들이 가장 잘 안다. 그럼에도 그런 후보자들이 총장선거에 나서고 또 총장이 되는 것은 대학에 소인 교수들이 많기 때문이다. 그야말로 대학이 소인국이 되어 있는 것이 현실이다.

학생은 있어도 제자가 없는 교수

"군자는 그가 지나는 곳은 교화시키고 그가 머무는 곳에서는 신묘한 일을 한다. 위로 하늘, 아래로 땅과 함께 흐르니, 그가 세상에 보탬이 되는 게 어찌 작다고 할 수 있겠는가?"[3]라고 맹자는 말했다. 하늘과 땅과 함께 흐른다는 것은 곧 천지의 이치에 따라 산다는 뜻이다. 그렇게 살면서 체득한 것으로 후세에 길이 남을 저서를 쓰거나 미래의 거목을 키우니, 이보다 더 신묘하고 세상에 보탬이 되는 일이 어디에 있겠는가. 오늘날 대학에 교수를 두는 이유도 그런 신묘한 일을 하라는 것이다. 그런데 소인 교수들이 대학을 장악하고 있으니, 그런 신묘한 일이 좀체 일어나지 않는다.

물론 소인 교수들에게 물으면, 그들도 연구하고 저서를 쓰며 제자를 기르고 싶다고 한다. 그러나 그렇게 하지 못한다. 아니, 그렇게 하지 않는다. 잇속을 챙기느라 바빠서 학문을 할 겨를이 없고, 무엇보다 잇속에 마음을 두었는지라 학문에는 뜻이 없기 때문이다. 잡무가 많고 시간이 부족해서 연구와 강의를 제대로 하지 못한다고 불평을 늘어놓지만, 그것은 한낱 핑계다. 그들이 일주일에 하는 강의라고 해봐야 열 시간 안팎이다. 게다가 주말은 고스란히 남고 또 한 해에 방학이 넉 달은 족히 된다.

116

제자를 기르고 싶다고 하지만, 제자를 기를 능력과 인격이 애초에 부족하다. 맹자는 군자에게 세 가지 즐거움이 있다고 하면서 그 가운데 하나로 "천하의 영재를 얻어서 가르치고 기르는 일"[4]이라고 했다. 교수라면 당연히 영재를 얻고 싶어 하겠지만, 아무나 영재를 얻지는 못한다. 군자 교수라야 얻을 수 있다. 소인 교수도 요행으로 영재를 얻을 수 있겠지만, 그 영재는 곧 떠나버린다. 참으로 영재라면, 어찌 소인을 스승으로 섬기겠는가? 어리석은 학생이 군자 교수에게 가서 제자가 되고 싶어 안달하는 일은 있어도, 영특한 학생이 소인 교수에게 가서 제자가 되려고 하지는 않는다. 이게 이치고 실상이다!

맹자는 덕으로써 어짊을 행하는 자는 왕자(王者)라고 했는데, 덕으로써 제자를 얻고 어진 마음으로 가르치고 이끄는 군자 교수는 곧 왕도를 실행하는 자다. 그러니 어떤 제자가 심복(心服)하지 않겠는가? 아무리 가르침이 혹독하더라도 그 제자는 원망하지 않는다. 왜냐하면 "편안하게 해주는 방도로써 백성을 부리면, 백성은 비록 힘들더라도 원망하지 않는다. 사는 길로써 백성을 죽이면, 비록 죽더라도 죽이는 자를 원망하지 않는다"[5]는 말처럼, 스승의 가르침이 결국 자신에게 편안하고 사람다운 삶을 보장해주는 것임을 알기 때문이다.

반면에 소인 교수는 능력과 인격이 모자라니, 교수라는 직책으로 억지로 학생을 제 밑에 둘 수 있을 뿐이다. 그럼에도 학생을 위하고 아낄 줄을 모른다. 학부생에 대해서도 그러하지만, 대학원생쯤 되면

117

아예 종으로 부리기까지 한다. 여기에 무슨 어진 마음이 있겠는가. 모진 마음이 있을 뿐이다. 학문적 능력도 모자라는데 모질기까지 하니, 어찌 제자를 둘 수 있겠는가? 그러나 불행하게도 정년퇴임할 때까지 자신에게는 제자가 없다는 사실을 잘 깨닫지 못한다. 참된 제자가 없었는데, 교수라는 계급장을 뗀 그에게 누가 찾아오겠는가? 그때 그는 깊은 외로움을 느낄 것이니, 그 외로움은 '노년의 외로움'이 아닌 '소인배의 외로움'이다. 그러나 그는 그 외로움이 어디서 비롯되는지조차 모르리라.

대학의 구조조정은 소인들을 내쫓는 일인데

근래에 전남 강진의 성화대 교직원들이 월급으로 13만 6천 원을 받은 일로 말미암아 그 대학재단의 횡포가 널리 알려졌다. 그런데 정작 문제는 그 대학의 교직원들이다. 이미 오래전부터 재단의 부정이 지속되어 심각해졌음에도 별다른 문제제기가 없다가 자신의 밥그릇을 건드리니 비로소 문제를 삼은 것이다. 이야말로 제 잇속만 차리는 소인배의 처신이 아닌가.

서두에서 총장에 선출된 교수의 말을 인용했는데, 한 가지 더 들겠다. "성과급 제도와 법인화 문제는 구성원 대부분이 반대할 뿐만 아니라 우리나라 실정에도 맞지 않는다고 생각한다." 성과급 제도와 법인화가 문제되는 것은 모두 현재 교수들의 이익과 관련이 있다. 그것을 대부분 반대하고 또 우리나라 실정에도 맞지 않다고 하는 주장이 압도적으로 많은 것은 소인 교수들이 그만큼 많다는 것을 반증해준다.

'반값 등록금' 문제로 불거진 것이 대학의 구조조정인데, 대학의 구조조정은 교수들을 정리하는 것에서 시작되어야 한다. 무능력과 무책임을 겸비한 교수들을 정리하지 않는다면, 어떠한 조정도 허사다. 정말로 소인 교수들을 내쫓으면 어느 대학이든 경천동지할 정도의 혁신을 이룩하고 크게 성장할 것이라고 나는 장담한다. 그러나 불행하게도 그런 일은 일어나지 않을 것이다. 왜냐하면 결코 제 밥그릇을 건드리는 일을 용납하지 않을 소인 교수들이 다수이기 때문에.

● 원문

1) "以力假仁者霸, 霸必有大國. 以德行仁者王, 王不待大. 湯以七十里, 文王以百里. 以力服人者, 非心服也, 力不贍也. 以德服人者, 中心悅而誠服也, 如七十子之服孔子也. 詩云: '自西自東, 自南自北, 無思不服.' 此之謂也."(「공손추」상3)

2) 王子墊問曰: "士何事?"

孟子曰: "尙志."

曰: "何謂尙志?"

曰: "仁義而已矣. 殺一無罪, 非仁也. 非其有而取之, 非義也. 居惡在? 仁是也. 路惡在? 義是也. 居仁由義, 大人之事備矣."(「진심」상33)

3) "夫君子所過者化, 所存者神, 上下與天地同流, 豈曰小補之哉?"(「진심」상13)

4) "君子有三樂, 而王天下不與存焉. 父母俱存, 兄弟無故, 一樂也. 仰不愧於天, 俯不怍於人, 二樂也. 得天下英才而敎育之, 三樂也."(「진심」상20)

5) "以佚道使民, 雖勞不怨. 以生道殺民, 雖死不怨殺者."(「진심」상12)

갈 길 잃어
헤매는 강사

"일정한 생업이 없으면서 한결같은 마음을 지니는 것은 선비만이 할 수 있습니다. 백성으로 말하자면, 일정한 생업이 없으면 그로 말미암아 한결같은 마음도 없습니다. 진실로 한결같은 마음이 없으면 함부로 하거나 치우치거나 삿되거나 사치스럽거나 하면서 하지 않는 게 없게 되는데, 그렇게 죄에 빠뜨린 뒤에야 쫓아가서 형벌을 내린다면 이는 백성을 그물로 잡는 짓입니다. 어찌 어진 사람이 왕위에 있으면서 백성을 그물로 잡는 짓을 할 수 있겠습니까?"[1]

대학에는 교수와 다를 바 없이 중요한 역할을 하는 이들이 있으니, 바로 강사다. 이들은 시간당 강의료를 받는 비정규교수다. 비정규교수라는 말은 강사들이 스스로 쓰는 말인데, 사실 나는 비정규교수라는 말을 좋아하지 않는다. 굳이 교수라는 말을 써야 하는 이유를 모르겠기 때문이다. 물론 자존심이나 존재감 때문에 '교수'라는 말을 선호하는지도 모르겠으나, 그래봐야 '빛 좋은 개살구' 아닌가. 어떤 대학에서는 '외래교수' 또는 '초빙교수'라 부르기도 하는데, 이 또한 눈 가리고 아웅 하는 꼴이다.

현재 한국의 대학에는 모두 7만여 명 이상의 시간강사들이 있다. 이들이 없으면, 대학은 제대로 굴러가지 못한다. 그럼에도 이들은 합당한 대우를 받지 못하고 있다. 조합을 만들면서까지 부당한 대우에 대해 항변하지만, 도무지 나아질 기미는 보이지 않는다. 왜냐하면, 부당한 대우를 받으면서도 기꺼이 강의하려는 강사가 넘치고, 대학은 또 이를 교묘하게 이용하기 때문이다. 강사 스스로 선비로서 자각하지 못하는 한, 이런 상황은 계속될 것이다. 그리고 그것은 강사들의 자승자박이다.

선비의 길을 가면서 백성이 되려는 강사

대학의 강사는 대부분 박사과정을 수료했거나 박사학위를 취득한 자가 한다. 그렇다면 강사는 이미 학문의 길에 들어선 자로서 엄연히 선비다. 다만, 교수와는 달리 정규직이 아닌 비정규직이어서 생업이 안정적이지 않다는 것 때문에 그 처지가 미약하고 간간해 보일 뿐, 강사도 엄연히 학문하는 선비다. 그런데도 선비로서 자각이 없거나 부족하다.

강사들은 대체로 강의료나 연구비 등등에서 차별을 받는다면서 물질적인 대우에 대해서 말한다. 물론 강사도 사람인지라 먹고 살아야 하니, 돈이 필요하다. 그러나 최소한의 먹을거리를 해결하는 것으로 만족해야 하는 이가 또한 선비다. 그 사회는 풍족해도 그 자신은 풍족함을 추구하지 않는 자, 오히려 가난하면서도 즐거워하는 자가 선비다. 맹자가 말했듯이 '일정한 생업이 없으면서 한결같은 마음을 지니는 자'가 선비다. 생업이 있고 안정되어 있다면 더없이 좋겠지만, 그러지 못할 때가 더 많은 게 선비의 길이요, 삶이다. 강사들의 고달픈 생활은 본질적으로 이를 자각하지 못한 데서 온다.

그렇지만 생업에 힘을 쓰지 않고 어찌 살 것인가, 더구나 요즘 같은 시대에 어찌 생업을 걱정하지 않을 수 있겠는가 하고 반문할 것이다. 맞는 말이기는 하지만, 생업에 힘을 쓴다고 한들 얼마나 풍족한 생활이 보장될까? 강사나 교수만큼 배우지 않고도 안정적으로 더 많은 수입을 얻을 수 있는 직업도 많다. 그런데 왜 학문의 길에 들어서서는 뒤늦게(아니면 처음부터 그랬는지도 모른다) 생업을 걱정하고 물질적 보상을 문제 삼는가.

만약 학문보다 생업이 더 중요하다고, 진리탐구보다는 먹고사는 문제가 더 긴요하다고 여긴다면, 당장에 강사 노릇을 그만두면 된다. 그게 더 낫다. 생업과 먹고사는 문제를 가장 긴요하게 여기는 이들은 백성이기 때문이다. 그래서 맹자도 백성은 일정한 생업이 없으면 한결같은 마음이 없고, 한결같은 마음이 없으므로 함부로 하거나 치우치거나 삿된 짓을 한다고 말한 것이다. 이제 학문을 하고 남을 가르치면서 도리어 선비가 아닌 백성 노릇을 하려고 하니, 이야말로 자가당착이 아닌가.

그러면 선비는 어떻게 일정한 생업이 없으면서도 한결같은 마음을 지닐 수 있는가. 학문을 하면서 사사로운 이익보다 천하의 안위를 먼저 생각하는 이가 선비이므로 생업을 걱정하지 않을뿐더러, 선비로서 제 갈 길을 가고 제 할 일을 한다면 천하가 먹여준다는 것을 알기 때문이다. 맹자가 " '어떤 이는 마음으로 애쓰고, 어떤 이는 힘으로 애쓴다. 마음으로 애쓰는 자는 남을 다스리고, 힘으로 애쓰는 자는 남의 다스림을 받는다'고 하였으니, 남의 다스림을 받는 자는 남을 먹이고, 남을 다스리는 자는 남에게 얻어먹는 것이 천하에 널리 통하는 뜻이다"[2]라고 말하였는데, 여전히 이 말은 옳다.

학인으로서 공자의 삶을 보라

귀족들이 지식을 독점하던 시대에 신분에 상관없이 누구든 제자로 받아들여서 기꺼이 가르쳤던 인물이 공자다. 공자는 평생을 정치가로 살았으나, 아이러니하게도 후대에 그는 교육자로서 높이 떠받들어지고 있다. 어쩌면 당연한 일이다. "나는 열 하고도 다섯에 배움에 뜻을 두었고, 서른에 홀로 섰으며, 마흔에는 헷갈리지 않았고, 쉰에는 천명을 알았으며, 예순에는 무슨 말을 들어도 막히는 게 없었고, 일흔에는 마음이 시키는 대로 하여도 이치에 어긋나지 않았다"(『논어』「위정」)고 자신의 삶을 정리한 말에서처럼 일생을 오롯하게 학자로서 살았기 때문이다.

오늘날에는 공자를 마치 타고난 성인인 듯이 여기고 있지만, 공자는 스스로 배우면서 성인의 경지에 이른 인물일 뿐이다. 만약 공자를 신격화한다면, 그것이야말로 공자를 모독하고 왜곡하는 짓이다. 공자는 스스로 "나는 나면서부터 아는 자가 아니었다. 옛것을 좋아하여 재바르게 구하는 사람일 뿐"(『논어』「술이」)이라고 말했다. 이는 누구나 배우면 공자와 같은 성인이 될 수 있다는 희망적인 메시지다.

그러나 공자도 먹고 살아야 했다. 젊어서부터 널리 알려진 공자였지만, 포부를 펼칠 기회를 얻거나 알아주는 이를 만나지 못해 고생을 꽤나 했다. 그럼에도 공자는 불평하거나 좌절하지 않았다. 그 처지에 알맞게 판단하고 행동했다. 그러다 보니 온갖 일을 다 했고, 할 때마다 지극한 마음으로 했으므로 재주도 많아졌다. 누군가가 "어찌하여 그토록 재주가 많은가" 하고 물은 데 대해서, 공자는 "내 젊은 시절에 데데하였던 까닭에 하찮은 일에 재주가 많다"(『논어』「자한」)고 대답했다.

공자에게 어찌 벼슬할 기회가 적었겠는가만은, 자신의 뜻을 펼 수 없는 자리라면 받지 않았던 것이다. 하물며 재물에 대해 무슨 집착을 했겠는가? 공자는 "가멸지려 해서 가멸질 수 있다면, 비록 채찍 잡는 일일지라도 내 기꺼이 하겠다. 그러나 가멸질 수 없다면, 내가 좋아하는 일을 하겠다"(『논어』「술이」)고 말했다. 공자는 어떤 일이든 가리지 않았다. 상황에 따라 해야 할 일이면 했다. 그러나 벼슬이나 재물에 뜻을 두지는 않았다. 그것은 선비의 길이 아니었기 때문이다.

맹자는 공자를 두고 이렇게 말했다. "벼슬은 가난 때문에 하는 것이 아니지만 때로는 가난 때문에 하기도 한다. 아내를 얻는 일은 부모를 봉양하기 위한 것이 아니지만, 때로는 부모봉양을 위해 하기도 한다. 가난 때문에 벼슬하는 자는 높은 자리는 사양하고 낮은 자리를 차지하며 가멸짐을 물리치고 가난하게 산다. 높은 자리를 사양하고 낮은 자리를 차지하며 가멸짐을 물리치고 가난하게 사는 것은 어떤 일을 하면 되는가? 관문을 지키거나 목탁을 치는 일이다. 공자는 곳간지기가 된 적이 있었는데 '물건 세는 일을 맞게 할 따름이다'라고 말하였고, 가축 치는 일을 맡은 적이 있었는데 '소와 양을 살지게 잘 자라게 할 따름이다'라고 말하였다."[3)]

강사들이여, 이제 대학을 떠나자

나도 강사다. 아니, 강사였다. 지난 학기를 마지막으로 나는 대학을 아주 떠난다. 이미 몇 년 전에도 3년여 동안 아무런 강의를 하지 않고 지낸 적이 있었다. 어느 날 강의를 해달라고 해서 했고, 떠날 때가 되어 떠난다. 대체 무얼 걱정하겠는가. 내가 학문을 할 능력이나 자질이 부족할까 그게 걱정일 따름이다. 안경알을 깎으며 뜻을 굽히지 않았던 스피노자보다는 그래도 내가 더 나은 시대를 살고 있지 않은가.

맹자는 "천하의 너른 집에서 살고 천하의 바른 자리에 서며 천하의 크낙한 도를 행하여, 뜻을 얻으면 백성과 함께 행하고 뜻을 얻지 못하면 홀로 그 도를 행하니, 부유함과 높은 지위도 그 마음을 어지립힐 수 없고 가난함과 미천함도 그 뜻을 꺾지 못하며 위세와 무력도 그를 굽힐 수 없다. 이런 이를 대장부라 한다"[4]고 말했다. 나는 대장부의 길을 간다. 그러니 무엇에 흔들리겠는가.

강사들이여, 대장부의 눈으로 보라. 지금 대학은 강사가 없으면 굴러가지 않는다. 교수들이 과연 강사의 몫까지 해낼 수 있을까? 천만에. 제 몫도 제대로 못하는 교수가 다수다. 결국 칼자루를 쥔 쪽은 강사들인데, 왜 강사들이 몸을 사리거나 굽히는가? 왜 대학에만 머물려고 하는가? 무슨 꿍꿍이가 있는가? 그렇다면, 그대들은 떳떳하지 못하다. 떳떳하다면, 대담하게 행동하라!

● 원문

1) "無恒產而有恒心者, 惟士爲能. 若民, 則無恒產, 因無恒心. 苟無
   恒心, 放辟邪侈, 無不爲已. 及陷於罪, 然後從而刑之, 是罔民也.
   焉有仁人在位罔民而可爲也?"(「양혜왕」상7)

2) "'或勞心, 或勞力. 勞心者治人, 勞力者治於人.' 治於人者食人,
   治人者食於人, 天下之通義也."(「등문공」상4)

3) "仕非爲貧也, 而有時乎爲貧. 娶妻非爲養也, 而有時乎爲養. 爲
   貧者, 辭尊居卑, 辭富居貧. 辭尊居卑, 辭富居貧, 惡乎宜乎? 抱關
   擊柝. 孔子嘗爲委吏矣, 曰, '會計當而已矣.' 嘗爲乘田矣, 曰,
   '牛羊茁壯長而已矣.'"(「만장」하5)

4) 居天下之廣居, 立天下之正位, 行天下之大道, 得志, 與民由之,
   不得志, 獨行其道. 富貴不能淫, 貧賤不能移, 威武不能屈, 此之
   謂大丈夫."(「등문공」하2)

128

대학생이여,
호연지기를 길러라

공손추가 여쭈었다.

"감히 묻겠습니다. 무엇을 호연한 기운(浩然之氣)이라 합니까?"

맹자가 대답하였다.

"말하기가 어렵구나. 그 기운은 지극히 크고 지극히 굳세니, 곧게 길러 해로울 게 없으면 하늘과 땅 사이를 꽉 채운다네. 그기운은 올바름과 도리를 짝으로 하니, 이것이 없으면 굶주리게 되지. 이는 올바름이 차근차근 모여서 생겨나는 것이지, 갑작스레 올바름을 한 번 행한다고 얻을 수 있는 게 아니라네. 행동할때에 마음에 찐덥지 않은 게 있으면 역시 (이 기운이 없어) 굶주리게 되지."[1]

천하를 떠돌던 공자가 어느 날 고국의 젊은이들을 떠올리며 제자들에게, "돌아가자, 돌아가자! 우리나라 젊은이들은 뜻은 높으나 너무 거칠구나. 아름답게 멋거리는 이루었으나, 마름질할 줄 모르는구나"(『논어』「공야장」)라고 말하였다. 젊은이들은 열정과 패기가 넘치는 대신, 그것을 잡도리할 힘과 지혜가 부족하다. 그래서 돌아가서 그들을 가르치고자 했던 것이다.

그런데 지금 이 나라의 대학생들에게서는 열정과 패기조차 찾아보기 어렵다. 앞서의 글에서 나는 대학을 떠난다고 말했는데, 그 이유는 여럿이지만 가장 큰 이유는 열정과 패기를 잃은 대학생들을 차마 더 볼 수가 없어서였다. 그래서 나는 공자와 달리, "떠나자, 떠나자! 우리 젊은이들은 뜻이 낮고 너무 몸을 사리는구나. 겉멋은 들었으나, 알맹이를 채우려 하지 않는구나"라고 탄식하며 대학을 떠나기로 한 것이다. 열정과 패기가 없으니, 대학(大學) 곧 큰 배움에도 뜻이 없다. 그러니 무엇을 가르치랴.

종살이를 위해 버둥질하는 대학생

대학생들이 얼마나 공부를 하지 않느냐 하면, 대학을 다니면서 읽는 책의 양과 질에서 단적으로 드러난다. 2010년에 국내 상위 20위권 대학의 재학생 한 명당 연평균 대출 도서 숫자가 17권으로 조사됐다. 대학생들이 한 달 평균 두 권도 안 되는 1.4권의 책을 읽고 있는 것이다. 요즘 대학생들이 거의 책을 사서 보지 않는다는 사실을 감안하면, 이 수치는 실제 독서량과 크게 다르지 않다고 해야겠다. 참으로 개탄할 노릇이다. 그나마 읽는 책도 전공서적 아니면 소설이나 흥미 위주의 얄팍한 책이 대부분이다. 역사나 철학 같은 깊은 사유와 집중력을 필요로 하는 인문학 서적은 거들떠보지 않는다. 취직에 도움이 되지 않는다나?

대학은 큰 배움의 길을 가는 곳인데, 대학생들의 관심사는 딴 데 있다. '스펙'을 쌓는 일이다. 높은 연봉이 보장된 안정된 직장을 얻기 위해서는 스펙을 쌓아야 한단다. 그런데 연봉이 높든 낮든, 정규직이든 아니든 간에 자기가 진정으로 하고 싶어 하는 일이 아니라면, 그 일은 종살이에 지나지 않는다는 사실을 모르고 있다. 조선시대에 머슴이 주인에게서 한 해 동안 일한 대가로 받는 것을 '새경'이라 했다. 그 새경이 오늘날의 연봉이다. 더구나 지금의 직장인들은 저 머슴보다 못해서 늘 내쫓길 일에 걱정이니, 참으로 끔찍한 종살이다. 그럼에도 그런 종살이를 하겠다고 기를 쓰고 스펙을 쌓고 있는 대학생들을 보면, 안타깝기 그지없다.

종살이를 하려고 버둥질하는 대학생 대부분은 결국 자신이 바라는 곳으로 가지 못한다. 졸업이 가까워지면 가까워질수록 마음속에는 "어디서든 나를 받아주기를!" 하는 바람만 강해진다. 점점 비루해지는 것이다. 비싼 등록금을 내면서 대학을 다닌 뒤에 한다는 게 고작 직업을 동냥질하는 꼴이라니. "천하를 화평하게 다스리고자 한다면, 바로 이때에 내가 아니면 누가 하겠는가"[2]라고 말했던 맹자와 같은 호기는 아무리 눈을 씻고 보아도 찾을 수가 없다. 그저 부자가 되고 싶다는 열망만 강하다. 이러하니 저 맹자도 지금의 대학생들을 본다면, 나처럼 대학을 떠나지 않고는 못 배기리라.

맹자는 또 "크게 되고자 하는 군주에게는 반드시 함부로 부를 수 없는 신하가 있었다. (어떤 군주든) 무언가를 크게 꾀하고자 한다면 곧바로 그런 신하를 찾아갔으니, 그 덕을 높이고 도리를 즐거워함이 이러하지 않다면 (그런 군주와는) 큰일을 함께 할 수 없다"[3]고 말했다. 공자나 맹자가 천하를 주유한 까닭도 스스로 군주를 고르느라고 그랬다. 아무나 만나서 그를 섬길 양이면 그토록 오랜 세월 동안 고단하게 돌아다니지 않았을 것이다. 그들이 그러했다면, 왜 오늘날 대학생들은 그렇게 하지 못하겠는가. 그들도 사람이고 지금 대학생들도 사람이 아닌가.

호연지기를 길러 천하를 굽어보라

공자와 맹자에게는 있으나 지금의 대학생들에게는 없는 것, 그것은 호연지기다. 지극히 곧고 굳센 기운, 그리하여 천지 사이를 가득 채울 기운이다. 이런 기운은 자잘한 지식을 습득하는 걸로는 결코 기르지 못한다. 올바름을 행하고 도리를 따라 오롯하게 나아갈 때에 기를 수 있다. 멀리 보고 크게 생각하며 큰 배움의 길을 갈 때에만 기를 수 있다. 올바른 일을 한 번 했다고 해서 별안간 얻을 수 있는 것도 아니다. 그렇다고 해서 어렵기만 한 것도 아니다. 적어도 자신이 애쓴 만큼, 공부한 만큼 길러지는 것이 또한 호연지기다.

맹자는 "어짊과 올바름, 예의와 지혜는 밖에서부터 나에게로 녹아들어 오는 것이 아니다. 나에게 본래부터 갖추어져 있던 것인데, 생각하지 않았을 따름이다. 그러므로 '구하면 얻게 되고, 버리면

잃게 된다'고 하였다. 얻고 잃음의 차이가 혹은 두 배 혹은 다섯 배가 되어서 나중에 계산이 되지 않을 정도가 되는 것은 그 재능을 제대로 다하지 않아서다"[4]라고 말했다. 그렇다, 사람이 제가 지닌 재능을 다하지 않은 채 얄팍한 속셈으로 작은 이익을 얻는 데에 집착하기 때문에 제 속에 있는 호연지기를 제대로 기르지 못하는 것이다.

공자가 "나는 열 하고도 다섯에 배움에 뜻을 두었고, 서른에 홀로 섰다"(『논어』 「위정」)고 말했을 때, 그것은 큰 배움을 통해 호연지기를 길러 서른 즈음에 오롯하게 갖추었다는 뜻이다. 서른 전후에 이미 천하를 주유하면서 제후들을 만나 당당하게 자신의 뜻을 밝히고 뜻을 함께하면 벼슬하고 뜻이 어긋나면 떠난 것도 이 호연지기가 갈무리되어 있어서였다. 대학생들이 대학을 다니는 것은 바로 그런 호연지기를 기르기 위해서다.

맹자는 호연지기가 없으면 굶주린다고 했다. 행동할 때 마음에 찜찜하지 않은 게 있어도 굶주린다고 했다. 이는 육신의 굶주림이 아니라 영혼의 굶주림을 뜻한다. 사람은 빵만으로는 살 수가 없기 때문이다. 아무리 재물이 많아도 만족하지 못하는 것은 재물로는 달랠 수 없는 허기가 있기 때문이다. 그런 허기는 크고 굳센 기운, 올바르고 떳떳한 기운을 지닐 때에만 달랠 수 있다. 천지 사이를 채우는 것이 호연지기인데, 하물며 한 사람의 삶을 채워주지 못하겠는가.

왜 호연지기를 기르면 굶주리지 않게 되는가? 올바름과 도리를 짝

하면서 스스로 터득하는 공부를 했기 때문이다. 맹자가 "군자가 도리로써 깊이 나아가는 것은 스스로 터득하고자 해서다. 스스로 터득하면 어디에 머물든 편안하고, 어디에 머물든 편안하면 그 바탕이 깊어지며, 바탕이 깊어지면 주위에서 무엇을 끌어다 써도 사물의 근원과 만난다. 그러므로 군자는 스스로 터득하려고 한다"[5]고 한 말에서 드러나듯이, 도리에 벗어나지 않고서 나아가면 이치를 터득하게 되고, 이치를 터득하면 호연지기는 저절로 길러진다. 그리하여 천하 어디에서도 떳떳할 수 있고, 어디에서나 편안할 수 있으며, 궁극적으로는 사물을 꿰뚫어보아서 온갖 것과 어우러질 수 있다. 이러고서 즐겁지 않은 삶이 어디에 있으랴.

먼저 좋아하는 일을 찾아서 하라

공자는 "가멸지려 해서 가멸질 수 있다면, 비록 채찍 잡는 일일지라도 내 기꺼이 하겠다. 그러나 가멸질 수 없다면, 내가 좋아하는 일을 하겠다"(『논어』「술이」)고 말했다. 제 한 몸 건사하는 일은 마음만 먹으면 할 수 있다. 그러나 부자가 되는 일은 뜻대로 되는 게 아니다. 그래서 공자도 이왕이면 좋아하는 일을 하겠다고 말한 것이다. 요샛말로 하자면, 일과 놀이가 하나가 되는 삶을 살겠다는 것이다. 자잘한 공부나 하면서 얄팍한 속셈을 가진 자는 미처 깨닫지 못한 이치가 여기에 숨어 있다.

대학생들이여, 행복한 삶을 바라는가? 그렇다면 좋아하는 일을 먼저 찾아라. 이를 위해서는 가까운 데서 시작하라. 전공이 무엇이든 그 전공을 당장에 버릴 생각이 아니라면, 일단 지극한 마음으로 그 전공에 대해 깊이 공부해라. 이 전공을 계속해나갈 것인지, 아니면 그만두고 다른 길을 찾아야 할 것인지 결정을 내릴 순간이 저절로 찾아올 때까지, 한결같은 마음으로 나아가라. 그 끝에서 어떤 결정을 내리든지 간에 그 과정에서 이미 그대는 자신의 참된 모습을 발견하게 되리라.

끝으로 덧붙이겠다. "바둑의 수는 작은 수다. 그러나 마음을 오롯하게 하거나 뜻을 다하지 않으면 그 수를 터득하지 못한다."[6] 마음과 뜻을 다하는 순간, 호연지기가 꿈틀대는 것을 느끼리라!

● 원문

1) 公孫丑問曰: "敢問何謂浩然之氣?"

曰: "難言也. 其爲氣也, 至大至剛, 以直養而無害, 則塞於天地之間. 其爲氣也, 配義與道. 無是, 餒也. 是集義所生者, 非義襲而取之也. 行有不慊於心, 則餒矣."(「공손추」상2)

2) "如欲平治天下, 當今之世, 舍我其誰也?"(「공손추」하13)

3) "故將大有爲之君, 必有所不召之臣. 欲有謀焉, 則就之. 其尊德樂道, 不如是, 不足與有爲也."(「공손추」하2)

4) "仁義禮智, 非由外鑠我也. 我固有之也, 弗思耳矣. 故曰, '求則得之, 舍則失之.' 或相倍蓰而無算者, 不能盡其才者也."(「고자」상6)

5) "君子深造之以道, 欲其自得之也. 自得之則居之安, 居之安則資之深, 資之深則取之左右逢其原, 故君子欲其自得之也."(「이루」하14)

6) "今夫奕之爲數, 小數也. 不專心致志, 則不得也."(「고자」상9)

판도라의 도시 그리고
희망버스

"시에, '처음에 신령한 둔덕을 쌓으려고 측량하고 터를 다지니, 백성이 힘써 일하여 며칠 만에 이루었구나! 쌓으면서 서둘지 말라 하였으나, 백성이 자식처럼 왔도다! 왕께서 신령한 동산에 계시니, 암사슴과 수사슴들이 엎드리도다! 암사슴과 수사슴은 포동포동 살지고, 백조는 하얗게 윤기가 흐르도다! 아, 왕께서 신령한 못에 계시니, 물고기가 가득 뛰어 오르네'라고 하였습니다. 문왕은 백성의 힘으로 둔덕을 쌓고 연못을 팠으나 백성은 기뻐하고 즐거워하였으니, 그 둔덕을 '신령한 둔덕'이라 하고 그 못을 '신령한 못'이라 하였습니다. 문왕은 거기에 있는 큰 사슴과 작은 사슴, 물고기와 자라를 즐겼으니, 이는 옛사람이 백성과 함께 즐겼기 때문에 즐길 수 있었던 겁니다."[1]

여름이면 피서객들이 부산으로 몰려든다. 그런데 지난 주말에는 특별한 피서객들이 부산을 찾았다. 바로 희망버스 참가자들이다. 그들은 "우리 인생에서 가장 아름다운 휴가를 보내러 부산에 간다"면서 온 이들이다. 가장 아름다운 휴가! 이에 대해 반발할 이들이 분명 있겠지만, 적어도 부산에 관해서 내가 들은 말 가운데 이보다 멋진 말은 없으리라. 또 한편에서는 희망버스를 절망버스라고 말하지만, 무슨 속셈으로 한 말이든 간에 그 또한 진실을 담고 있다. 희망은 바로 절망 속에서 나오는 것이므로.

대부분의 사람들이 익숙하게 알고 있는 그리스 신화로부터 이야기를 시작하자. 신들의 신, 제우스는 프로메테우스가 인간에게 불을 가져다 준 것에 화가 나서 인간들에게 재앙을 내리려고 아름다운 여인을 만들었다. 그녀는 '판도라'다. 그녀가 열었던 단지를 흔히 '판도라의 상자'라고 부른다. 판도라가 이 단지를 열었을 때, 온갖 악과 불행이 세상에 나왔다고 한다. 그래서 신화는 인류에게 불행을 가져다준 존재가 바로 이 여인이라고 하지만, 이는 신들이 바라는, 왜곡된 해석이다.

신들의 횡포에 저항하는 판도라

사실 판도라가 인간 세상에 나타나기 전부터 이미 인류는 불행을 겪고 있었다. 바로 신들의 변덕스런 심사로 말미암은 횡포 때문이다. 먹을 것을 숨겨놓고서 인간들을 제어했던 신들, 프로메테우스가 불을 인류에게 주었다고 해서 분노한 신들이 어찌 인류를 위했겠는가. 그들 자신들의 노리개로 삼았을 뿐이다. 그들 신들은 마치 노동자를 통해 부를 축적하면서 노동자를 한낱 소모품으로 여기고 있는 대기업의 경영자들과 다름이 없다. 신들이 머물렀다는 올림푸스는 횡포를 일삼는 대기업과 같지 않은가?

판도라가 단지를 열지 않았다면, 인류는 여전히 불행 속에서 그 불행을 자각하지 못하고 살았을 것이다. 판도라가 단지를 열면서 비로소 신들의 농간을 알아챘고, 스스로 희망을 갖고 미래를 빚어낼 주체가 될 수 있었다. 이 나라에서는 1960년대 이후로 급속한 경제성장을 위해서 대기업 중심의 경제정책을 폈다. 그 과정에서 국민, 특히 노동자들은 희생을 감내해야 했다. 그러나 이제는 그런 시절을 지나서 엄연히 경제 강국이 되었음에도 대기업의 경영자는 노동자를 대접할 줄 모르고 도리어 계속해서 희생을 요구하고 있다. 이런 간교하고 음흉하며 오만한 기업인들에게 정면으로 맞서며 온 국민의 각성을 촉구하려고 나선 이가 바로 김진숙 씨이니, 그가 이 시대의 판도라다.

김진숙 씨의 바람은 지극히 소박하다. 기업의 일방적인 정리해고, 정규직 대신에 비정규직을 쓰면서 임금과 노동력을 착취하는 횡포를 그만두라는 것이다. 기업과 노동자가 함께 살자는 것이다. 처음에 기업과 노동자는 하나가 아니었던가. 맹자가 인용한 시를 보라. "처음에 신령한 둔덕을 쌓으려고 측량하고 터를 다지니, 백성이 힘써 일하여 며칠 만에 이루었구나! 쌓으면서 서둘지 말라 하였으나, 백성이 자식처럼 왔도다!" 노동자들도 저 문왕의 백성들처럼 일하지 않았던가? 그런데 왜 버림을 받아야 하는가?

맹자는 양혜왕에게 "곡식과 물고기와 자라가 이루 다 먹을 수 없을 만큼 넉넉하고, 재목이 이루 다 쓸 수 없을 만큼 많아진다면, 백성이 산 사람을 먹여 살리고 죽은 사람을 장사지낼 때 원망이 없게 할수 있습니다. 산 사람을 먹여 살리고 죽은 사람을 장사지낼 때 원망이 없는 것, 이것이 '왕도(王道)'의 시작입니다"[2]라고 말했다. 예부터 백성을 원망하게 만든 왕조는 반드시 망했다. 그렇다면 노동자를 일방적으로 해고하여 먹고 살기 힘들게 할 뿐 아니라 노동자를 죽음으로까지 내모는 기업이라면, 망하지 않겠는가? 김진숙 씨는 바로 그것을 막으려고, 노동자도 살고 기업도 살게 하기 위해서 판도라의 단지를 열었던 것이다.

희망버스가 싣고 온 희망의 실체

"내 집의 늙은이를 높이는 마음이 남의 늙은이에게 미치고, 내 집의 아이를 아끼는 마음이 남의 아이에게 미친다면, 천하를 손바닥에 놓고 움직일 수 있습니다. 시에서 '아내에게 본보기가 되고 이를 형과 아우에게 미치니, 집안과 나라가 다스려지네'라고 하였으니, 이 마음을 들어 저기에 더해줄 뿐이라는 말입니다. 그러므로 은혜를 미루면 사해(四海)를 편안하게 할 수 있고, 은혜를 미루지 않으면 처자도 편안하게 하지 못하니, 옛사람이 남들보다 크게 뛰어났던 것은 다른 게 아니라 자기가 한 것을 잘 미루었을 뿐입니다."[3]

내 가족에 대한 사랑이 그대로 남에게 미치는 것, 나와 남이 둘이 아니라 하나이므로 공존하고 상생해야 마땅하다는 것, 그것이 어짊이다. 맹자는 왕이 그런 마음을 지녀야만 한다고 했지만, 맹자가 이 시대에 다시 태어난다면 이 말을 경영자들에게 해주었을 것이다. 참된 경영인은 제 가족처럼 노동자를 아끼고 보살펴야만 그 기업을 길이 융성하게 할 수 있다고, 그것이 곧 왕도경영의 바탕이며 요제라고 말해주었을 것이다. 그러나 불행하게도 그런 경영을 제대로 펴는 이들이 이 시대 이 나라에는 참으로 드물다. 한진중공업 사태는 바로 그런 경영철학의 부재를 단적으로 보여준다. 그렇다고 절망해야 할 것인가? 아니다.

85호 크레인 위에 노동자의 희망이 있다면, 희망버스에는 시민의 희망, 세상의 희망이 실려 있다. 희망버스는 사람을 싣고 왔다. 그 사람들은 결코 누군가에 의해 떠밀려서 온 이들이 아니다. 스스로 깨닫고 스스로 행동한 이들이다. 그들은 사람이라면 누구에게나 있는 시비지심으로 판단하고 측은지심에 따라 행동했을 따름이다. 바로 그들, 그 사람들이 희망이다. 그들에게 있는 시비지심과 측은지심이 희망이다.

맹자는 "사람의 본성은 착하다"고 말하면서 그때마다 요와 순 임금을 거론했다. 요와 순이 어진 정치를 편 것은 그들이 착한 본성을 잘 간직했기 때문인데, 그렇다고 해서 그들이 남과 달랐던 것은 아니다. 맹자는 "요와 순도 남들과 같을 뿐이다"[4]라고 말했다. 그렇지 않은가? 그들도 사람일 뿐이다. 우리도 사람이다. 왜 그들에게 있는 것이 우리에게 없겠는가. 바로 이것이다. 희망버스를 타고 온 이들이 보여주고 그들을 지지하는 이들이 함께 느낀 것, 그것은 "사람의 본성은 착하며, 사람은 서로 다르지 않다"는 것이다. 이보다 더 큰 희망이 어디에 있으랴.

판도라의 도시, 부산 시민이여

한진중공업 사태는 한편으로는 기업윤리 및 경영철학의 문제, 노동자를 비롯한 약자 보호의 문제와 연관되지만, 다른 한편으로는 시민의 의식 개혁과 관련된다. 이 모두 부산 시민이 스스로 자각하고 제기했어야 하는 문제였지만, 그렇지 못하였다. 그래서 김진숙 씨가 십자가를 지고 85호 크레인에 올라갔으며, 그것만으로는 부족했으므로 타지에서 희망버스가 쏟아져 들어왔던 것이다.

부산은 이미 오래전부터 고통과 불행의 씨앗이 자라고 있던 도시였다. 인구가 줄고 기업이 떠나갔으며, 구청장이나 시장 등 단체장들은 해마다 늘어나는 적자에 속수무책이면서도 난개발을 조장하거나 방조하고 있으며, 지역 발전에는 그다지 관심도 열의도 없는 특정 정당의 국회의원만 선출되고 있다. 이는 단순히 망조가 아닌 쇠망 그 자체다. 그럼에도 깨어날 줄 모르는 부산 시민은 제 곁에서 일어나고 있는 일을 강 건너 불구경하듯이 바라보고 있다.

맹자는 "사람이 짐승과 다르다고 할 근거는 적은데, 뭇 백성은 버리고 군자는 간직한다"[5]고 말하였다. 뭇 백성은 버리고 군자가 간직하는 것은 다름이 아니라 측은지심과 시비지심이다. 부산 시민에게 결여되어 있는 것이 바로 이런 마음이다. 그러했으니, 한진중공업

142

사태를 이 지경이 되도록 내버려두었다가 뒤늦게 시끄럽다느니 불편하다느니 하면서 또 불평을 늘어놓고 있는 것이 아닌가.

부산을 찾은 타지의 사람들이 한결같이 말하는 것은 부산 시민이 열정이나 활기가 넘치며 매우 친절하다는 것이다. 부산시가 표방하는 것도 '다이내믹 부산' 이 아닌가. 그러나 그 열정이나 활기, 역동성은 고작 야구장에서나 발휘되고 있다. 저 자신의 쾌락을 위해서는 기운을 쏟지만, 공공의 이익을 위해서는 신경조차 쓰지 않는다. 사사로운 친절은 있어도 참된 측은지심은 부족하다. 부산이 판도라의 도시가 된 까닭은 여기에 있다.

● 원문

1) "詩云: '經始靈臺, 經之營之, 庶民攻之, 不日成之. 經始勿亟, 庶民子來. 王在靈囿, 麀鹿攸伏, 麀鹿濯濯, 白鳥鶴鶴. 王在靈沼, 於牣魚躍.' 文王以民力, 爲臺爲沼, 而民歡樂之, 謂其臺曰靈臺, 謂其沼曰靈沼, 樂其有麋鹿魚鼈. 古之人, 與民偕樂, 故能樂也."(「양혜왕」상2)

2) "穀與魚鼈不可勝食, 材木不可勝用, 是使民養生喪死無憾也. 養生喪死無憾, 王道之始也."(「양혜왕」상3)

3) "老吾老, 以及人之老, 幼吾幼, 以及人之幼, 天下可運於掌. 詩云, '刑于寡妻, 至于兄弟, 以御于家邦.' 言擧斯心加諸彼而已. 故推恩足以保四海, 不推恩無以保妻子. 古之人所以大過人者, 無他焉. 善推其所爲而已矣."(「양혜왕」상7)

4) "堯舜與人同耳."(「이루」하32)

5) "人之所以異於禽獸者幾希, 庶民去之, 君子存之."(「이루」하19)

144

문화도시를 지향한다면
인문학부터

서자(徐子)가 여쭈었다.

"중니(공자)께서는 곧잘 물을 일컬으며 '물이여, 물이여!'라고 하셨는데, 물에서 무엇을 구하셨는지요?"

맹자가 대답하였다.

"근원이 있는 물은 세차게 솟아 나와서는 밤낮을 쉬지 않고 흘러 구덩이를 채우고 그런 뒤에도 나아가서 사방의 바다에 이르니, 뿌리가 있는 것은 이와 같다. 이것을 물에서 구하신 것이다. 진실로 뿌리가 없는 것은 칠팔월 사이에 쏟아진 비와 같아서, 도랑이 가득 차도 그것이 마르는 것은 서서 기다릴 수 있다. 그러므로 명성이 실상보다 지나친 것을 군자는 부끄러워한다."[1]

얼마 전, 문화체육관광부에서 『2011 전국문화기반시설 총람』을 발간했는데, 전국의 공공도서관, 등록된 박물관과 미술관, 문예회관 등의 현황이 실려 있었다. 부산은 인구 100만 명당 시설 수가 18.5개로 전국 16개 시·도에서 꼴찌를 차지했다. 인구가 350만 명이 넘고,

4년제 대학교가 열넷이나 있는 거대 도시가 규모에 걸맞은 꼴을 갖추고 있지 못하다는 게 구체적인 수치로 나타난 것이다. 물론 다른 도시들도 크게 낫다고는 할 수 없지만, 그런 가운데서도 꼴찌라니! 참으로 참담하지만, 그렇다고 놀랄 일은 아니다. 부산의 문화에 깊은 관심을 두고 있던 이들은 이미 오래전부터 짐작하고 있거나 알고 있었던 사실이기 때문이다.

의식에서나 문화에서나 부산은 척박하기 짝이 없는 도시다. 한국 제2의 도시, 제1의 항구도시라고는 하지만, 20세기의 혼란과 빈곤의 와중에서 비로소 주요하고 거대한 도시가 되었기 때문이다. 경제성장을 최우선으로 하던 시기에 성장한 도시였으니, 무슨 문화가 있겠는가? 그러나 시대는 변하여 먹고살 만한 때가 되었다. 그럼에도 문화적 수준이 낮다는 것은 자각과 실천의 결여를 의미한다. 자각과 실천이 모자라니, 있는 유물과 유적도 제대로 살려서 쓰지 못하고 있다.

뜬구름 잡는 부산의 문화 행정과 담론

부산의 문화적 수준이 낮다는 것은 먼저 부산시의 졸속 행정과 공무원들의 처신에서 엿볼 수 있다. 부산시는 삼가고 삼가면서 진행해야 할 '영화의전당' 공사를 갑자기 서두르면서 2011년 부산국제영화제를 여기서 치르겠다고 우기고 있다. 또 시청의 1층 로비에 들어선 '행복한 시민 책방'은 시청 공무원들의 무관심 속에서 근근이 이어가고 있다. 2천 명의 공무원들이 있음에도 한 달에 4백에서 5백 권이 고작 팔리고 있단다. 이는 결국 문화인으로서 자각이 부족한 사람들이 부산을 움직이고 있다는 서글픈 현실을 보여주는 것이다.

또 최근 들어서 부산의 문화 정책이나 방향을 결정하기 위한 공청회나 심포지엄, 세미나 등이 부쩍 많아졌다. 한 신문에서는 부산을 창조도시로 만들겠다는 야심찬 기획기사를 싣고 있고, 부산문화재단에서는 '문화가 일상이 되는 도시'를 위한 장기 비전과 정책·시책의 방향을 내놓고 있다. 그러나 원론적인 이야기뿐이고, 원천에 대한 이야기는 결여되어 있다. 원천이란 무엇인가? 바로 사람이다. 문화는 곧 사람에서 시작되고 사람에서 끝난다. 그런데 사람에 대한 논의, 사람을 기르고 가르쳐야 한다는 데 대한 토론이 없다.

맹자는 군자에게 세 가지 즐거움이 있다고 하면서 거기에 "천하의 왕 노릇하는 일"은 들어 있지 않다고 했다. 그 대신에 "천하의 영재를 얻어서 가르치고 기르는 일"을 넣었다. 그 까닭이 무엇이겠는가? 정치든 경제든 문화든 결국 사람의 일이기 때문이다. 사람을 빼놓고 무얼 한다는 말인가? 이러고서 부산을 문화도시로 만들겠다고 하니, 문득 저 제(齊)나라의 선왕(宣王)이 떠오른다.

선왕은 부국강병책을 펴서 천하를 통일하고 싶은 열망은 있었으나, 백성을 귀하게 여기지 않았다. 그런 선왕에게 맹자는 "왕께서 정말 하고 싶어 하는 것이 무엇인지 알겠습니다. 땅을 넓히고 진나라와 초나라의 조회를 받고 모든 나라의 중심에 서서 사방의 오랑캐들을 어루만지고자 하십니다. 그러나 지금 하고 있는 것으로써 바라는 것을 구하려 한다면, 그것은 나무에 올라가서 물고기를 구하는 것 (緣木求魚)과 같습니다"[2]라고 말했다. 지금 부산의 행정과 담론으로 부산을 창조도시로 만들겠다는 것도 그야말로 연목구어다!

제나라 선왕처럼 이렇게 반문할지도 모르겠다. "그게 이토록 심한가?" 맹자의 말로써 대답하면 이렇다. "아주 심하다. 나무에 올라가서 물고기를 구할 경우에는 비록 물고기를 얻지 못하더라도 나중에 재앙이 없다. 그러나 지금 하고 있는 것으로써 바라는 것을 구하려 한다면, 온 마음과 힘을 다하더라도 나중에 반드시 재앙이 있을 것이다."[3] 무슨 재앙? 재정의 낭비, 문화에 무지하고 무능한 자들의 행세, 문화 수준의 정체 내지는 퇴보 등 다음 세대에 지금보다 더 고약한 환경을 물려주게 될 것이니, 그보다 더 큰 재앙이 어디 있겠는가?

인문학으로 사람부터 길러야 한다

2011년, 부산이 자랑하는 부산국제영화제는 16회째가 된다. 이미 세계적으로 명성을 높이며 굳건하게 자리를 잡았는데, 내가 보기에는 행사 그 이상의 의미를 찾기 어렵다. 왜냐하면 그 세월 동안 부산에서 뛰어난 영화학자나 영화평론가가 거의 나오지 않고 있기 때문이다. 그럴 가능성이 있는 이조차 찾기 어렵다. 진정으로 부산을 영화도시로 만들려고 했다면, 영화제를 하나의 문화로 정착시키려 했다면, 영화제 조직위는 인재를 키웠어야 한다. 그러나 그런 인재가 눈에 띄지 않는다. 부산국제영화제가 있음에도 인재 양성이 이러하니, 다른 분야는 오죽하겠는가.

영화뿐만이 아니다. 문학을 비롯한 예술 전반에서 뛰어난 작가나 평론가, 학자가 적다. 인구에 비례해서 본다면, 적어도 아주 적다. 왜 이런 지경에 이르렀을까? 그것은 모든 문화의 근간이 될 인문학이 죽어 있기 때문이다. 왜 문화를 말하면서 인문학을 운운하는가? 문화는 곧 사람이고, 사람은 인문학으로 길러야 하기 때문이다. 인문학이 무엇이기에 이렇게 말하는가? 맹자의 말을 들어보자.

"자로(子路, 공자의 제자)는 남이 그에게 허물이 있다는 걸 알려주면 기뻐하였다. 우 임금은 착한 말을 들으면 절을 하였다. 위대한 순임금은 더욱 위대하였으니, 남과 함께 착하였고 자기를 버리고 남을 좇으며 남에게서 취하여 착해지는 것을 즐거이 하였다. 밭 갈고 곡식 심고 질그릇 굽고 고기잡이할 때부터 황제가 되기에 이르기까지 남에게서 취하지 않은 게 없었다. 남에게서 취하여 착해지는 것은 남과 더불어 착해지는 것이다. 그러므로 군자에게 남과 더불어 착해지는 것보다 더 큰 것은 없다."[4]

인문학은 군자의 길로 나아가는 공부요, 학문이다. 그리고 군자는 문화를 체득하고 체현하는 존재다. 공자는 "바탕이 무늬보다 나으면 메떨어지고, 무늬가 바탕보다 나으면 번지르르하다. 무늬와 바탕이 알맞게 어우러져야 군자가 된다"(『논어』「옹야」)고 말했는데, 여기서 말한 바탕이 곧 인문학이다. 이런 인문학이 결여된 무늬는 단순한 포장이요, 허세일 뿐이다. 인문학의 바탕이 없는 문화는 번지르르할 뿐, 창조적 활기도 지속할 힘도 없다. 맹자가 "근원이 있는 물은 세차게 솟아 나와서는 밤낮을 쉬지 않고 흘러 구덩이를 채우고 그런 뒤에도 나아가서 사방의 바다에 이르니, 뿌리가 있는 것은 이와 같다"고 말한 속뜻이 여기에 있다.

새로운 인문학은 바까데미아에서

인문학을 통해서 먼저 사람을 기르고 또 문화를 향유할 두터운 층을 형성하지 않는다면, 창조도시나 문화도시라는 구호는 한낱 입타령에 지나지 않게 된다. 아무리 많은 이들이 열정을 쏟아붓고 정책적으로나 재정적으로 지원을 아끼지 않는다고 하더라도, 인문학이라는 근원이 없으면 그런 문화는 칠팔월 장맛비가 잠시 구덩이를 채우는 꼴을 면하지 못한다.

그런데 이렇게 긴요하고 중요한 인문학을 대학에서 제대로 하고 있지 못하다. 이미 이전의 글에서 나는 대학이 "봉황(학생)을 받아들여서는 닭으로 만들어 내보내고 있다"고 비판한 바 있다. 대학이 제 학생조차 제대로 가르치지 못하는 판국이니, 결국 눈을 대학 밖으로 돌릴 수밖에 없다. 따지고 보면, 공자나 맹자 모두 그 자신이 스승이면서 학교였다. 그렇다면 지금 그렇게 하지 못할 이유가 어디에 있는가.

부산에서도 근래에 여러 곳에서 인문학 강좌를 개설하고 있다. 함량 미달도 적지 않으나, 몇 곳(백년어서원, 헤세이티 등)에서는 지속적으로 좋은 강좌를 열고 있다. 나 또한 그 가운데 한 곳에서 인문학 강의를 하고 있으며 앞으로도 계속할 생각인데, 나는 그곳을 '바까데미아(바깥+아카데미)'라 부르고 있다. 대학이 해야 할 것을 바깥에서 대신하므로 "진정한 아카데미는 바깥에 있다"는 뜻에서 그렇게 이름을 붙였다. 이것은 엄연한 현실이 되어가고 있다. 또 부산의 문화를 살리고 인문학을 다지는 일이라면, 굳이 대학 안팎을 가릴 필요는 없지 않은가. 그저 맹자가 말한 대로 스스로 원천이 되려 할 뿐이다.

● 원문

1) 徐子曰: "仲尼亟稱於水, 曰 '水哉水哉!' 何取於水也?"

孟子曰: "原泉混混, 不舍晝夜, 盈科而後進, 放乎四海. 有本者如
　　是, 是之取爾. 苟爲無本, 七八月之間雨集, 溝澮皆盈, 其涸也, 可
　　立而待也. 故聲聞過情, 君子恥之."(「이루」하18)

2) "然則王之所大欲可知已. 欲辟土地, 朝秦楚, 莅中國而撫四夷
　　也. 以若所爲求若所欲, 猶緣木而求魚也."(「양혜왕」상7)

3) 王曰: "若是其甚與?"

曰: "殆有甚焉. 緣木求魚, 雖不得魚, 無後災. 以若所爲求若所欲,
　　盡心力而爲之, 後必有災."(「양혜왕」상7)

4) "子路, 人告之以有過, 則喜. 禹聞善言, 則拜. 大舜有大焉, 善與
　　人同, 舍己從人, 樂取於人以爲善. 自耕稼陶漁以至爲帝, 無非取
　　於人者. 取諸人以爲善, 是與人爲善者也. 故君子莫大乎與人爲
　　善."(「공손추」상8)

역사를 잊는 자는
스스로 망한다

"세상에 이치가 약해지고 희미해지면서 삿된 학설과 포악한 행동이 일어났으며, 신하가 그 군주를 살해하는 일이 생기고 자식이 그 어버이를 죽이는 일이 생겼다. 공자는 이런 사태를 두려워하여 『춘추(春秋)』를 지었으니, 『춘추』는 천자의 일을 다룬 것이다. 이런 까닭에 공자는 '나를 알아주는 이가 있다면 오로지 『춘추』 덕분이요, 나에게 죄를 줄 이가 있다면 오로지 『춘추』 때문이리라!'라고 말하였다."[1]

그저께는 광복절이었다. 빛을 다시 찾았다는 날이다. 빛이란 곧 나라의 주권이다. 그러나 지금 이 나라는 과연 빛 속에 있는가? 이 나라 사람들은 그 빛을 누리고 있는가? 불행하게도 이 나라에는 짙은 그림자가 드리워져 있다. 여전히 친일 청산은 되지 않고 그 잔재가 더욱 기승을 부리고 있기 때문이다.

최근에 5공화국 때 경호실장을 지냈고 정치비자금 때문에 법의 처벌을 받았던 안현태라는 자가 국립현충원에 몰래 안장됐다. 게다가 일제 강점기 때 독립군을 토벌하였던 친일인사 백선엽 씨 또한 현충원 안장이 결정되었다고 한다. 한심하다 못해 끔찍하다. 그러나 국가보훈처나 국립현충원만을 탓할 수 없다. 그것을 감시하고 비판하며 막아야 할 주인인 국민이 역사의식의 결여로 그런 일을 조장한 셈이기 때문이다.

역사의식의 결여는 민주주의를 흔든다

"제나라가 한 번 바뀌면 노나라가 되고, 노나라가 한 번 바뀌면 도에 이른다"(『논어』「옹야」)고 말한 공자는 이윽고 56세의 나이에 대사구(大司寇), 지금의 법무장관의 직책을 맡았다. 3개월이 지나자 장사꾼들이 속이지 않았고, 길에 떨어진 물건을 주워 가는 사람이 없었다고 한다. 공자 자신이 그토록 바라던 "노나라를 한 번 바꾸어 도에 이르도록" 했던 것이다. 그러나 노나라의 변혁에 두려움을 느낀 이웃의 제(齊)나라가 무녀들과 아름다운 마차들로 노나라의 군주 및 권세가인 계환자(季桓子)를 유혹하여 정치를 돌보지 않게 하였다. 결국 군주와 계환자는 제나라의 술수에 넘어갔고, 더 이상 노나라에 희망이 없다고 여긴 공자는 벼슬을 버리고 떠났다.

이런 공자가 쓴 역사서가 바로 『춘추(春秋)』다. 『춘추』는 노나라 은공(隱公) 원년(기원전 722)에서 애공(哀公) 27년(기원전 468)에 이르기까지 255년에 걸친 노나라의 역사를 담고 있는데, 맹자는 "세상에 이치가 약해지고 희미해지면서 삿된 학설과 포악한 행동이 일어났으며, 신하가 그 군주를 살해하는 일이 생기고 자식이 그 어버이를 죽이는 일이 생겼다. 공자는 이런 사태를 두려워하여 『춘추』를 지었다"고 명쾌하게 해명하였다.

공자가 역사서를 지은 까닭은 도의가 땅에 떨어지고 이치대로 다스려지지 않고 있었기 때문이다. 지금 이 나라도 저 노나라와 다르지 않은 형편에 있다. 몇몇 탐욕적이고 반민족적인 언론과 방송이 여론을 조작하면서 중대한 문제를 왜곡하거나 은폐하고 있다. 이는 삿된 학설의 난립이다. 경찰과 검찰의 윗분들은 권력의 시녀 노릇을 하면서 국민의 안위보다는 제 밥그릇을 챙기느라 여념이 없고, 군수뇌부는 무능과 안이한 태도로 국민의 신뢰를 잃고 있다. 이는 포악한 행동이다. 또 독립유공자들은 버림받고 있는데 친일인사들과 군사쿠데타로 권세를 누린 자들이 국립현충원에 안장되고 있으니, 이는 "신하가 군주를 살해하고 자식이 어버이를 죽이는 짓"보다 더 심한 일이다.

이런 도리에 어긋난 일이 곳곳에서 끊임없이 일어나고 있는 것은 국민에게 역사의식이 결여되어 있어서다. 국민이 예리한 지성과 철저한 역사의식을 갖추고 있다면, 어찌 이런 패덕한 일이 일어나겠는가. 국민에게 역사의식이 없다면, 민주(民主)는 그저 허물뿐인 이름에 지나지 않는다. 투표권이 있다고 한들, 올바로 행사하겠는가? 국사와 국어를 영어로 수업하자고 한 이를 대통령으로 뽑지 않았는가.

맹자는 "공자가 『춘추』를 완성하자 나라를 어지럽히는 신하들과 어버이를 해치는 자식들이 두려워하였다"[2]고 말했는데, 지금은 이렇게 말할 수 있다. "국민에게 역사의식이 있으면 정치가들이 두려워하고 부도덕한 자들이 설 곳이 없어지리라!"

역사를 잊으면 스스로 망한다

저 옛날 600여 년 동안의 전란과 혼란을 일거에 종식시킨 진시황의 제국은 왜 16년 만에 무너졌을까? 진시황은 제후들을 멸망시키고 천하를 제압하였다. 그런데 한낱 평민일 뿐인 진승(陳勝)과 그 무리들에 의해서 흔들리더니 결국 무너졌다. 이를 두고 한(漢)나라 문제(文帝) 때의 정치가이자 사상가였던 가의(賈誼, 기원전 200~기원전 168)는 「과진편(過秦篇)」에서 이렇게 말했다.

"만일 진시황이 앞 시대의 일을 따져보고 상나라와 주나라의 경험에 의거하여 자신의 정책을 조절했다면, 설령 뒤에 방자하고 교만한 군주가 나왔다 할지라도 나라가 기울고 위태로워지는 환난까지 생기지는 않았을 것이다. … '지난 일을 잊지 않는 것이 뒷일의 스승이다' 라는 속담이 있다. 이런 까닭에 군자는 나라를 다스릴 때에 상고(上古)의 역사를 살펴보고 당대에 시험해보며 인사를 헤아려서 흥망성쇠의 이치를 고찰하고 권세와 형세가 알맞은지를 자세하게 살핀다."

왜 역사를 살피는가? 그것은 인간사가 되풀이된다고 보기 때문이다. 시대와 공간이 다르고 일어난 일들이 다르다고 해도, 그 이면에는 역사의 법칙이라고 할 만한 것이 있기 때문이다. 왜 거세게 일어

156

난 것이 허무하게 무너지는지, 결코 약해질 것 같지 않던 것이 왜 사그라지는지, 그 이치를 역사는 보여주고 말해준다. 그래서 역사를 아는 것은 곧 현재에 서고 미래를 여는 바탕이다. 그런데 진시황은 역사를 살피지 않았다. 통일을 이룬 제왕, 역사상 최초의 황제라는 오만이 역사를 간과하게 만들었으리라.

가의는 "천하를 합병할 때에는 속임수와 무력을 숭상하지만, 위태로운 형세를 안정시킬 때에는 형편에 맞추는 것이 중요하다"고 말했다. 역사를 안다는 것은 곧 시세의 변화를 읽고 그에 따라 알맞은 정책을 편다는 뜻이다. 천하를 통일한 진나라는 당연히 새로운 길을 모색했어야 한다. 그러나 진시황에게는 가의와 같은 신하가 없었다. 아니, 있었을 것이다. 있었으나, 선비를 멀리했다. 비판을 꺼려서 학자들을 파묻어 죽이는 갱유(坑儒)를 저질렀던 것이다. 결국 그것이 제 무덤을 판 꼴이 되었으니, 역사에 대한 무지가 곧 자멸이었던 셈이다.

맹자는 말했다. "참된 왕의 자취가 그치면서 시가 없어졌으니, 시가 없어진 뒤에 『춘추』가 지어졌다. 진(晉)나라의 『승(乘)』, 초(楚)나라의 『도올(檮杌)』, 노(魯)나라의 『춘추』는 모두 한가지다. 거기에 적힌 일은 제(齊) 환공(桓公)·진(晉) 문공(文公)의 일이요, 그 무늬는 역사다. 공자는 '그 일들에서 나는 (숨겨진) 올바름을 넌지시 끌어왔다'고 말했다."[3] 왕자의 자취가 그친 것은 왕업(王業)의 가능성이 사라진 것을 뜻한다. 환공과 문공의 일은 곧 패업(敗業)이다. 공자는 패업의 역사를 쓰면서 왕업이야말로 천하를 화평하게 다스리는 길임을 암시했다. 그리고 진 제국을 이어 등장한 한나라는 유교를 정치이념으로 삼았다. 그렇게 하도록 하는 데에 가의가 앞장서고 동중서가 뒤를 받쳤다. 동중서가 『춘추번로(春秋繁露)』를 지어 정치·윤리·사상 등에서 공자의 사상을 바탕으로 한 독자적인 학설을 내놓은 것도 한나라가 진나라처럼 되지 않기를 바랐기 때문이리라.

행사보다 일상에서 역사를 배우자

광복절을 맞아 전국 곳곳에서 뜻있는 행사가 벌어졌다. 그러나 '불의와 압제에 굴하지 않고 맞섰던 선열들의 희생정신'을 기리면서 광복의 참뜻을 되새기는 행사도 좋지만, 과연 이것으로 충분할까? 일상에서 역사를 배우고 익히며 역사의식을 갖추려는 노력으로 이어지지 않는다면, 행사는 한낱 행사일 따름이다. 오히려 한때의 행사에 참가하면서 그것으로 역사의식을 갖게 되었다는 착각을 할까 걱정이다.

일본의 국사교과서 왜곡, 중국의 동북공정 등이 한국을 망하게 하지 않는다. 한국을 망치는 것은 우리 자신의 역사에 대한 무지와 우리 스스로 저지르는 역사왜곡이다. 일본 정치가의 망언보다 더 심각한 것은 친일인사나 군사쿠데타로 권세를 누렸던 자들을 비판하지 않고 현충원에 안장한 일이다. 상황이 이러한데도 국민은 역사를 배우지 않고 역사의식을 갖추려고 하지 않는다. 이러고서는 미래가 없다. 미래는커녕 현재조차 위태하다.

맹자는 혼란한 시대에 홀로 이렇게 외쳤다. "내가 이를 두려워하여 앞선 성인들의 길을 지키고 양주와 묵적을 막으며 도리에 어긋난 말들을 내쳐서 삿된 학설이 일어나지 못하게 한 것이다. 그 마음에서 일어난 것은 그 일을 해치고, 그 일에서 일어난 것은 그 정치를 해치니, 성인이 다시 나온다고 하더라도 내 말을 바꾸지 않으리라."[4] 지금 내 마음도 그렇다.

● 원문

1) "世衰道微, 邪說暴行有作, 臣弑其君者有之, 子弑其父者有之. 孔子懼, 作春秋. 春秋, 天子之事也. 是故孔子曰: '知我者其惟春秋乎! 罪我者其惟春秋乎!'" (「등문공」하9)

2) "孔子成春秋而亂臣賊子懼." (「등문공」하9)

3) "王者之迹熄而詩亡, 詩亡然後春秋作. 晉之乘, 楚之檮杌, 魯之春秋, 一也. 其事則齊桓晉文, 其文則史. 孔子曰: '其義則丘竊取之矣.'" (「이루」하21)

4) "吾爲此懼, 閑先聖之道, 距楊墨, 放淫辭, 邪說者不得作. 作於其心, 害於其事, 作於其事, 害於其政. 聖人復起, 不易吾言矣." (「등문공」하9)

문화를 살리고
사람을 살리려면

만장(萬章)이 여쭈었다.

"군주가 곡식을 보내면 받으십니까?"

맹자가 대답했다.

"받는다."

"받는 것은 무슨 의미입니까?"

"군주는 백성에게 진실로 베푸는 법이다."

"베풀면 받고 녹을 내리면 받지 않는다는 것은 무엇입니까?"

"감히 하지 못하는 것이다."

"여쭙겠습니다. 감히 하지 못한다는 것은 무엇입니까?"

"관문을 지키거나 딱따기를 치는 자는 모두 정해진 직책이 있어서 위로부터 녹을 받아서 먹는다. 정해진 직책이 없으면서 위에서 내리는 녹을 받으면 삼가지 않는다고 한다."

"군주가 베푼다면 받는다고 하시니, 계속해서 받아도 됩니까?"

"무공(繆公)이 자사(子思)에 대해서는 자주 문안하고 자주 삶은 고기를 보냈는데, 자사는 찜덥지 않게 여겼다. 그러더니 마침내는 사자에게 손짓하며 대문 밖으로 나가라 하고서 북쪽을 향해 머리를 조아리고 두 번 절한 뒤에 받지 않으면서 말하였다. '이제야 군주가 나를 개나 말처럼 기르는 줄 알았구나!'이때부터는 자사에게 물건을 보내는 일이 없었다. 현자를 좋아하고 따르면서 불러 쓰지 못하고 또 제대로 봉양할 줄 모르니, 과연 현자를 좋아한다고 할 수 있을까?"[1]

2009년에 부산문화재단이 창립되었다. 꽤 늦었지만, 그래도 다행이다. 그런데 부산시가 해마다 40억 원을 내놓기로 약속을 하고서는 2009년에 20억 원만 내놓더니, 2011년에는 또 30억 원만 내놓았다. 부산시의 사고 수준이 단적으로 드러난다. 현재 부산문화재단의 기금은 200억 원이 채 되지 않는다. 서울문화재단이 1,500억 원, 경기문화재단이 1,000억 원 정도 되는 것에 견주면 모자라도 한참 모자란다. 그렇다면 더더욱 지원을 아끼지 않아야 하는데, 생각이 꽉 막혀 있으니 달리 길이 없다.

그렇다고 해서 하소연할 것은 아니다. 부족한 대로 효용을 극대화해서 기금을 운용하면 된다. 문제는 제대로 운용하고 있지 못하다는 데에 있다.

거지에게 동냥 주듯 지원하지 말라

2011년 7월에 부산문화재단에서는 '2011 학예진흥을 위한 회원활동 지원 사업'을 공모하였다. 이 지원 사업은 지역의 학술인과 예술인을 지원함으로써 학문과 예술의 발전을 도모하고자 시행한 것인데, 지원 규모나 방식을 보면 어이가 없다. 이 사업의 총 예산은 5천만 원인데, 이를 열 명에게 쪼개서 지원했다. 1인당 5백만 원 정도를 지원한 셈인데, 이걸 받으려면 서류를 작성하고 돈의 사용처도 자세하게 적어야 한다. 게다가 그 돈을 가지고 저자가 알아서 6개월 안에 책을 내야 한다고 한다.

참으로 어이가 없다! 도대체 누구의 머리에서 이런 게 나왔는지 궁금하다. 저자가 저술에 기울인 노력에 대해 지원하는 것인지, 아니면 출판 비용에 대한 지원인지도 헷갈린다. 어쨌든 책으로 내야만 하는데, 시일이 촉박할 뿐 아니라 출판사를 찾기도 어렵다. 어느 출판사가 손 놓고 앉아 있다가 이 열 명의 저자들을 기다렸다는 듯이 책을 출판해주겠는가 말이다. 이런 식의 지원은 결국 푼돈으로 학자나 예술가를 농락하는 짓에 지나지 않는다.

부산문화재단뿐만 아니라 시나 구청 등의 자치단체에서도 지원을 하는데, 그 꼴은 더 가관이다. 고작 몇 백만 원을 지원하면서 온갖 서류를 다 갖추고 또 보고하라고 한다. 창조적인 일을 하는 이들이 가장 꺼리는 짓을 요구하고서는 생색은 있는 대로 다 낸다. 이는 제사 지내고 남은 술로 사람을 대접하면서 무슨 거창한 잔치라도 연 것처럼 허세를 부리는 격이다. 도대체 학술이나 문화 활동을 하는 이들에 대한 최소한의 예의도 존중도 없다. 마치 거지에게 적선하듯이 하는데, 이러고서 어떻게 문화가 살아나겠는가.

군주는 백성에게 베풀어야 한다. 그러나 선비에게는 그저 베풀어서는 안 된다. 그에 걸맞은 대접을 해야 한다. 맹자가 "현자를 좋아하고 따르면서 불러 쓰지 못하고 또 제대로 봉양할 줄 모르니, 과연 현자를 좋아한다고 할 수 있을까?"라고 말했던 것처럼, 그를 기용해서 올바른 정치를 펴야 한다. 그게 선비 대접이다. 자사가 무공의 대접을 두고 "개나 말처럼 기른다"고 탄식한 까닭이 바로 여기에 있다.

이제 목마른 놈이 우물 파는 게 아니냐며 아쉬운 놈이 와서 얻어가라는 식으로 지원한다면, 이는 학자나 예술가를 개나 말보다 못하게 여기는 짓이다. 과연 그게 올바른 대접일까? "한 그릇의 밥과 한 그릇의 국을 얻으면 살고 얻지 못하면 죽는다고 할지라도 혀를 차고 꾸짖으면서 주면 길을 떠도는 사람도 받지 않고, 발로 툭 차면서 주면 거지도 마뜩잖게 여긴다"[2]고 한 맹자의 말은 지금 문화를 지원한다는 단체와 그 담당자들이 잘 새겨두어야 한다.

노파심에 덧붙인다. "하늘의 백성인 자(담당공무원)는 그 일에 통달하여 세상에서 실천할 수 있게 된 뒤에야 실행하는 자다"[3]라는 말도 잘 새겨두기 바란다. 어쩌다가 문화나 예술을 담당하는 직책에 있게 된 이라도 자기가 맡은 일에 대해 깊이 알고 있어야 한다. 도대체 제 일의 성격이 무엇인지, 어떻게 해야 하는지도 모르고 예술가나 시민을 위한답시고 자리를 차지하고 있다면, 지나는 개도 웃을 일 아니겠는가? 그러고도 녹봉을 받는다면, 그게 무위도식(無爲徒食)이다.

대인을 기르는 독서를 권하라

근래 몇 년 동안에 책을 내면서 출판사들의 사정을 알게 되었다. 좋은 책이라고 내놓아도 독자들이 거의 손을 대지 않는 경우가 많고, 그러다 보니 대중성이 부족하다 싶으면 책을 내기가 어려워진다는 것이다. 이는 지금 한창 불고 있는 인문학 열풍과는 대조된다. 그렇다면, 인문학 열풍은 헛바람이라는 말인가? 최근 신문에 실린 '제22회 영광 독서감상문 현상공모'의 광고를 보고서야 그 이유의 일단을 짐작했다. 참고로 이 현상공모는 부산의 토착 서점인 영광도서에서 해오고 있다. 의미 있는 일이라고 해서 하고 있겠지만, 나로서는 그다지 의미가 있는 일로 보이지 않는다. 헛심 쓰고 있다는 말이다. 서점에는 이익이 되는지 모르겠지만.

감상문 현상공모의 대상 도서 목록을 보니, 역사나 철학 등 인문학의 여러 분야를 망라하지도 못하고 있을 뿐만 아니라 탁월한 저술이라고 보기 어려운 책이 대부분이다. 물론 이런 책도 읽을 가치가 없지는 않지만, 굳이 이런 책을 대상으로 할 필요가 있을까? 부산 시민들의 문화적 수준을 감안하면, 이 정도라야 책을 읽는다는 것일까? 도대체 이런 책들로 얼마나 문화 수준을 높일 수 있을까? 진정으로 시민에게 유익할까? 혹시 좀 어려운 책을 선정하면, 시민이 독서를 멀리할까 지레짐작한 것은 아닐까?

물론, 출판사들의 지원을 받았으므로 그들의 책을 목록에 올린 것이 어쩌면 당연하겠으나, 이것이 자칫 소탐대실(小貪大失)이 된다는 생각은 못했을까? 간단하게 말하면, 지역 서점이 고작 광고로 책을 널리 알려서 팔려는 출판사들의 아전 노릇이나 하다가 자칫 무너질 수도 있다는 말이다. 부산의 토착 서점들이 하나둘 문을 닫고 있는 것은 시민의 도움이 모자라서고, 그것은 또 시민의 의식이 깨어 있지 않아시다. 그런데 이제 시민의 의식을 깨우지는 못하고 도리어 잠재우는 책들을 널리 알리고 있으니, 과연 이것이 부메랑이 되지 않는다고 장담할 수 있겠는가?

시민의 자각이 부족하기는 하지만, 그렇다고 무능한 것은 아니다. 지금은 시민의 시대다. 공자가 "백성에게는 그 길을 따라가게 할 수는 있으나 알게 할 수는 없도다"(『논어』 「태백」)라고 말한 그 백성의 시대가 아니라는 말이다. 지금의 시민은 곧 선비들이다. 누구나 읽고 쓸 수 있다. 맹자는 "사람에게는 배우지 않고도 잘하는 능력이 있으니, 양능(良能)이다. 헤아리지 않고도 아는 능력이 있으니, 양지(良知)다"[4]라고 말했다. 누구에게나 양능과 양지가 있어서 공부만 하면 얼마든지 지혜를 갖출 수 있는데, 얄팍한 독서를 권장하는 것은 시민의 양능과 양지를 미리 틀어막는 짓이다.

부산을 더욱 척박하게 만드는 일을 '원북원부산운동'이 하고 있다. 해마다 한 권의 책을 골라서 널리 알리고 읽게 한다는데, 선정된 책이 거의 모두 문학이다. 이는 대놓고 '편식'을 조장하는 짓이다. 부산 문화의 수준을 향상시킬 수 있는 독서 풍토를 만들어야 하는데, 수준 향상은커녕 잘해야 제자리걸음이다. 내 생각에는 독서전문가라는 자들이 시민을 매우 얕보고 있는 게 분명하다. 아니면, 그들 자신이 편식하거나 무지한 게 분명하다. 나는 시민을 비판한다. 그들의 능력을 얕보지 않기 때문에!

공도자(公都子)가 "다 똑같은 사람인데, 어떤 이는 대인이 되고 어떤 이는 소인이 되는 까닭은 무엇입니까?" 하고 묻자, 맹자는 "그 대체(大體)를 따르면 대인이 되고, 그 소체(小體)를 따르면 소인이 된다"[5]고 대답했다. 본래 대체는 마음이고, 소체는 감각기관을 가리킨다. 이제 책으로써 말하자면, 대체는 오래된 것이든 새것이든 고전이 되는 책을, 소체는 얄팍한 책을 가리킨다고 할 수 있다. 독서를 두고 말한다면, 어떤 책을 읽느냐에 따라 대인이 되기도 하고 소인이 되기도 한다는 뜻이다.

발상을 전환해야 문화가 살고 사람이 산다

현재 부산의 문화정책은 주로 예술에 맞추어져 있다. 이 또한 엉터리다. 학문적 토대가 없이 어떻게 예술이 꽃을 피울 것인가? 더구나 부산은 수많은 대학들이 이미 죽어가고 있는 판이니, 학문에 대해서는 더욱 관심을 기울여야 한다. 그러나 그렇다고 해서 되는 것도 아닌 게, 이왕에 하는 지원이나 운동, 행사 등이 모두 과시용 정도에서 그치고 있기 때문이다. 즉 이런 것들은 씨를 뿌리거나 묘목을 심는 일이 아니라는 말이다. 어디서 넘어 쓰러져 있는 나무 하나를 구해 와서는 잔뜩 치장을 하는 것에 지나지 않는다. 크리스마스트리 같이 잠시 쓸모(?)가 있을 뿐이다. 이러고서는 문화를 살리기 어렵다.

문화를 살리기 위해서는 먼저 발상을 전환해야 한다. 틀에 박힌 사고로는 결코 창조적인 학문과 예술을 기대할 수 없다. 서류 따위나 보고 지원해준다면, 그것은 밑 빠진 독에 물 붓는 격이다. 맹자가 "무언가를 하는 것은 우물을 파는 것에 비유할 수 있는데, 우물을 아홉 길이나 깊게 팠더라도 샘에 미치지 못하면 그것은 우물을 버리는 것과 같다"[6]고 말했듯이, 일을 했다면 결과를 내야 한다. 그런데 지원해주는 쪽에서 좋은 결과를 내려 해서는 안 된다. 학자나 예술가가 창조적인 작업을 하도록 맡기고, 한 결과를 보고 지원하면 된다. 그것으로 충분하다.

독서를 비롯한 문화운동을 주도하는 이들도 발상을 전환해야 한다. 먼저 시민들은 모두 양능과 양지를 갖추고 있으나, 아직 자각하지 못하고 있음을 알아야 한다. 그리고 문화를 체득하는 일이 어렵다는 것을 깊이 이해하고, 쉽게 문화를 접하려는 시민에게 영합하지 않아야 한다. 지금처럼 문화에 목마른 시민이 날로 늘면서 인문학 열풍이 거셀 때는 더욱 삼가야 한다. 목마른 자는 맛을 모르고 마구 마시는데, 이것이 자칫 지적 허영이나 그릇된 관념을 갖게 만들 수 있기 때문이다.

맹자의 이 말을 명심하자. "굶주린 자는 달게 먹고 목마른 자는 달게 마시니, 이런 자들은 먹고 마셔도 바른 맛을 알지 못한다. 굶주림과 목마름이 해(害)가 되어서 맛을 모르게 한 것이다. 어찌 굶주림과 목마름이 입과 배에만 해를 끼치겠는가? 사람의 마음에도 해를 끼친다. 사람이 굶주림과 목마름으로 마음에 해를 끼치지 않을 수 있다면, 남에게 미치지 못하더라도 걱정하지 않을 것이다."[7]

● 원문

1) 萬章曰: "君餽之粟, 則受之乎?"

曰: "受之."

"受之何義也?"

曰: "君之於氓也, 固周之."

曰: "周之則受, 賜之則不受, 何也?"

曰: "不敢也."

曰: "敢問其不敢何也?"

曰: "抱關擊柝者皆有常職以食於上. 無常職而賜於上者, 以爲不恭也."

曰: "君餽之, 則受之, 不識可常繼乎?"

曰: "繆公之於子思也, 亟問, 亟餽鼎肉. 子思不悅. 於卒也, 摽使者出諸大門之外, 北面稽首再拜而不受, 曰'今而後知君之犬馬畜伋.' 盖自是臺無餽也. 悅賢不能擧, 又不能養也, 可謂悅賢乎?"

(「만장」하6)

2) "一簞食, 一豆羹, 得之則生, 弗得則死, 嘑爾而與之, 行道之人弗受. 蹴爾而與之, 乞人不屑也."(「고자」상10)

3) "有天民者, 達可行於天下而後行之者也."(「진심」상19)

4) "人之所不學而能者, 其良能也. 所不慮而知者, 其良知也."(「진심」상15)

168

5) 公都子問曰: "鈞是人也, 或爲大人, 或爲小人, 何也?"

孟子曰: "從其大體爲大人, 從其小體爲小人." (「고자」상15)

6) "有爲者辟若掘井, 掘井九軔而不及泉, 猶爲棄井也." (「진심」상29)

7) "飢者甘食, 渴者甘飮, 是未得飮食之正也, 饑渴害之也. 豈惟口
   腹有飢渴之害? 人心亦皆有害. 人能無以飢渴之害爲心害, 則不
   及人不爲憂矣." (「진심」상27)

천하위공을 잊은
정부와 여당

맹자가 말했다.

"염구(冉求, 공자의 제자)가 계씨(季氏)의 가신이 되어 그의 행실을 제대로 고쳐주지 못하면서 구실로 거두어들인 곡식이 이전보다 갑절이 되게 하니, 공자는 '구는 내 제자가 아니다. 얘들아, 북을 울려서 그를 비난해도 좋다'고 말씀하셨다. 이로써 보건대, 군주가 어진 정치를 펴지 않는데도 그를 가멸지게 해주는 자는 모두 공자로부터 버림을 받는 자다. 하물며 그런 군주를 위해 억지로 전쟁을 일으키는 자임에랴! 땅을 다투느라 싸워 온 들에 죽은 사람이 가득하고, 성을 다투느라 싸워 온 성에 죽은 사람이 가득하니, 이는 땅을 가지고 사람 고기를 먹는 격이라, 그 죄는 죽더라도 용서되지 않으리라."[1]

2009년 7월에 한나라당은 대리투표, 재투표 등 불법 날치기로 신문과 방송의 겸영을 금지하던 방송법을 개정했다. 그리고 2010년 12월 31일에 정부는 조선·중앙·동아·매일경제신문 등 네 신문사에 종합편성채널을 허가해주었다. 이미 저 거대한 자본을 가진 신문사들과 한통속이나 다름이 없던 정부와 여당이었으니, 그런 결정은 한통속임을 아예 노골적으로 드러낸 것이었다. 그러다 보니 그런 정부와 여당을 믿고시 이 신문사들이 자신의 방송을 위해 이제는 광고 직거래 등의 특혜를 거리낌없이 요구하기에 이르렀다.

전국언론노조를 비롯해 각계 시민단체들이 나서서 "공정 방송의 복원과 조선·중앙·동아 방송의 광고 직거래 저지"를 위해 파업과 투쟁에 나서고 있지만, 정부와 여당은 꿈쩍도 하지 않고 있다. 때리는 시어미보다 말리는 시누이가 더 밉다는 우리 속담이 있지만, 말리는 시누이보다도 더 고약한 이가 있다. 제가 싸움을 붙여놓고는 한 발짝 물러나서 나 몰라라 하고 구경하는 시누이인데, 지금 정부와 여당의 행태가 꼭 그렇다.

앞장서서 공익을 해치는 정부와 여당

공자는 노나라 사람이었다. 그가 활동하던 때에 노나라 군주는 꼭 두각시나 다름이 없는 유명무실한 존재였고, 대부 집안인 맹손씨(孟孫氏)·숙손씨(叔孫氏)·계손씨(季孫氏) 등이 정권을 농단하고 있었다. 특히 계손씨 곧 계씨가 가장 강력한 힘을 가졌으니, 노나라 군사력의 절반을 차지하고 있었을 뿐 아니라 징병 및 징세의 권한까지 갖고 있었다. 이쯤 되면 군주와 사직을 위해서 대부의 집안이 존재한 것이 아니라, 대부의 집안을 위해서 군주와 사직이 존재하고 있었다고 할 정도다.

공자의 제자인 염구는 바로 그 계씨의 집안에서 벼슬을 얻어 가신이 되었다. 계씨의 가신이 된 것은 잘못이 아니다. 당시의 상황으로서는 노나라 군주를 위해서 할 수 있는 일은 거의 없었다. 벼슬아치가 되고자 한다면, 노나라를 벗어나지 않는 한은 대부의 집안에서 벼슬을 할 수밖에 없는 상황이었다. 물론 도가 행해지지 않는 시절에는 나아가지 말아야 하지만, 염구는 재주는 있어도 그 정도의 인물은 되지 못했던 듯하다. 공자가 염구를 두고서 "천 가구의 마을이나 전차 백 대의 집안에서 우두머리 노릇을 하게 할 수는 있다. 허나 그가 어진지는 잘 모르겠다"(『논어』「공야장」)라고 평가한 데서도 짐작할 수 있다. 문제는 염구가 최소한 공자의 가르침대로 계씨를 바르게 이끌며 정치를 했는가 하는 점이다.

이미 말했듯이 계씨는 이미 노나라의 절반을 차지하고 있었으니, 군주를 누르는 탐욕스런 신하였다. 그런 자가 과연 예법을 지키고 백성을 위하는 정치를 하고 있었을까? 분명히 아니다. 제 가문에 이익이 되는 일이라면 거리낌이 없이 했던 인물이다. 그런데 염구는 그런 계씨를 일깨우거나 바로잡아주지 않고 오히려 계씨의 재산을 더 불려주는 일을 하였다. 세금을 이전보다 갑절이나 더 거두었던 것이다. 이는 계씨를 도와서 백성을 착취하는 일에 앞선 것이나 마찬가지다. 어진 정치를 펴야 할 자가 소인배의 탐욕을 돕고 부추겼으니, 어찌 공자가 북을 울리며 "내 제자가 아니다"라고 말하지 않을 수 있었겠는가.

172

지금 방송에 진출하면서 광고 직거래를 요구하는 신문사들은 저 계씨와 다르지 않다. 거대 자본에 권력의 비호까지 받으면서 거대한 신문사가 되어, 공정하고 진실한 보도보다는 왜곡과 은폐를 자행하면서 공익을 해치고 있는 그들이다. 그런 그들을 감싸면서 그들의 특혜 요구를 받아들이려는 정부와 여당의 행태는 어느 정도의 죄로 다스려야 할까? 군주를 위해서 싸우느라 백성을 죽음으로 내모는 죄는 죽더라도 용서되지 않는다고 맹자는 말했는데, 만약 지금처럼 국민을 위해 일해야 할 정부와 여당이 국민의 권리를 무시하고 공익을 해치는 집단의 편을 든다면 무엇이라 말을 할까?

천하가 어찌 한두 사람의 천하이랴

맹자는 이렇게 말했다.

"위에서는 도로써 헤아리는 일이 없고, 아래에서는 법을 지키는 일이 없으며, 조정에서는 도리를 믿지 않고 장인들은 법도를 믿지 않으며, 관리는 올바름을 거스르고 백성은 형법을 어기는데, 이러고서도 나라가 보존되는 것은 순전히 요행이다. 그러므로 말하기를, '성곽이 완전하지 않고 병장기가 많지 않은 것이 나라의 재앙이 아니며, 논밭이 개간되지 않고 재화가 모이지 않는 것이 나라의 해악이 아니다. 위에서 예의가 없고 아래에서 배운 게 없어서 나라를 해치는 백성이 생겨나면, 나라가 망하는 데는 며칠 걸리지 않는다'고 한 것이다."[2]

지금 정부는 도로써 헤아리지 않으니, 그 점은 특정한 신문사와 결탁하거나 방송을 통제하려는 데서 확인된다. 여당은 법을 지키지 않으니, 2년 전에 불법으로 방송법을 개정한 일이나 지금 '미디어렙(방송광고판매대행법) 법안' 통과를 미루고 있는 일이 그렇다. 또 위에서 예의가 없다는 것은 대통령이 국민을 먼저 살피거나 공익을 우선하지 않는 행태를 가리킨다. 아래에서 배운 게 없다는 것은 방송통신위원회 위원장이 2011년 6월 3일 한국방송기자클럽 초청 토론회에서 "종편채널의 (광고) 직접영업을 허용할 것이다. … 걸음마를 뗄 수 있을 때까지 신생매체로서 각별한 보살핌이 필요하다"라고 말하며 아예 대놓고 특혜를 주겠다는 뜻을 공식화한 데서 잘 드러난다. 그래서 '나라를 해치는 백성'인 탐욕스런 신문사들이 생겨난 것이다.

　그런데 어찌하여 저 신문사들이 노골적으로 특혜를 요구하는 것일까? 이 정부와 여당이 그런 요구를 들어주리라고 확신했기 때문이다. 실제로 방송법 개정부터 종합편성채널의 허가까지 이미 그런 판을 깔아주지 않았는가. 게다가 이번 정부가 주로 한 일이 재벌이나 부자를 위한 정책을 펴는 것이 아니었던가. 신문사들 가운데서 재벌에 속하는 그들이었으니, 당연히 자신들을 위하리라 여겼으리라. 실제로 정부와 여당은 그렇게 했고 또 하고 있으며 앞으로도 그렇게 할 것이다. 그러니 어찌 머뭇거리겠는가?

　틈나는 대로 '친서민 정책'을 입에 올리던 정부와 여당이 왜 반서민적이고 반공익적인 일을 서슴없이 하고 있을까? 이 나라를 국민의 것이 아닌 자신들의 것으로 여기기 때문이리라. 마치 진시황이 천하를 제 것으로 여긴 것처럼. 그런데 제왕은 하늘이 내려준 존재이고 또 천하의 주인이라고 여겼던 시절에도 "천하는 한 사람의 천하가 아니고 천하 사람들의 천하(天下非一人之天下, 天下之天下)"였으니, 천하를 사사로이 가질 수 있다는 발상은 그대로 망상이었다. 진 제국이 16년 만에 멸망한 일에서도 입증되었다. 그렇다면 국민이 주인인 시대에 그런 망상에 젖은 이들이 있어서 정부와 여당을 구성하고 있다면, 과연 어떻게 될 것인가?

천하위공을 잊는 자는 설 자리가 없으리라

사마천은 『사기』의 「맹자순경열전(孟子荀卿列傳)」 서두에서, "나는 일찍이 『맹자』라는 책을 읽다가 양나라 혜왕이 맹자에게 '어떻게 하면 우리나라를 이롭게 할 수 있습니까?' 라고 묻는 구절에서 책 읽기를 멈추고 '아! 이익이란 진실로 혼란의 시작이로구나!' 라고 탄식하였다"고 말했다. 이제 정부와 여당은 이익보다 더한 탐욕을 부추기면서 혼란과 분란을 조장하고 있다. 이를 막는 길은 맹자가 말했듯이 "어짊과 올바름이 있을 뿐" 이다.

『예기(禮記)』의 「예운(禮運)」편을 보면, "크낙한 도가 실행된다는 것은 천하의 모든 일이 공익이 되도록 현명한 자와 유능한 자를 뽑아서 신의를 강구하고 화목해지는 길을 닦는 것이다"라는 구절이 나오는데, 눈길을 끄는 것은 '천하위공(天下爲公)' 이라는 말이다. 맹

자가 "백성이 가장 귀하고, 임금이 가장 가볍다"고 한 것도 이 말의
또 다른 표현일 뿐이다.

1911년, 쑨원(孫文)은 '천하위공'을 내걸고 신해혁명을 이끌어 청
왕조를 무너뜨리고 중화민국을 수립하였다. 그런데 이 혁명으로 대
총통에 취임했던 위안스카이(袁世凱)는 황제가 되려다 쫓겨났고, 그
를 쫓아낸 국민당도 대륙에서 내쫓겼다. '천하위공'을 잊은 대가였
다. 20세기에 우리에게도 그런 역사가 있었다. 그런데 지금 그 짓을
되풀이하고 있다.

● 원문

1) "求也爲季氏宰, 無能改於其德, 而賦粟倍他日. 孔子曰: '求非我
徒也. 小子鳴鼓而攻之, 可也.' 由此觀之, 君不行仁政而富之, 皆
棄於孔子者也. 況於爲之强戰? 爭地以戰, 殺人盈野, 爭城以戰,
殺人盈城, 此所謂率土地而食人肉, 罪不容於死."(「이루」상14)

2) "上無道揆也, 下無法守也, 朝不信道, 工不信度, 君子犯義, 小人
犯刑, 國之所存者幸也. 故曰, 城郭不完, 兵甲不多, 非國之災也.
田野不辟, 貨財不聚, 非國之害也. 上無禮, 下無學, 賊民興, 喪無
日矣."(「이루」상1)

176

포퓰리즘의 요체는
복지다

제나라 선왕이 물었다.

"왕도(王道) 정치에 대해 들을 수 있겠습니까?"

맹자가 대답하였다.

"옛날에 문왕이 (주나라 서울인) 기(岐) 땅을 다스릴 때입니다. 밭을 가는 자에게는 9분의 1을 세금으로 하였고, 벼슬하는 자에게는 대대로 녹봉을 주었으며, 관문과 시장에서는 검문하거나 살피기만 하고 세금은 거두지 않았고, 못에 어량(魚梁) 치는 일을 금하지 않았으며, 죄인을 벌주더라도 그 처자식까지 걸지 않게 하였습니다. 늙어서 아내가 없는 이를 홀아비라 하고, 늙어서 남편이 없는 이를 홀어미라 하며, 늙어서 자식이 없는 이를 외로운 노인이라 하고, 어려서 어버이가 없는 이를 외톨자식이라 하는데, 이 네 부류는 천하에서 가장 막막한 백성으로서 어디 하소연할 데도 없는 이들입니다. 문왕은 정치를 하면서 어짊을 베풀 때 반드시 이 네 부류의 사람들에게 먼저 베풀었습니다. 시에 이르기를, '부자들이야 괜찮거니와 이 외롭고 쓸쓸한 이들이 가엾도다'라고 하였습니다."[1]

국내총생산 성장률은 연평균 5% 전후, 총 GDP는 세 배 이상 증가, 외환보유액은 약 열 배 증대, 물가 상승률은 12.5%에서 5.6%로 하락, 채무국에서 채권국으로 전환하면서 세계 8위의 경제대국으로 급성장. 이는 브라질의 전 대통령 룰라 다 실바(2003~2010 재임)가 재임 8년 동안에 이룩한 업적이다. 룰라는 빈민 출신의 저학력자로서 대통령이 된 입지전적인 인물이다. 그가 편 정책을 포퓰리즘 정책이라 부른다. 포퓰리즘(populism)!

누가 포퓰리즘을 왜곡하는가

포퓰리즘은 본래 '대중 또는 민중'을 뜻하는 라틴어 '포퓰러스(populus)'에서 유래된 말이다. 따라서 '대중 또는 민중을 앞세우는 이념이나 정치 형태'를 뜻한다고 할 수 있어 '민주주의'와도 통한다. 그런데 최근에 우리나라에서는 무상급식 문제와 관련해서 '포퓰리즘'이 불쑥 튀어나왔는데, '대중에 영합하는 정치 행태'라는 뜻으로 쓰이고 있어 본래의 뜻과는 사뭇 다르다. 그저 다른 게 아니라, 대중을 한낱 우민(愚民)으로 간주하면서 대중에 의한 정치를 부정하려는 의도가 담겨 있어 더 문제다.

그런데 룰라 대통령도 처음에 포퓰리즘이라는 이름으로 오히려 비판을 받았었다. '대중에 영합하는 얄팍한 정책'을 편다고 말이다. 당시 브라질의 경제는 매우 침체되어 있었으므로 성장이 우선 과제였는데, 도리어 분배를 꾀했기 때문이다. 또 국민들의 궁핍한 생활은 국민들 스스로 자초한 것이고 정부가 그들을 돕는다면 도리어 무기력과 나태함을 조장하여 성장을 기대할 수 없다는 것이 분배를 반대하는 명분이었다. 어디서 많이 듣던 말 아닌가?

문득 한나라 소제(昭帝, 기원전 86~기원전 74 재위) 때의 염철 회의가 떠오른다. 그 회의에 대한 기록인 『염철론』을 보면, 황제를 보좌하는 비서관인 대부가 이렇게 말한다.

"지금 폐하의 신령함으로 말미암아 백성은 오래도록 전쟁에 동원되지 않았음에도 농사를 짓지 않으니, 현재 인구수에 따라 할당하여 토지를 개간해도 부족합니다. 그래서 정부는 창고가 빌 때까지 식량을 풀어 백성의 궁핍한 생활을 해결해주려고 했지만 시간이 지날수록 상황은 더 심해졌습니다. 백성은 더 게을러지고 정부의 배급에만 의지했습니다. … 백성이 서로 게으른 행동을 본받아 토지는 나날이 황폐해졌고, 그들은 세금을 내지 않고 국가에 저항했습니다. 군주는 풍족한 국가를 만들려고 했음에도 이러한데, 대체 누가 그들을 풍족하게 해주겠습니까?"

소제는 무제(武帝)를 이어 즉위했는데, 무제는 문제(文帝)와 경제(景帝)가 쌓아올린 경제적 부를 바탕으로 끊임없이 정복 전쟁을 폈던 황제다. 그 덕분에 중국 역사상 가장 위대한 황제로 불리지만, 내정을 살피면 그렇지 않다. 막대한 군비를 조달하려고 과중한 세금을 물리다가 결국 관리들의 부정을 조장하고 백성의 생활을 궁핍하게 만들었기 때문이다. 소제 때의 염철 회의도 그만큼 국가 경제가 위태로웠기 때문에 열렸던 것이다. 그런데 정부 측 관료는 경제 파탄의 책임을 백성에게 떠넘기고 있다. 백성의 안위를 돌아보려는 최소한의 복지 개념은 아예 찾아볼 수 없다.

이에 대해 유학자를 대표하는 문학(文學)은 이렇게 말했다. "세금을 내지 않고 버티는 자는 모두 힘 있는 사람이어서 세리(稅吏)들도 그들이 두려워 감히 질책하지 못한 것입니다. 대신 가난한 백성만 가혹하게 다그쳤고, 백성은 견디다 못해 먼 곳으로 도망쳤습니다. … 백성을 다스리는 방법은 반드시 그들의 고통을 없애주어 편안하고 즐겁게 생업에 종사하도록 하며, 요역을 시키더라도 지나치게 피로하지 않은 범위로 제한해야 합니다."

포퓰리즘의 요체는 복지다

흥미롭게도 한나라 때 문학이 한 말을 실천에 옮겨 탁월한 성과를 거둔 이가 바로 룰라 대통령이었다. 브라질의 가장 큰 문제가 격심한 빈부의 차이였음은 오래도록 널리 알려진 사실이었다. 빈부의 격차는 분배를 도외시하고 성장만을 지향할 때 더욱더 심해진다. 가진 자가 더 가지는 게 쉬운 상황에서 가진 자가 끊임없이 탐욕을 부렸다. 그 결과, 룰라가 대통령직에 올랐을 때 브라질은 전체 1억 8천만 명 가운데서 5천만 명이 절대 빈곤층이었고 5분마다 어린이 한 명이 기아로 죽어가고 있었다. 측은지심이 있는 자라면 결코 두고 볼 수 없는 상황이 펼쳐진 것이다.

룰라가 내세운 정책은 한 가족의 월 소득이 최저생계비에 미치지 못하면 정부가 현금을 주는 보우사 파밀리아(Bolsa Familia)였다. 이렇게 사회적 약자를 위한 복지 정책을 현실화하기 위해 인플레이션 극복, 공무원 연금제도 개편, 외화보유액 확대, 계층 간 합의 도출, 조건부 빈곤층 지원 등의 개혁을 과감하게 추진했다. 반대 세력들은 국가 재정을 고려하지 않은 선심성 정책 즉 포퓰리즘이라고 비판했지만, 맹자가 "약이 독해서 정신이 어지럽지 않으면 그 병이 낫지 않는다"[2]고 말했던, 국민이 죽어가는 그런 병에 걸린 최악의 상황에서 선택할 수 있는 최선의 방책이었다. 그리하여 국민을 살리고 나라를 다시 일으켰다.

제나라 선왕이 맹자에게 물었던 왕도정치를 룰라 대통령이 실천해서 보여주었다고 하면 지나친 말일까? 홀아비와 홀어미, 외로운 노인과 외톨자식 등 그 사회에서 가장 곤궁하고 앞길이 막막한 계층의 사람들을 먼저 보살피고 보듬어주는 것이 왕도정치라고 한 맹자의 대답처럼 최하층 민중을 먼저 살리고 또 나라도 살렸는데 말이다. 이제야 룰라의 포퓰리즘을 성공한 포퓰리즘이라 부르지만, 정책의 성패 여부를 떠나서 룰라가 추진한 정책이 바로 본래의 포퓰리즘이었다. 대중의 삶, 민중의 생활을 먼저 살피는 일, 이른바 복지가 바로 포퓰리즘의 요체이기 때문이다.

맹자는 고대의 현자인 이윤(伊尹)에 대해 "천하의 백성 가운데에 평범한 사내와 아낙이라도 요순(堯舜)의 혜택(왕도정치)을 입지 못하는 자가 있으면 마치 자신이 그들을 벼랑으로 몰아넣는 것 같이 여겼으니, 그가 천하 사람들을 구하는 중책을 스스로 맡은 것이 이와 같았다"[3]라고 말했는데, 맹자가 다시 태어난다면 룰라에 대해서도 같은 말을 했으리라 생각한다. 한낱 노동자로서 대통령에 올랐던 그가 권력의 노예가 되지 않고 진정으로 민중과 국가를 위해서 일할 수 있었던 것은 이윤과 같은 마음을 늘 지니고 있었기 때문이다.

남미에는 한때 한국보다 잘 살던 나라들이 매우 많았다. 그들은 왜 나락으로 떨어졌으며 아직도 일어나지 못하고 있을까? 그들에게 결여된 것은 무엇일까? 과연 그들에게는 성장하려는 욕구가 없었을까? 분배를 해야 할 때 분배를 하지 않고 성장만을 추구했으며, 그 결과 빈부의 격차만 심화시키며 국민들을 죽음보다 더한 고통 속으로 몰아넣었던 것이다. 그렇다면, 지금 한국은 어디로 가야 하는가? 어디로 가고 있는가?

복지는 박탈감과 억울함이 없게 해주는 것

저축은행 사태, 반값 등록금 문제, 멈출 줄 모르는 물가상승, 가계부채 900조 원. 그러나 이것들보다 더 두려운 게 있다. 국민의 자살률이다. 경제협력개발기구(OECD) 국가 가운데서 최고다. 특히 10대부터 30대까지 사망원인으로 1위가 자살이다. 국가가 성장만을 내세우고 개인에게는 성공만을 강요하면서 생긴 문제가 아닐까? 이야말로 정치와 행정, 교육이 서로 짜고서 국민을 죽음으로 내몰고 있는 격이다.

맹자는 "사람에게는 모두 남에게 모질게 하지 못하는 마음이 있다. 옛 왕들은 남에게 모질게 하지 못하는 마음이 있었으므로 남에게 모질게 하지 못하는 정치가 이루어졌다"[4]고 말했다. 복지란 다른 게 아니다. 국민이 박탈감과 억울함을 느끼지 않게 해주는 것, 그리하여 떳떳하게 살게 해주는 것, 자신에게 주어진 삶을 즐거이 살도록 해주는 것일 뿐이다.

양나라 혜왕이 가르침을 받고 싶다고 했을 때, 맹자는 이렇게 물었다. "사람을 몽둥이로 죽이는 것과 칼로 죽이는 것에 차이가 있습니까?" 하고. 혜왕은 당연히 "없습니다"라고 대답하였다. 맹자는 다시 "칼로 죽이는 것과 정치로 죽이는 것에 차이가 있습니까?" 하고 물었고, 혜왕은 "없습니다"라고 대답했다.[5] 자, 이제 다시 물음을 던지자. "칼로 죽이는 것과 그릇된 정책으로 죽음에 이르게 한 것에는 차이가 있는가?"

● 원문

1) 齊宣王問曰: "人皆謂我毀明堂, 毀諸? 已乎?"

孟子對曰: "夫明堂者, 王者之堂也. 王欲行王政, 則勿毀之矣."

王曰: "王政可得聞與?"

對曰: "昔者文王之治岐也, 耕者九一, 仕者世祿, 關市譏而不征, 澤梁無禁, 罪人不孥. 老而無妻曰鰥, 老而無夫曰寡, 老而無子曰獨, 幼而無父曰孤. 此四者, 天下之窮民而無告者. 文王發政施仁, 必先斯四者. 詩云: '哿矣富人, 哀此煢獨.'" (「양혜왕」하5)

2) "書曰: '若藥不瞑眩, 厥疾不瘳.'" (「등문공」상1)

3) "思天下之民匹夫匹婦有不被堯舜之澤者, 若己推而內之溝中. 其自任以天下之重如此." (「만장」상7)

4) "人皆有不忍人之心. 先王有不忍人之心, 斯有不忍人之政矣." (「공손추」상6)

5) 梁惠王曰: "寡人願安承敎."

孟子對曰: "殺人以政與刃, 有以異乎?"

曰: "無以異也."

"以刃與政, 有以異乎?"

曰: "無以異也." (「양혜왕」상4)

재아에서 울리는
종소리

양나라 혜왕이 말하였다.

"과인은 나랏일을 함에 있어 오로지 마음을 다하였습니다. 강 이쪽에 흉년이 들면 이쪽 백성들을 강 동쪽으로 옮기고 그곳 곡식을 강 이쪽으로 옮겼으며, 강 동쪽에 흉년이 들면 역시 그와 같이 하였습니다. 그런데 이웃 나라의 정치를 살펴보면, 과인이 마음을 쓰는 것만 못한데도 이웃 나라 백성은 더 줄지 않고 과인의 백성은 더 늘지가 않으니, 무슨 까닭입니까?"

맹자가 대답하였다.

"왕께서 전쟁을 좋아하시니, 전쟁으로써 비유하겠습니다. 둥둥둥 북이 울리고 병기의 날이 맞부딪친 뒤에 갑옷을 벗어버리고 병기를 끌면서 달아나는데, 어떤 자는 백 걸음을 달아난 뒤에 멈추고 어떤 자는 오십 걸음을 달아난 뒤에 멈춥니다. 그런데 오십 걸음을 달아난 자가 백 걸음 달아난 자를 비웃는다면, 어떠하겠습니까?"[1]

185

"한국 정치에 대한 신선한 충격이다", "정당 정치의 위기다", "국민이 두렵다", "민주당에 대한 준엄한 경고다" 야당인 민주당의 지도적 인사들이 내뱉은 말들이다. 모두 안철수 서울대 교수에 대한 언급이라는 점에서 놀랍고도 충격적이다. '안철수 신드롬'이라 명명될 정도니, 정치권에서는 그야말로 폭풍이나 태풍으로 느끼고 있을 터이다.

지난 8일, 민주당의 대표는 "안철수 현상 때문에 정치인들이 자학해서는 안 된다"고 말했다. 옳은 말이다. 당연히 자기 성찰을 해야지 자학을 해서는 안 될 말이다. 그러나 과연 이들 정치인들이 진정으로 자성할까? 갑작스런 폭풍에 잠시 어리둥절해 있다가는 다시 이전으로 되돌아가지 않을까? 이런 의구심을 갖는 것은 이미 오래전에 측은지심과 시비지심을 잃어버린 듯한 그들의 행보 때문이다.

잘못하는 여당과 하는 일이 없는 야당

이명박 정부는 "7% 성장, 4만 달러 소득, 세계 7위 경제를 이룩하자"는 거창한 747공약과 함께 출발했다. 그 목표를 위해서 성장우선 정책과 규제완화, 투자활성화, 각종 감세정책 등을 적극 추진하였지만, 결국 서민의 삶만 더 고달파지고 부자만 더욱 부자가 되었다. 공약 가운데 지켜진 것은 하나도 없다. 남은 재임기간 동안에 달성하리라는 기대도 전혀 할 수 없다. 마침내 정부와 여당은 그토록 끈질기게 고수하던 '감세정책'을 스스로 철회하였다. 그러면서도 반성의 기미는 보이지 않는다.

3년 이상 보여준 정부와 여당의 실정(失政)에 국민은 이미 등을 돌렸다. 그런데 등을 돌린 국민이 마음을 준 곳은 민주당이나 야당이 아니었다. 그리고 안철수 신드롬이 나타났다. 야당은 기대와 희망을 걸 만한 대안세력이 못 된다는 것이 대중의 판단이었다. 물론 야당에 자성의 분위기가 감돌고 있는 것은 사실이다. 민주 · 개혁 진영에서 야권 대통합을 추진하려고 '혁신과 통합'이라는 모임을 발족시킨 데서도 엿볼 수 있다. 그러나 때늦은 것이기도 하지만, 과연 그런 것으로 충분할까? 갖가지 사안에 대해 정부나 여당에 비판과 촉구를 끊임없이 하기는 했지만, 저 양나라의 혜왕이 한 일보다 얼마나 더 나을까?

흉년에 고통받는 백성을 구제하기 위해서 나름대로 조처를 취했다고 자부한 혜왕은 맹자에게, "이웃 나라의 정치를 살펴보면, 과인이 마음을 쓰는 것만 못한데도 이웃 나라의 백성은 더 줄지 않고 과인의 백성은 더 늘지가 않으니, 무슨 까닭입니까?"라고 물었다. 어쩌면 당연한 물음이다. 백성들을 죽음으로 내모는 제후가 흔하던 시대에 그나마 백성을 살리는 정치를 펴고자 했으니, 그것만으로도 칭송을 받을 만하지 않겠는가.

그러나 맹자의 대답은 서늘하다. 전쟁을 비유로 들면서 '오십보백보(五十步百步)'라고 했으니, "당신은 한 게 없소!"라고 잘라 말한 것이나 진배없다. 맹자의 왕도정치는 적극적으로 백성을 위하고 백성의 삶을 돌아보며 행하는 정치를 의미한다. '산 사람을 먹여 살리고 죽은 사람을 장사지낼 때 원망이 없는 것'은 시작일 뿐이다. 혜왕은 그 시작조차 못했는데, 어찌 백성이 늘기를 바라는가 말이다. 게다가 백성이 흉년으로 고통을 받는 것은 왕의 허물인데, 그것을 모르고서 그 허물을 조금 바로잡았다고 자부한다면 이는 여간 심각한 일이 아니다.

지금 정부와 여당이 그릇된 정책과 행정으로 국민을 도탄에 빠지게 했다면, 그 책임은 야당에게도 있다. 아니 더 크다. 야당은 견제와 균형의 원칙 위에서 정부와 여당의 전횡을 막아야 할 정당이요 세력이기 때문이다. 그런데 그런 구실을 제대로 하지 못했다. 그러고서도 여전히 자신을 대안세력으로 여긴다면, 양나라 혜왕보다 더 어리석다고 해야 하지 않을까?

붕당정치와 사대부의 선우후락

민주주의 정치는 곧 정당정치다. 이 정당정치와 유사한 것이 중세 중국과 한국에도 있었으니, 바로 붕당정치(朋黨政治)다. 북송 때의 정치가이자 문인이었던 구양수(歐陽脩, 1007~1072)는 「붕당론」이라는 글에서, "붕당이라는 것은 예부터 있어왔다. 대체로 군자와 군자는 도리를 함께 구현하려고 붕당을 이루고, 소인과 소인은 같이 이끗을 붙좇으며 붕당을 이룬다"고 말하였는데, 당연히 속뜻은 도리를 구현하는 붕당에 있다.

붕당은 학문적·정치적 입장을 공유하는 사대부들이 모여 조직

한, 아니 저절로 이루어진 집단이다. 붕당이 오늘날의 정당과 가장 다른 점은 바로 학문에 있다. 사대부는 '물러나서는 학문을 하고, 나아가서는 그 학문을 천하를 위해 쓰는 존재'다. 사대부 또한 신분이 세습되던 왕정시대의 존재이므로 갖가지 특권을 누리면서 고위직에 오를 수 있었던 귀족들과 다르지 않다고 말할 수도 있다. 그러나 그들은 귀족들처럼 가문을 등에 업기보다는 개인의 자격을 중시했고 또 그들만의 철학이 있었다. 사대부 정신이라 할 것을 역시 북송 때의 정치가이자 학자였던 범중엄(范仲淹, 989~1052)이 잘 표현하였다.

"조정에서 고관으로 있을 때는 백성의 삶을 걱정하고, 강호에 떨어져 나와 있을 때는 군주의 일을 걱정한다. 나아가서 벼슬할 때도 걱정하고, 물러나서도 걱정한다. 그러면 도대체 언제 즐거워하는가? 천하 사람들보다 먼저 걱정하고, 천하 사람들보다 나중에 즐거워한다."(「악양루기(岳陽樓記)」)

사대부는 언제나 천하의 일, 백성의 생활을 걱정한다. 물러나서는 군주의 일을 걱정한다고 했는데, 군주의 일이란 것도 백성을 위한 정치일 뿐이니 결국 백성을 걱정하는 것이나 다름이 없다. 천하 사람들보다 먼저 걱정하면서 즐거움은 나중에 누리는 것, 이를 '선우후락(先憂後樂)'이라 한다. 이런 선우후락은 사대부가 군자의 길을 가는 존재이기 때문에 나올 수 있었던 것이다. 송대 사대부들이 『맹자』를 특히 높인 까닭도 여기에 있다.

"군자에게는 평생의 걱정은 있어도 하루아침 끙끙 앓는 일은 없다. 가령 걱정할 것이 있느냐 하면, 있다. 순 임금도 사람이요 나 또한 사람인데, 순 임금은 천하에 본보기가 되어 후세에 전할 만한 인물이 되었음에도 나는 아직 한 마을의 범부를 면치 못하였으니, 이것이 걱정할 일이다. 걱정이 된다면 어찌할 것인가? 순 임금과 같이 되려 할 뿐이다. 군자가 끙끙 앓는 일이 있느냐 하면, 없다. 어짊이 아니면 하지 않고, 예의가 아니면 가지 않는다. 만약 하루아침 끙끙 앓아야 할 일이 있다고 하더라도 군자는 앓지 않는다."[2]

새로운 시대와 전망은 새로운 사람에서

군자가 걱정하는 것은 천하 사람들이 편안하냐 위태로우냐다. 사사로움이 없으므로 자신의 욕심을 위해 끙끙 앓는 일은 없다. 사사로운 일로 걱정하는 이는 소인이다. 그런 소인들을 방송이나 언론 도처에서 날마다 보는 일을 이제 국민들은 지긋지긋해한다. 그때 안철수 교수가 등장한 것이다. 이는 현실이면서 아울러 상징적 의미도 갖는다. 그는 하나의 인간형, 오래도록 망각 속에 버려져 있던 인간형을 다시 보여주었다. 저 사대부나 군자처럼 인격과 학문을 겸비하고 그것을 천하 사람들을 위해서 써야 한다는 정신과 철학을 지닌 인간형 말이다.

기존 정치인 가운데는 안철수 교수를 걱정하면서(?) 정치란 결코 단순하지 않고 또 문외한이 할 수 있는 일이 아니니 본인이 잘하는 학문이나 하라고 백안시하는 이도 적지 않을 것이다. 그러나 그것은 그들의 착각이요 망상이며 무지다. 도대체 자신들은 정치를 얼마나 잘 알고 또 잘하는가? 얼마나 잘하기에 한낱(?) 문외한이 나서서 정치판을 그토록 휘저어버리도록 한 것인가? 맹자가 한 말을 기억하라.

"나는 자기를 굽히고서 남을 바로잡았다는 일에 대해서는 들은 적이 없다. 하물며 자신을 욕되게 하고서 천하를 바로잡는 일을 할 수 있겠는가! 성인(聖人)의 행동은 똑같지 않다. 때로는 멀리 가고 때로는 가까이 있으며, 때로는 떠나고 때로는 떠나지 않는다. 그러나 한 가지로 돌아가니, 제 몸을 깨끗이 하는 것뿐이다."3)

● 원문

1) 梁惠王曰:"寡人之於國也, 盡心焉耳矣. 河內凶, 則移其民於河東, 移其粟於河內. 河東凶亦然. 察隣國之政, 無如寡人之用心者. 隣國之民不加少, 寡人之民不加多, 何也?"

孟子對曰:"王好戰, 請以戰喻. 塡然鼓之, 兵刃旣接, 棄甲曳兵而走. 或百步而後止, 或五十步而後止. 以五十步笑百步, 則何如?"

(「양혜왕」상3)

2) "是故君子有終身之憂, 無一朝之患也. 乃若所憂則有之. 舜人也, 我亦人也. 舜爲法於天下, 可傳於後世, 我由未免爲鄕人也, 是則可憂也. 憂之如何? 如舜而已矣. 若夫君子所患則亡矣. 非仁無爲也, 非禮無行也. 如有一朝之患, 則君子不患矣."(「이루」하28)

3) "吾未聞枉己而正人者也. 況辱己以正天下者乎? 聖人之行不同也, 或遠或近, 或去或不去, 歸潔其身而已矣."(「만장」상7)

검찰의 칼,
활인검인가 살인검인가

도응이 여쭈었다.

"순 임금이 천자가 되시고 고요가 법관이 되었는데, (순 임금의 아버지인) 고수가 사람을 죽였다면 어떻게 합니까?"

맹자가 말했다.

"법을 집행할 뿐이다."

"그렇다면 순 임금이 그것을 막지 않겠습니까?"

"순 임금이 어떻게 막을 수 있겠는가? 고요는 (순 임금으로부터 법을 공명정대하게 처리하라는) 명을 받았다."

"그렇다면 순 임금은 어떻게 할까요?"

"순 임금은 천하를 버리는 것을 마치 헌신짝을 버리듯이 하니, 몰래 부친을 업고 달아나서 바닷가에 살면서 죽을 때까지 온화하게 즐기면서 천하를 잊을 것이다."[1]

한국의 검찰은 오래도록 '정치검찰'이라는 치욕스런 딱지를 달고 다녔고, 여전히 그 딱지를 떼지 못하고 있다. 2011년 6월에 국회사법개혁특별위원회가 대검찰청의 중앙수사부의 수사권을 폐지하기로 합의하자 검찰은 조직적 저항을 하였다. 검찰은 검찰총장이 바람막이가 되어주는 중앙수사부가 있어서 그나마(?) 독립성을 유지한다고 주장했는데, 이토록 한심한 말도 없으리라. 검찰이 수사의 독립성을 온전하게 유지하지 못하고 있다는 것, 정치적 중립을 지켜가고 있지 못하다는 것을 스스로 인정한 셈이기도 하지만, 무엇보다도 스스로 돌파구를 찾아낼 의지가 없음을 드러냈기 때문이다.

8월에 한상대 신임 검찰총장은 취임식에서 "부정부패, 종북좌익세력, 그리고 오만과 무책임 같은 검찰내부의 적을 상대로 전쟁을 하겠다"고 선포했다. 바람막이가 되어줄 검찰총장이 수사권의 독립성과 정치적 중립성을 전혀 언급하지 않았다. 독립성과 중립성이 이미 확보되었기 때문에 말하지 않았을까?

과연 독립과 중립의 의지가 있는가

검찰이 법원과 달리 행정부의 법무부에 속해 있는 국가기관이라는 것, 또 검찰총장은 대통령이 임명한다는 것 등이 수사의 독립성이나 정치적 중립을 지키기 어렵게 한다고 할 수도 있지만, 그것은 한낱 날명이다. 저 옛날 왕조시대에도 법관들이 스스로 독립성과 중립성을 지키려 했다. 그런데 민주국가에서 그것을 지켜가지 못한다고 하니, 이게 말이 되는가?

『사기』의 「오제본기(五帝本紀)」를 보면, 순 임금이 고요(皐陶)에게 "흉악한 무리가 나라 안팎에서 사람을 죽이고 혼란하게 하며 악행을 저지르니, 그대가 법관(士)을 맡아 다섯 가지 형벌로 죄인을 다스리되 경중에 따라 집행하고 … 공명정대하게 처리하여 사람들이 믿고 따를 수 있도록 하시오"라고 명을 내렸다. 이렇게 왕조시대에도 법관은 있었다. 절대 권력을 쥔 왕이 임명했다면, 그 법관은 한낱 왕의 하수인에 지나지 않았을까? 결코 그렇지 않았다.

『맹자』를 보자. 제자 도응이 만약 순 임금의 아버지가 사람을 죽였다면 고요가 법을 엄정하게 집행했을 것인가 하고 묻자, 맹자는 단호하게 "법을 집행할 뿐이다"고 대답했다. 고요가 성역 없이 수사하고 법을 집행했을 것이라는 말이다. 도응은 흥미로운 질문을 더 하였는데, 고요가 아무리 엄정하게 법을 집행하려고 해도 그를 임명한 이가 임금이고 또 그 임금의 아버지가 관련된 사건이니 임금이 막지 않겠는가 하는 것이었다.

임금이 비록 고요를 법관으로 임명했으나, 그것은 임금 자신을 위해서가 아니었다. 혼란과 악행을 막고 질서를 유지하여 나라가 태평해지도록 하라는 것이었다. 고요는 그것을 잘 알았다. 따라서 고요는 법관으로서 법을 집행하는 데 있어 예외를 적용할 뜻이 전혀 없었고, 그렇게 하는 것이 곧 왕명을 완수하는 일이기도 했다. 고요가 독립성과 중립성을 얼마나 철저하게 지켰을까 하는 것은 "순 임금이 몰래 부친을 업고 달아났을 것이다"라는 대목에서 분명하게 드러난다. 과연 이렇게 고요처럼 법을 집행하는 일이 어려울까? 아니다. 어쩌면 간단하다. 법관의 본래 임무를 자각한다면 말이다.

지금 검찰이 신뢰를 잃고 '정치검찰' 이라는 오명을 쉽사리 떨쳐 내지 못하는 것은 그런 자각의 부족으로 말미암은 것이지, 결코 힘이 없거나 정치권력이 강제해서가 아니다. 강제하는 권력이 있더라도 얼마든지 떨쳐버릴 수 있는 것이 지금의 검찰이 아닌가. 검찰총장을 대통령이 임명한다고 하지만, 대통령은 엄연히 국민의 대리자일 뿐이다. 따라서 검찰은 국민으로부터 법의 집행을 위임받은 존재다. 그런데 이런 단순한 이치를 망각하고 사사로이 법을 집행하기 때문에 신뢰를 얻지 못하고 오명을 계속 쓰고 있는 것이다. 아니, 이제는 오명이라는 말조차도 검찰의 행태를 더럽게 여길 판국이다.

누가 법을 살인검으로 만드는가

그리스 신화에 나오는 테미스(Themis)는 법과 질서, 정의의 여신이다. 테미스라는 이름 자체가 '거룩한 법' 을 의미하는데, 오늘날 그 형상을 보면 한 손에는 칼을, 또 한 손에는 저울을 들고 있다. 엄정한 법의 집행과 공정한 판결을 상징한다. 그 상징적 칼을 쥐고 있는 기관이 검찰이다.

칼은 사람을 살리기도 하고 죽이기도 한다. 사람을 살리는 칼은 활인검(活人劍)이고, 사람을 죽이는 칼은 살인검(殺人劍)이다. 법 또한 마찬가지다. 그 본래의 취지대로 올바르게 쓴다면, 사람을 살리는 활인검이 된다. 그러나 악용을 한다면, 언제든지 살인검이 되어 끔찍한 결과를 초래하게 된다. 우리는 이미 그런 살인검으로 구실한

196

법을 수없이 많이 목도했다. 근래에 전임 대통령이 자살한 일은 그 단적인 예다.

검찰은 노무현 전 대통령의 혐의가 분명하고 또 증거도 있어서 그를 취조했다고 할지 모르나, 과연 엄정하게 질차를 밟아서 그렇게 했느냐에 대해서는 변명의 여지가 없다. 정치적 의도의 문제는 제쳐두고, "죄의 유무가 확정되기 전에는 결코 죄인으로 다루어서는 안 된다"는 기본적인 원칙을 스스로 깼다. 그리고도 부끄러운 줄을 몰랐으니, 수오지심이 없다. 참으로 가증스러운 것은 수사와 관련된 사항을 언론에 흘려보낸 일이다.

옛날 공자의 제자인 증삼(曾參)은 효자로 유명했다. 그런데 노나라 사람 가운데 증삼과 이름과 성이 똑같은 자가 있었는데, 그가 사람을 죽였다. 어떤 이가 증삼의 어머니에게 "증삼이 사람을 죽였습니다"라고 말했다. 그러나 그 어머니는 조금도 흔들림이 없이 태연하게 베를 짰다. 조금 뒤에 또 한 사람이 와서 증삼의 어머니에게 "증삼이 사람을 죽였습니다"라고 말했지만, 역시 태연하게 베를 짰다. 그러나 조금 뒤에 또 한 사람이 와서 "증삼이 사람을 죽였습니다"라고 말하자, 그 어머니는 베를 짜던 북을 내던지고 베틀에서 내려와 달아났다고 한다.

옛말에 "세 사람이 우기면 없던 범도 만든다"고 했다. 만약 범죄를 수사하고 기소할 권한을 가진 국가기관이 언론이나 여론을 이용하기로 한다면, 과연 이 세상에 누가 증삼의 어머니처럼 되지 않겠는가? 법 절차에 따라 엄정하게 수사와 재판을 받아야 할 이를 먼저 여론을 통해 죄인으로 몰아버린다면, 이야말로 살인검을 휘두른 격이다.

검찰을 둔 것은 엄정하게 법을 집행하여 사회의 질서를 바로잡고 정의를 실현하기 위함이었는데, 말하자면 사람을 살리는 칼을 쓰라는 것이었는데, 도리어 칼을 함부로 휘둘러서 혼란을 조성하고 불평을 조장하며 무죄한 자를 해치고 있다. 맹자는 공권력의 횡포를 두고 "옛날에 관문(關門)을 둔 것은 포악함을 막으려던 것이었는데, 이제 관문을 만드는 것은 포학한 짓을 일삼으려는 것이구나!"[2]라고 탄식하였는데, 지금 검찰은 이 탄식 앞에서 과연 떳떳할까?

활인검은 시비지심에서 나온다

"나는 시방 위험한 짐승이다"라는 시구가 있는데, 지금 검찰이 시방 그렇게 위험한 짐승의 모습이다. 수사권과 공소권이라는 칼을 쥐고 있으면서 스스로 독립과 중립을 지키지 못하는 한, 사납고 위험한 짐승이나 다를 바가 없다는 말이다. 그러면 그 독립과 중립은 누가 보장할 것인가? 스스로 찾아서 지켜야 한다. 어디서 찾을 것인가? 제 속에서 찾아야 한다. 시비지심이 그것이다. 옳고 그름을 분명하게 판단하고 행동하게 하는 이 마음이 있어야 법을 살인검이 아닌 활인검으로 만들 수 있다.

맹자는 "이제 군주에게 어진 마음과 어질다는 평판이 있음에도 백성이 그 혜택을 입지 못하고 후세에 본보기가 되지 못하는 것은 선왕의 도를 행하지 않기 때문이다. 그래서 '착한 마음만 가지고는 정치를 하기에 모자라고, 법만 가지고는 저절로 행해질 수 없다'고 하는 것이다"[3]라고 말했다. 좋은 의도나 평판으로 정치를 하는 것이 아니듯이 법이 있다고 해서 저절로 법치국가가 되고 질서가 바로 잡히는 것이 아니다. 법을 집행하는 이들이 올바로 일을 해야 한다. 선왕의 도란 스스로 법을 지키며 약자를 보호하고 정의를 실현하는 일일 뿐이다. 검찰이 시비지심을 가지고 칼을 쓸 때, 선왕의 도가 행해질 뿐 아니라 검찰의 독립성과 중립성도 저절로 확보된다. 제발 구걸하지 말라!

● 원문

1) 桃應問曰: "舜爲天子, 皐陶爲士, 瞽瞍殺人, 則如之何?"

孟子曰: "執之而已矣."

"然則舜不禁與?"

曰: "夫舜惡得而禁之? 夫有所受之也."

"然則舜如之何?"

曰: "舜視棄天下猶棄敝蹝也. 竊負而逃, 遵海濱而處, 終身訢然, 樂
而忘天下." (「진심」상35)

2) "古之爲關也, 將以禦暴. 今之爲關也, 將以爲暴." (「진심」하8)

3) "今有仁心仁聞而民不被其澤, 不可法於後世者, 不行先王之道
也. 故曰, 徒善不足以爲政, 徒法不能以自行." (「이루」상1)

판결,
눈먼 자의 저울질

맹자가 제나라 선왕에게 말했다.

"내 집의 늙은이를 높이는 마음이 남의 늙은이에게 미치고, 내 집의 아이를 아끼는 마음이 남의 아이에게 미친다면, 천하를 손바닥에 놓고 움직일 수 있습니다. 시에서 '내 아내에게 본보기가 되고 이를 형과 아우에게 미치니, 집안과 나라가 다스려지네'라고 하였으니, 이 마음을 들어 저기에 더해줄 뿐이라는 말입니다. 그러므로 은혜를 미루어 펼치면 사해(四海)를 편안하게 할 수 있고, 은혜를 미루어 펼치지 않으면 처자도 편안하게 하지 못하니, 옛사람이 남들보다 크게 뛰어났던 것은 다른 게 아니라 자기가 한 것을 잘 미루어 펼쳤을 뿐입니다. 이제 은혜가 짐승에게는 넉넉하게 미치면서 그 애쓴 일이 백성에게는 이르지 못하니, 대체 어찌하여 그렇습니까?"[1]

떠올리기만 해도 가슴이 먹먹해지는 '나영이 사건'. 가해자 조두순이 받은 형벌은 고작 12년 징역형이었다. 재판부는 가해자가 고령

200

이고 음주로 심신장애 상태에 있었다는 이유로 감형을 해주었다. 참 어이가 없다. 적국의 국민이라도 보호해주어야 할 '여덟 살 여자아이'가 피해자라는 것, 생식기와 내장 상당 부분이 파열되고 겨우 살아났다는 그 엄연한 사실은 전혀 고려하지 않은 판결이다. 과연 시비와 선악을 제대로 판단해서 내린 최선의 결정일까? 과연 판단능력이 있는 판사라 할 수 있을까?

2010년 7월, 에이즈에 걸린 20대 남자가 12세 여자아이를 성폭행한 사건이 있었는데, 2011년 1월에 재판부(부산고법 형사2부)는 "피고인은 벌금형을 초과하는 전과가 없고, 범행 경위를 보면 다소 정상 참작의 요소가 있어 원심이 선고한 형량은 다소 무겁다"고 판시했다. 그래서 징역 3년의 원심을 깨고 징역 2년을 선고했다. 어찌하여 이런 판결과 형량이 나올 수 있을까?

악행을 조장하는 것은 눈먼 저울질이다

조선시대에는 강간을 저지른 자를 교형(絞刑) 곧 교수형에 처했다. 근대 이전의 낙후된 시대라서 극형으로 다루었을까? 아니다. 강간만큼 끔찍한 범죄가 없기 때문이다. 강간은 사회적으로 보호받아야 할 약자를 대상으로 한 것이면서, 단순히 상대의 육신을 폭력으로 훔친 행위가 아니라 그 마음과 정신을 피폐하게 만들고 평생 동안 그 고통 속에서 괴로워하며 살게 만드는 잔혹한 죄악이기 때문이다.

맹자는 "군자가 밝게 살피지 못한다면, 도대체 무엇을 바로잡겠는가?"[2]라고 말했다. 사람의 생명이나 일생이 걸린 재판을 진행하고 판결을 내리는 판사라면 저 군자보다 더 밝게 살펴야 한다. 그럼에도 마치 눈먼 자가 저울질하듯이 판결을 내리고 있으니, 과연 무엇을 바로잡겠는가? 바로잡기는커녕 도리어 죄악을 조장하고 있다.

해마다 성범죄가 증가하고 있다는 통계가 쏟아져 나오는데, 당연하다. 초범이라서, 음주상태여서, 반성을 하므로, 피해자가 반항불가능상태에 있지 않았으므로 따위의 이유를 들면서 판사들이 알아서(?) 가해자의 형량을 줄여주고 있는데, 어떤 범죄자가 두려워하겠는가? 맹자도 "목수와 수레 장인이 남에게 그림쇠와 곱자 쓰는 법을 가르쳐줄 수는 있겠지만, 남이 정교하게 쓰도록 할 수는 없다"[3]고 말하기는 했지만, 이토록 그림쇠와 곱자를 잘못 쓸 수도 있을까? 아니, 어쩌면 안 쓰는 것인지도 모르겠다. 그게 아니면 자격과 능력이 없는 자가 판사 노릇을 하고 있거나.

황제가 백성의 생사여탈권을 쥐고 있던 한나라 때다. 문제(文帝)가 탄 수레가 어느 다리에 이르렀을 때, 갑자기 다리 밑에서 사람이 뛰어나와 수레를 끌던 말을 놀라게 했다. 문제는 기병을 시켜 붙잡아서 법을 맡은 정위 장석지(張釋之)에게 그를 넘겨 처리하게 했다. 장석지가 그의 죄를 심문하자, 그 사람은 "저는 장안현 사람인데, 폐하가 행차하시기에 다리 밑에 숨어 있었습니다. 한참이 지나 폐하께서 이미 지나가신 줄로 알고 나왔다가 수레와 기병을 보고 달아났을 뿐입니다"라고 대답했다.

심문을 끝낸 정위가 그 죄는 벌금형에 해당한다고 판결하자, 문제는 화를 냈다.

"이놈이 직접 내 말을 놀라게 했소. 내 말이 온순하였기 망정이지 다른 말 같았으면 나를 떨어뜨려 다치게 했을 것이오. 그런데 그 놈의 죄가 벌금형에 해당된다고 말하시오?"

이에 장석지가 말했다.

"법이란 황제와 천하 사람들이 다 같이 지켜야 하는 것입니다. 지금 법에 의하면 이와 같이 하면 되는데, 고쳐서 더 무거운 벌로 다스린다면 백성이 믿지 못하게 될 것입니다. … 정위는 천하의 법을 공정하게 다스리는 자인데, 한쪽으로 기울면 천하의 법을 집행하는 사람들이 다 제각기 법을 무겁게도 하고 가볍게도 할 것입니다. 그렇게 되면 백성은 그들의 손발을 어느 곳에 두겠습니까?"

이 말을 들은 황제는 한참을 생각하더니 말했다.

"정위의 말이 옳소!"

그렇다. 법 집행은 공명정대해야 하고 누구라도 납득할 수 있어야 한다. 그런데 황제도 없는 이 시대의 판결들은 어찌 이리도 납득하기 어려운가?

측은지심을 잃은 판사는 죄인이다

맹자는 "내 집의 늙은이를 높이는 마음이 남의 늙은이에게 미치고, 내 집의 아이를 아끼는 마음이 남의 아이에게 미친다면, 천하를 손바닥에 놓고 움직일 수 있습니다"라고 말했다. 맹자가 미루어서 펼치라고 한 마음은 어짊의 실마리인 '측은지심'인데, 그 마음이 먼저 향해야 할 대상은 약자들이다. 늙은이나 아이들처럼 그 사회에서 가장 먼저 보호받아야 할 사람들에게 먼저 그 마음을 써야 한다. 법의 집행에서도 마찬가지다.

어린아이가 기어서 우물에 들어가려 하면, 누구든지 화들짝 놀라며 달려가서 아이를 구한다. 그것이 측은지심이다. 이런 측은지심은 그 아픔과 괴로움을 똑같이 느끼는 데서 나오는 자연스런 마음이다. 그런데 판결문들을 보면, 어찌된 셈인지 피해를 당한 어린아이나 여성에 대한 측은지심은 보이지 않고 오히려 가해자에 대한 동정만 보인다. 이야말로 "이제 은혜가 짐승에게는 넉넉하게 미치면서 그 애쓴 일이 백성에게는 이르지 못하니, 대체 어찌하여 그렇습니까?"라는 탄식을 자아내기에 딱 알맞다.

재판과정에서 피해자를 함부로 대하는 판사도 적지 않다. 2011년 6월 초 "재판 과정에서 판사의 언행이 억울하다"는 내용의 유서를 남기고 스스로 목숨을 끊은 성폭행 피해자가 있었다. 재판부는 "궁금한 부분을 물을 수밖에 없는 상황이 있다"고 말했지만, 과연 피해자에 대한 측은지심을 조금이라도 갖고 있었다면 피해자가 자살했을까?

판사는 사람의 생명 또는 일생을 좌우하는 재판을 맡아서 한다. 그런 만큼 삼가지 않을 수가 없다. 그래서 다산(茶山) 정약용(丁若鏞)

은 형법에 대한 연구서이자 실무지침서인 『흠흠신서(欽欽新書)』를 지으면서 그 제목에 '흠흠'이라는 말을 썼다. 흠흠은 "삼가고 삼가야 한다"는 뜻으로, 이런 마음이 형벌을 다스리는 근본이라 생각했기 때문이다. 다산은 그 서문에 이렇게 썼다.

"오직 하늘만이 사람을 살리고 죽이니, 인명은 하늘에 매여 있는 것이다. 지방관(또는 법관)은 그 중간에서 선량한 사람은 편하게 살도록 해주고 죄 있는 사람은 잡아다 죽이는데, 이는 하늘의 권한을 드러내 보이는 것일 뿐이다. 사람이 하늘의 권한을 대신 쥐고서 삼가며 두려워할 줄 몰라 털끝만 한 일도 세밀하게 분석해서 처리하지 않고 소홀히 하고 흐릿하게 하여, 살려야 되는 사람을 죽게 하기도 하고, 죽여야 할 사람을 살리기도 한다. 그러면서 오히려 태연하고 편안하게 여긴다. 또는 부정한 방법으로 재물을 얻고 아녀자들을 호리기도 하면서 백성들이 비참하게 절규하는 소리를 듣고도 그것을 구해줄 줄 모르니, 이는 매우 큰 죄악이다."

법을 집행할 권한을 가진 이는 하늘의 권한을 대신 맡아서 백성들의 생명을 다루는 자다. 그런 자가 시비지심이 없으면 산 사람을 죽이고 죽여야 할 자를 살리며, 수오지심이 없으면 그러고도 태연하고 편안하게 있으며, 측은지심이 없으면 백성의 절규를 듣고도 구해줄 줄 모른다. 그런 짓을 다산은 매우 큰 죄악이라 했다. 지금 이런 죄악을 저지르지 않는 판사가 과연 몇이나 될까?

약자를 보호하지 못하는 법은 폭력이다

평생 정치를 하고자 애썼던 공자가 잠시나마 자신의 뜻을 펼 기회를 얻은 일이 있었는데, 그때 받은 벼슬이 사구(司寇)였다. 형률(刑律)과 규찰(糾察)의 일을 맡은 관직인데, 후대의 형조판서에 해당한다. 공자가 사구가 되자 3개월 만에 양과 돼지를 파는 사람들이 값을 속이지 않고 길에 떨어진 물건을 주워 가는 사람도 없어질 정도로 노나라의 정치와 풍속은 크게 달라졌다고 한다. 그런 공자가 한 말이 "송사를 처리하는 것은 나도 남들과 같다. 그러나 반드시 하기로 한다면, 송사가 없도록 할 것이다"(『논어』「안연」)라는 것이었다.

그렇다. 법이란 미리 방비하는 것이 최상이다. 범죄가 일어난 뒤에는 이미 가해자와 피해자가 생긴 뒤이니, 그때 아무리 현명한 판결을 내리더라도 고작 사후약방문이 될 뿐이다. 그리하여 공자는 미리 송사가 일어나지 않도록 하려 했다. 바로 그것이 어짊과 올바름을 펴는 정치의 요체이기 때문이다. 다치는 사람이 생기지 않도록 하는 것, 그것이 어짊이다. 누가 다치는가? 약자다. 그런 약자를 지켜주는 일이 바로 어짊인 것이다. 그 어짊을 실천하려고 미리 일을 잡도리하는 것, 그것이 올바름이다. 이 어짊과 올바름의 실마리가 바로 측은지심과 시비지심이다.

맹자는 누구나 이런 마음을 지니고 있다고 했다. 이런 마음이 없으면, 사람이 아니라고 했다. "사람이 짐승과 다른 까닭은 별것이 아니니, 뭇사람은 이것을 버리고 군자는 이것을 간직한다. 순 임금은 뭇 사물에 밝고 인간의 도리를 잘 살폈으니, 이는 어짊과 올바름을 따라서 간 것이지 어짊과 올바름을 애써 실행하려 한 것이 아니다."[4] 군자가 간직하고 순 임금이 쉽사리 썼던 것은 바로 올바름과 어짊의 실마리인 시비지심과 측은지심이다. 누구에게나 있는 그 마음을 판사가 쓰는 일은 어렵지 않다. 그럼에도 쓰지 않는다면, 판사는 법을 폭력으로 만드는 죄인이다.

법으로 질서를 유지하고 정의를 지키려 한다면, 먼저 약자를 보호하는 마음이 있어야 한다. 이제 판사들이 공자처럼 해주기를 바라지는 않는다. 그러나 적어도 약자를 지키는 길에서 벗어나서는 안 된다. 약자를 지켜주지 못하면서 질서유지니 정의실현이니 떠드는 것은 어불성설이다. 시비지심과 측은지심이 없이 법을 집행하고 판결할 때, 그 법은 약자에게 폭력으로 다가온다. 그것도 공인된 폭력으로! 악법도 법일 수 있지만, 약자를 지켜주지 않고 공명정대하게 집행되지 않는 법은 폭력일 뿐이다. '도가니'를 낳은 그 폭력!

● 원문

1) "老吾老, 以及人之老, 幼吾幼, 以及人之幼, 天下可運於掌. 詩
云, '刑于寡妻, 至于兄弟, 以御于家邦.' 言擧斯心加諸彼而已.
故推恩足以保四海, 不推恩無以保妻子. 古之人所以大過人者, 無
他焉. 善推其所爲而已矣. 今恩足以及禽獸, 而功不至於百姓者,
獨何與?"(「양혜왕」상7)

2) "君子不亮, 惡乎執?"(「고자」하12)

3) "梓匠輪輿能與人規矩, 不能使人巧."(「진심」하5)

4) "人之所以異於禽獸者幾希, 庶民去之, 君子存之. 舜明於庶物,
察於人倫, 由仁義行, 非行仁義也."(「이루」하19)

208

강호동에게서
여민락을 보다

제나라 선왕이 설궁(雪宮)에서 노닐고 있다가 맹자를 보자, 물었다.

"현자도 이런 즐거움을 누립니까?"

맹자가 대답하였다.

"누립니다. 그런데 다른 자들은 즐거움을 얻지 못하면, 제 윗사람을 비난합니다. 즐거움을 얻지 못했다고 제 윗사람을 비난하는 것은 잘못입니다. 백성들의 위에 있으면서 백성들과 함께 즐거움을 누리지 못하는 것 또한 잘못입니다. 백성들이 즐거워하는 것을 즐거워한다면, 백성들 또한 그가 즐거워하는 것을 즐거워합니다. 백성들이 걱정하는 것을 걱정한다면, 백성들 또한 그가 걱정하는 것을 걱정합니다. 천하와 함께 즐거워하고 천하에 대해 걱정하고서도 왕 노릇하지 못한 자는 여태껏 없었습니다."[1]

"저는 연예인이라는 직업을 가진 사람입니다. TV를 통해 시청자

209

에게 웃음과 행복을 드려야 하는 것이 제 의무이자 명령입니다. 그런데 제가 지금과 같은 상황에 어찌 뻔뻔하게 TV에 나와 얼굴을 내밀고 웃고 떠들겠습니까? 또 제 얼굴을 본들 시청자분들께서 어찌 편히 웃을 수 있겠습니까?"

2011년 9월 9일, 기자회견을 열고 잠정은퇴를 알리면서 강호동이 한 말이다. 그렇다. 그는 사람들에게 웃음과 행복을 주는 직업을 가졌고, 그동안 최선을 다해왔으며, 대중들로부터 큰 인기를 얻었다. 그런 만큼 범죄자가 된 것은 아니지만, 그 직업의 가치를 살릴 수 없는 상황이라면 비록 잠시나마 활동을 접는 것이 마땅하다. 그런데 그렇게 떠나는 그를 보며, 문득 '여민락(與民樂)' 이 떠올랐다.

누가 딴따라를 하찮게 여기는가

한때, 이 나라에서는 연예인을 낮잡아서 '딴따라' 라 불렀다. 여전히 그런 편견이 남아 있을 테지만, 저 옛날 부처님이 말씀하셨던 "그 사람의 신분으로 판단하지 말고, 그가 한 행동으로 판단하라"는 금언을 떠올리며 한 번 생각해보자. 지금 이 나라에서 강호동과 같은 딴따라들만큼 대중들에게 커다란 즐거움과 위안을 주는 이들이 또 있을까? 국민들과 함께 즐거워하는 '여민락' 을 그들보다 잘 실천하는 이들이 또 있을까?

진시황 때, 우전(優旃)이라는 이가 있었다. 우전은 신분이 미천했으므로 성씨가 없다. 그래서 직업을 그대로 성씨처럼 썼으니, 그게

'우(優)'다. 지금 배우(俳優)들에게 붙이는 그 글자다. 이 우전은 난쟁이 가수로서 우스갯소리를 잘했다. 어느 날 궁궐에서 연회가 열렸는데, 때마침 비가 쏟아졌다. 섬돌 가에 늘어서서 호위를 맡고 있던 군사들은 모두 비에 젖어 떨고 있었다. 이를 보고 측은하게 여긴 우전이 이렇게 말했다.

"여러분! 쉬고 싶소?"

군사들이 말했다.

"그렇게만 되면 매우 다행이겠습니다."

"그러면 내가 당신들을 부를 테니, 당신들은 재빨리 '예'라고 대답하시오."

조금 뒤, 어전 위에서는 시황제의 장수를 빌며 만세를 불렀다. 우전이 난간으로 다가가서는 큰소리로 불렀다.

"호위병들!"

호위병들이 대답했다.

"예!"

"너희는 키만 컸지, 무슨 소용이 있느냐? 가련하게 빗속에 서 있구나. 나는 키는 작지만 다행히도 방 안에서 편히 쉬고 있지 않느냐!"

이 말을 들은 시황제는 호위병들을 절반씩 교대로 쉬게 했다.

아, 한낱 희극배우가 보여준 그 마음, 그것이 바로 맹자가 말한 '측은지심'이다. 그런데 이 마음을 마땅히 더 크게 지니고 있었어야 할 황제는 희극배우를 통해서야 비로소 그 마음을 되찾아 호위병들에게 황은을 베풀었다. 그러나 그뿐이었다. 자각하지 못했으므로 그 마음을 오래 지니지 못했다. 보라, 그 결과 시황제의 제국이 어떻게 되었는지를.

따라지의 향연을 펼치는 행정가와 정치가

얼마 전, 이명박 대통령 부부는 잠실야구장에서 '키스타임' 때 깜짝 키스를 선보여 화제를 불러일으켰다. 그런데 오붓해 보여야 할 그 모습에서 무언가 찐덥지 않은 느낌을 가졌다. 그게 나뿐이었을까? 왜 그런 느낌을 갖게 되었을까? 치솟는 물가와 전세대란으로 서민의 삶은 더 고달파져서 부부의 즐거움조차 잊을 지경인데, 그것을 걱정하고 책임져야 마땅한 이가 그런 모습을 보여주었기 때문이다.

패자가 되고 싶어 했던 제나라 선왕은 맹자가 왕도를 펴라고 하자, 갖가지 핑계를 댔다. 어느 때는 "과인에게는 고약한 버릇이 있으니, 과인은 미인을 좋아합니다"라고 말했다. 자신은 음악이나 미인 따위를 좋아하는 그런 속된 왕이니, 부디 왕도에 대해서는 말하지 말라는 뜻이었으리라. 그러자 맹자는 이렇게 대답해주었다.

"옛날에 태왕께서는 여색을 좋아해서 그 부인을 아끼셨습니다. 시에 '고공단보(古公亶父)는 아침 일찍 말을 달려 서쪽 강가를 따라서 기산 아래에 이르렀도다. 이에 아내 강씨(姜氏)를 데리고 가서 드디어 함께 살았다네' 라는 게 있습니다. 바로 그 시절에는 안으로는 지아비 없는 여인이 없었고, 밖으로는 지어미 없는 사내가 없었습니다. 왕께서 미인을 좋아하신다면, 백성들과 함께 하십시오. 그렇다면 왕 노릇하는 데 무슨 어려움이 있겠습니까?"[2]

태왕 곧 고공단보는 타락한 주왕(紂王)이 폭압을 일삼던 은나라를 멸망시킨 주(周)나라의 기초를 다진 인물이다. 비록 왕이지만 그 또한 사내이므로 여색을 가까이하는 것이 이상한 일은 아니다. 다만, 그 홀로 여색을 좋아하는가 아니면 백성과 더불어 즐기는가가 중요하다. 만약 지아비 없는 여인이 있고 지어미 없는 사내가 있는데도 돌보지 않고 그 자신만 누린다면, 그것이야말로 폭정이나 다를 바가 없다. 그래서 맹자는 "왕께서 미인을 좋아하신다면, 백성들과 함께 하십시오"라고 말해주었다. 이것이 '여민락(與民樂)'이다.

이제 이 나라에서 정치와 행정을 책임지고 있는 이들, 늘 "국민을 위한다"면서 마음에도 없는 말을 예사로 하는 이들 가운데에 과연 '여민락'을 알고 실천하는 이는 몇이나 될까? 여당의 서울시장 후보로 나선 나경원 의원은 7년 사이에 재산이 18억에서 40억으로 두 배나 늘었다. 서민들의 살림은 팍팍해지고 나라 빚은 늘어나기만 하는데, 국회의원의 재산은 늘었다. 그러고도 서울시의 살림살이를 책임지겠다고 나서는데, 과연 믿을 수 있을까? 물론 지은 죄는 없다. 부정을 저지르지 않은 바에야 재산이 는 것이 무슨 죄가 되겠는가만은, 그렇다고 해서 부끄럽지 않다고 할 수는 없다.

맹자는 "사람은 부끄러워함이 없어서는 안 되는데, 부끄러워함이 없는 것을 부끄러워한다면 부끄러워할 일이 없으리라"[3]고 말했다. 부끄러워해야 할 일에서 부끄러워하지 못한다면, 부끄러워할 짓을 또 저지른다. 문제는 부끄러워해야 할 일을 저지르고서도 부끄러워할 줄을 모른다는 데에 있는데, 이는 '수오지심'이 없는 것이다. 수오지심이 없다면, 사람이 아니다.

진정 여민락은 예능의 몫인가

제나라 왕은 자신이 세속의 음악을 좋아한다는 데 대해 조금 부끄러워했다. 이에 맹자는 "왕께서 음악을 아주 좋아하신다면, 제나라는 제대로 다스려질 것입니다. 지금의 음악은 옛 음악에서 비롯된 것입니다"라고 말해주었다. 음악의 본령은 즐거움과 어울림이다. 그에 따라 정치를 할 수만 있다면 세속적이든 아니든 무슨 상관이랴. 맹자가 왕에게 "홀로 음악을 즐기는 것과 남들과 음악을 즐기는 것 가운데 어느 것이 더 즐겁습니까?"라고 묻자, 왕은 "남들과 즐기는 것이 더 좋습니다"라고 대답했다. 또 맹자가 "적은 사람과 음악을 즐기는 것과 많은 사람과 음악을 즐기는 것 가운데 어느 것이 더 즐겁습니까?"라고 묻자, "많은 사람과 즐기는 것이 더 좋습니다"라고 왕은 대답했다.[4] 바로 이것이다. 왕도정치란 모두 어울려서 함께 즐거워하도록 하는 것이다. 그렇다면, 이 시대에는 누가 이 일을 맡아 하는가?

학자들이 세대 간의 갈등을 운운하며 걱정만 할 때, 세대와 세대를 이어준 역할을 한 이들은 연예인들이었다. 노래로, 드라마로, 예능으로. 정치가들이 지역 갈등을 조장할 때, 그 갈등을 넘어서 다함께 어울리도록 해준 이들 또한 연예인들이었다. 정치적으로나 경제적으로 암담했을 때, 한 줄기 빛을 비추어준 이들 또한 연예인들이었다. 이들 연예인들이야말로 맹자가 제왕들에게 강조했던 '여민락'의 진정한 실천자들이다. 그러나 여민락을 이들에게만 맡겨두는 것이 과연 옳은 일인가?

"코미디 잘 배우고 떠납니다!" 오래전에 '코미디의 황제' 이주일 씨가 4년의 국회의원 임기를 마치면서 한 말이다. 성희롱한 동료를 감싸는 국회의원들, 국민들의 고통 따위는 안중에도 없던 그들이 무슨 벼락을 맞았는지 뜬금없이 고액기부자를 위한 '김장훈법'을 만들겠다며 또 희극 한마당을 연출하고 있다. 천하장사를 지낸 강호동도 뻔뻔하지 못해 은퇴를 선언했는데, 뻔뻔하기로는 정치인들이 천하무적이다. 인자무적(仁者無敵)이 아닌! 이제 제발 예능의 고수들에게 여민락의 정신을 좀 배웠으면!

● 원문

1) 齊宣王見孟子於雪宮. 王曰: "賢者亦有此樂乎?"

孟子對曰: "有. 人不得, 則非其上矣. 不得而非其上者, 非也. 爲民
上而不與民同樂者, 亦非也. 樂民之樂者, 民亦樂其樂. 憂民之憂
者, 民亦憂其憂. 樂以天下, 憂以天下, 然而不王者, 未之有也."
(「양혜왕」하4)

2) "昔者公劉好貨, 詩云: '乃積乃倉, 乃裹餱糧, 于橐于囊, 思戢用
光. 弓矢斯張, 干戈戚揚, 爰方啓行.' 故居者有積倉, 行者有裹糧
也, 然後可以爰方啓行. 王如好貨, 與百姓同之, 於王何有?" (「양혜
왕」하5)

3) "人不可以無恥. 無恥之恥, 無恥矣." (「진심」상6)

4) 王變乎色, 曰: "寡人非能好先王之樂也, 直好世俗之樂耳."

曰: "王之好樂甚, 則齊其庶幾乎! 今之樂由古之樂也."

曰: "可得聞與?"

曰: "獨樂樂, 與人樂樂, 孰樂?"

曰: "不若與人."

曰: "與少樂樂, 與衆樂樂, 孰樂?"

曰: "不若與衆." (「양혜왕」하1)

216

철밥통 품고
바싹 엎드린 공무원

"추어올리려 해도 추어올릴 게 없고, 깎아내리려 해도 깎아내릴 게 없으며, 세상 사람들과 똑같이 하고 더러운 세상과 잘 맞으며, 머물 때는 참되고 미쁨 있는 것처럼 하고 행동할 때는 곧고 깨끗한 것처럼 해서 뭇사람이 기쁘게 따르며, 스스로 옳게 여기지만 요 임금이나 순 임금의 길에는 함께 들어갈 수 없다. 그래서 '덕을 해치는 자'라 한 것이다. 공자께서는 '비슷하면서 아닌 자(似而非)를 미워하셨으니, 가라지를 미워하는 것은 싹을 어지럽힐까 해서고, 번드러운 말을 미워하는 것은 미쁨을 어지럽힐까 해서고, 정나라 음악을 미워하는 것은 올바른 음악을 어지럽힐까 해서고, 쪽빛을 미워하는 것은 붉은색을 어지럽힐까 해서고, 향원(鄕原)을 미워하는 것은 덕을 어지럽힐까 해서다'라고 하셨다."[1]

2011년, 16회째를 맞은 부산국제영화제가 끝났다. 그러나 영화제는 기대와 우려 속에서 시작되었다. 전용관인 '영화의전당' 때문이었는데, 결국 마지막 날에 폭우도 아닌 비에 줄줄 새면서 '허울뿐인' 전당의 본색이 드러났다. 그러나 전용관에서 비가 샜다고 해도 놀랍지 않다. 개관은 곤란하다는 반대와 비판이 거세었음에도 공사를 무리하게 강행했으니, 당연한 결과다. 정작 문제는 딴 데 있다.

지난 달 개관식이 열리던 날에 부산시 건설본부장은 "디자인과 설계가 비슷한 독일 뮌헨 BMW 본사 옆 홍보관인 BMW Welt(World)는 시공에 8년이 걸렸지만 규모가 훨씬 큰 영화의전당은 3년밖에 안 걸렸다. 기적이다!"라고 말했다. 그런데 또 "영화의전당은 유리가 많아 코킹(이음새)에 누수가 발생할까 봐 걱정이다. BIFF가 끝나면 연말까지 정밀 진단 후 보강공사를 할 예정"이라고 덧붙였다. "기적이다"고 하면서 동시에 "보강공사를 할 예정"이라니. 참 놀라운 '모순어법'이지만, 관료다운 발언이다. 내가 보기에는 이게 "기적이다!" 신조차도 따를 수 없는, 관료주의가 낳은 기적!

일은 잘못되어도 잘못한 자는 없다

그런데 여태 책임지고 사죄하는 자가 없다. "기적이다"고 호언했던 그 건설본부장도 고작 한다는 말이 "근본적인 시설에는 별 이상이 없는 것으로 보인다"며 "설계자와 협의해 대안을 마련하겠다"는 날명을 늘어놓은 게 고작이다. 제 공으로 내세울 양으로 공사현장을 찾아 끊임없이 독려했던 시장도 "시설 전반에 대해 다시 시공하는 자세로 꼼꼼하게 마무리 공사에 임하라"고 지시만 했단다. 침묵과 회피, 딴청이 '보신'이 된다는 걸 이미 터득한 자들, 그런 자들을 공자는 '향원'이라 불렀다.

향원은 어떤 존재냐? 맹자가 한 말을 풀면 이렇다. 권한을 가지고 일을 했음에도 추어올리려 하면 딱히 추어올릴 게 없는 자, 일이 그릇되어 깎아내리려 해도 그 책임을 절묘하게 피하므로 깎아내릴 게 없는 자, 더러운 세상에 영합하면서 제 이끗을 잘 챙기는 자, 속내를 잘 숨겨서 곧고 미쁜 듯이 보이게 하고 비위를 잘 맞추어 남이 잘 따르게 하는 자, 그래서 스스로 군자나 현자인 양 여기지만 함께 이치의 길로는 결코 갈 수 없는 자, 그런 자다. 공자는 이런 향원을 미워하여 "내 집 문 앞을 지나면서 내 집에 들어오지 않아도 내가 섭섭하게 여기지 않는 자"라고 했으니,[2] 향원은 '비슷하면서도 아닌 자' 곧 사이비 군자요, 사이비 공무원이기 때문이다. 대놓고 소인배 노릇을 하는 자보다 더 은밀하게 '덕을 해치는 자'다. 그런 자라면 저 거심(距心)처럼 스스로 잘못을 인정하거나 사죄할 까닭이 없다.

맹자가 평륙(平陸)에 갔을 때, 그곳의 대부 거심에게 "그대에게 창을 든 병사가 있는데, 하루에 세 번 대오를 벗어났다면 그를 내치시겠소?" 하고 물었다.

거심이 대답하였다.

"세 번까지 기다리지 않습니다."

"그런데 그대가 대오를 벗어난 일 또한 많소. 흉년이 들어 굶주릴 때에 그대의 백성 가운데 늙고 야윈 자들은 도랑이나 골짜기에서 뒹

굴고, 건장한 자들은 사방으로 흩어져 떠나버리는데, 그 수가 수천 명이오."

"그것은 이 거심이 어찌할 수 있는 게 아니었습니다."

"오늘 남의 소와 양을 맡아서 대신 기르는 자가 있다고 한다면, 그는 반드시 그 일을 위해 목초지를 찾아서 꼴을 주어야 할 것이오. 그런데 목초지를 찾아서 꼴을 줄 수가 없다면, 다시 그 사람에게 소와 양을 돌려주어야 하오? 아니면 죽어가는 것을 가만히 서서 보고만 있어야 하오?"

그러자 거심은 "그것은 이 거심의 죄입니다"라고 말했다.[3]

공인 의식이 드문 공무원의 세계

유방(劉邦)이 한(漢)나라를 창업하는 데 일등공신이었던 이는 '소하(蕭何)'다. 그는 본래 패현(沛縣)의 아전이었다. 늘 공무를 조리 있게 처리하여 그 성적이 으뜸이었다. 그러다가 유방이 군사를 일으키자 그 밑에서 또 공무를 감독하였다. 유방이 진나라의 수도 함양(咸陽)으로 진입했을 때, 모든 장수들이 다투어 창고로 달려가서 금은보화를 차지하여 나누어 가졌다. 그때 소하는 궁에서 법령 문서들과 도적(圖籍) 문서들을 수집하였고 이를 잘 보관하였다. 나중에 유방의 군대가 항우의 군사들을 누르고 천하를 차지할 수 있었던 것은 산천과 요새, 호구(戶口)의 많고 적음, 재력의 분포 등에 관한 문서를 소하가 완전히 손에 넣었기 때문이었다. 또 장수로서 가장 큰 기여를 한 한신(韓信)을 추천한 이도 소하였다.

　소하에 대해 사마천은 "도필리(刀筆吏, 옛날에 죽간에 글을 새길 때, 잘못 기록된 것을 아전이 칼로 긁고 고친 일을 했으므로 얕잡아서 부르는 말)에 지나지 않았고, 평범하여 특별한 공적은 없었다. 그러나 한나라가 일어나자 소하는 직책을 충실하게 수행하였고, 백성들이 진나라의 법을 증오한다는 것을 알고 그것을 시류에 순응시키면서 새롭게 하였다"고 일컬었다. 소하가 왕조를 창업하고 그 기틀을 다지는 데 기여할 수 있었던 것은 일찍부터 아전으로서 자신의 직책에 충실했기 때문이지, 어느 날 갑자기 그렇게 할 수 있었던 것은 아니다.

　맹자는 "주군을 섬기는 자가 있으니, 주군에게 받아들여지고 또 주군을 기쁘게 해주려고 섬기는 자다. 사직을 편안하게 하는 신하가 있으니, 사직을 편안하게 하는 것을 기쁨으로 삼는 자다. 하늘의 백성인 자가 있으니, 통달한 것이 천하에 실행될 수 있게 된 뒤에 실행하는 자다. 큰사람인 자가 있으니, 자기를 바르게 하여 사물이 바르게 되도록 하는 자다"[4]라고 말했는데, 소하야말로 그런 사람이다. 아전에서 승상의 지위에 올랐다는 데에 그 존귀함이 있는 게 아니라, 자신이 맡은 일에 한결같이 지극했던 그 마음이 존귀하다. 그는 진정한 공인(公人)이었다.

　그러나 오늘날 이 나라, 이 도시에서는 소하 같은 이를 기대하기 어렵다. 시대가 달라졌기 때문이 아니라 공인으로서 의식을 가진 공무원이 드물기 때문이다. 실제로 공익(公益)을 위해서 공무원이 되는 이는 드물다. 대부분 안정적인 직업이기 때문에 선택한다. 이른바 '철밥통'이기 때문이다. 그래서 그 지루하고 답답한 시험 준비를 끈질기게 해서 공무원이 되고, 되고 난 뒤에는 한껏 눈치를 보며 몸을 사린다. 그래서 무사안일과 현상유지로 처세하면서 복지부동을 실천하는 것이다. 사정이 이러하니 연예인들조차 자처하는 공인이라는 의식을 가진 공무원은 찾아보기 어렵다. 하물며 소하 같은 이가 나오기를 감히 바랄 수 있겠는가?

공무원이 걱정하는 것은 무엇일까

20여 년 전의 일이다. 일본에 간 적이 있었는데, 그때 처음으로 한국과 일본의 공무원 수가 80여만 명으로 거의 같다는 것을 알고 충격을 받았었다. 일본은 한국보다 인구가 두 배는 더 되는데, 공무원 수가 같다니! 어찌 된 노릇인가? 평소에 사업을 하는 이들이 한국의 행정절차가 복잡하기 이루 말할 수 없다고 한 것이 혹시 이렇게 많은 공무원 수와 관련이 있는 것은 아닐까? 사실 행정절차의 복잡함은 지금도 크게 달라지지 않은 듯하다.

이번에 이 글을 쓰면서 혹시나 해서 두 나라의 공무원 수에 대해 다시 알아보았다. 일본의 경우, 인구가 1억 2천 7백만 명 정도인데, 공무원 수는 1백만 명이 겨우 넘었다. 그런데 한국은 인구가 5천만 명에 공무원이 93만 7천여 명이었다. 아, 한국이 과연 선진국이 될 수 있을까? 안타깝게도 그것은 힘들다. 1인당 국민소득이 아무리 높아도 이렇게 많은 공무원으로는 결코 효율적인 행정이나 국가관리가 이루어질 수 없다. 만약 선진국이 되고자 한다면, 당장 공무원 수를 절반으로 줄여야 한다. 그러나 불행하게도 그런 일은 일어나지 않을 것이다. 공무원 수가 줄어드는 것보다는 나라가 망하는 게 더 빠를 것 같기에.

2010년, 공무원들이 들으면 섬뜩할 해외소식이 있었다. 미국 캘리포니아 주의 작은 도시 메이우드(Maywood)시가 시 공무원 전원을 해고했다. 2011년 초에는 위스콘신, 오하이오, 미시간, 아이오와, 인디애나 등의 주들도 심각한 재정적자에 직면하여 공무원 노조에 선전포고를 하였다. 그것은 재정적자의 주범이 공무원 조직의 운영비용에 기인한다는 진단에 따른 것이었다. 시와 공무원의 동반 몰락!

자, 이것이 남의 나라 이야기에 지나지 않을까? 공무원 수가 많다는 그 사실에 더하여 이 나라의 도시와 국가도 지금 엄청난 부채에 시달리고 있지 않은가. 부자도시 성남시가 2010년에 파산신청을 했다. 부산시만 해도 그 부채가 상상을 초월한다. 부산시의 부채가 3조 원, 산하 공공기관의 부채까지 합치면 7조 원에 이른다. 1년 예산이 7조 5천억 원이라는 것을 생각해보라.

맹자는 "요 임금은 (현자인) 순을 얻지 못할까 걱정하였고, 순 임금은 우와 고요를 얻지 못할까 걱정하였는데, 100무의 밭을 다스리지 못할까 걱정하는 자는 농부다"[5]라고 말했다. 그러면 시나 국가의 행정과 재정에서 파탄이 생기면 누가 걱정해야 할까? 과연 공무원들이 걱정할까? 행정과 재정의 실무를 맡았던 이들이 그들인데도 말이다. 이제는 공무원들이 제 철밥통이 찌그러질까 봐 걱정하지 않는 것만도 고마울 지경이다.

● 원문

1) "非之無擧也, 刺之無刺也, 同乎流俗, 合乎汚世, 居之似忠信, 行之似廉潔, 衆皆悅之, 自以爲是, 而不可與入堯舜之道, 故曰'德之賊也.'孔子曰: '惡似而非者. 惡莠, 恐其亂苗也. 惡佞, 恐其亂義也. 惡利口, 恐其亂信也. 惡鄭聲, 恐其亂樂也. 惡紫, 恐其亂朱也. 惡鄕原, 恐其亂德也."(「진심」하37)

2) "孔子曰: '過我門而不入我室, 我不憾焉者, 其惟鄕原乎!'"(「진심」하37)

3) 孟子之平陸, 謂其大夫曰: "子之持戟之士, 一日而三失伍, 則去之否乎?"

曰: "不待三."

"然則子之失伍也亦多矣. 凶年饑歲, 子之民, 老羸轉於溝壑, 壯者散而之四方者, 幾千人矣."

曰: "此非距心之所得爲也."

曰: "今有受人之牛羊而爲之牧之者, 則必爲之求牧與芻矣. 求牧與芻而不得, 則反諸其人乎? 抑亦立而視其死與?"

曰: "此則距心之罪也."

他日, 見於王曰: "王之爲都者, 臣知五人焉. 知其罪者, 惟孔距心." 爲王誦之.

王曰: "此則寡人之罪也." (「공손추」하4)

4) "有事君人者, 事是君則爲容悅者也. 有安社稷臣者, 以安社稷爲 悅者也. 有天民者, 達可行於天下而後行之者也. 有大人者, 正己 而物正者也." (「진심」상19)

5) "堯以不得舜爲己憂, 舜以不得禹皐陶爲己憂, 夫以百畝之不易 爲己憂者, 農夫也." (「등문공」상4)

열린 시대의
참된 사귐을 위하여

만장(萬章)이 물었다.

"벗에 대해 여쭙겠습니다."

맹자가 말했다.

"나이 많은 걸로 거들먹대지 않고 신분이 높은 걸로 거들먹대지 않고 제 형제가 대단하다고 거들먹대지 않으며 벗하는 것이다. 벗한다는 것은 그 사람의 덕을 벗하는 것이다. 무언가를 믿고 거들먹대서는 안 된다. 맹헌자(孟獻子)는 수레 백 대가 되는 가문의 사람이었다. 다섯 사람을 벗으로 사귀었는데, 악정구(樂正裘)와 목중(牧仲), 그리고 나머지 세 사람은 그 이름을 잊었다. 맹헌자가 이 다섯 사람과 벗할 때에는 자기 집안을 믿고 거들먹대지 않았다. 이 다섯 사람도 맹헌자의 집안을 의식했더라면 그와 벗하지 않았을 것이다."[1]

최근 서울시장 보궐선거에서 박원순이라는 의외의 인물이 당선되었다. 많은 이들이 바라고 기대도 했지만, 한편으로는 우려도 했었다. 불과 두 달 전에는 그 자신도 출마하리라는 생각을 하지 못했고 대중으로부터도 크게 주목을 받지 못했던 인물이었기 때문이다. 그리고 어눌하고 서툰 모습에 그 지지자들은 불안을 느꼈다. 그러나 20대에서 40대까지 전폭적인 지지를 받아서 당선되었다.

언론이나 방송에서는 대부분 정치혐오증으로 투표를 꺼리던 이들이 트위터와 SNS(소셜네트워크서비스) 등으로 행동에 나선 것이 판세를 갈랐다고 분석한다. 그러면서 정치권에 거대한 지각 변동이 있으리라고 예측하기도 한다. 그런데 나는 이 일련의 과정 또는 변화를 이끈 원천에 주목하고 싶다. 이 시대에 무엇보다도 중요하고 긴요한 가치이자 덕목이 숨어 있다고 보기 때문이다.

알아보고 알아주는 군자의 사귐

2011년 9월 6일, 대중으로부터 50%의 지지를 받고 있던 안철수 서울대 융합과학기술대학원장과 5%의 지지를 받고 있던 박원순 변호사가 만났다. 만난 지 10분 만에 안철수 씨는 이렇게 말했다. "아무런 조건 없이 제가 출마하지 않겠습니다. 제가 박 변호사님을 잘 아는 사람이니까 더 이상 설명하지 않으셔도 됩니다. 저는 변호사님의 굳은 의지를 확인하고 싶었을 뿐입니다." 감동적인 이 짤막한 말에 한 사람의 인격과 삶이 고스란히 묻어나온다. 단순하고 명쾌한 그 말은 결코 이기적이고 교만한 사람의 입에서는 나올 수 없는 것이었다. 스스로 사람을 알아보는 안목을 갖추고 또 그런 사람을 사귈 수 있는 덕을 지녀야만 가능한 일이다.

안철수 씨의 언행은 "내가 아니면 안 돼!"라는 의식이 지배하며 상대에 대한 배려는 고사하고 진실하게 만나서 허심탄회하게 이야기를 나누는 풍토조차 사라진 정치권에서는 도저히 상상할 수 없었던 것이다. 그래서 다른 어떤 부류의 사람들보다도 이기주의와 패거리 의식으로 똘똘 뭉쳐 있던 정치권에서 가장 큰 충격을 받았다. 그 충격 탓인지 아직까지 정신을 못 차리고 이런저런 추측을 마구 해대면서 막말을 하는 이들이 있는데, 한편으로는 이해할 만하다. 참된 사귐을 경험한 적도 꿈꾼 적도 없으니 말이다.

사마천의 「사기열전」에는 안영(晏嬰)의 전기가 실려 있다. 그는 재상으로 있으면서 임금이 나라를 올바르게 다스리면 그 명령을 따르고 올바르지 않을 경우에는 그 명령을 따르지 않았던 인물이다. 어느 날 안영이 밖에 나갔다가 죄인의 몸이 된 월석보(越石父)라는 어진 사람과 우연히 마주쳤다. 안영은 자기 마차의 왼쪽 말을 풀어서 보석금으로 내주고 그를 마차에 태워 함께 집으로 돌아왔다. 그런데 안영은 아무런 인삿말도 없이 내실로 들어가버렸다. 한참 있다가 월석보는 떠나겠다는 뜻을 전했다. 놀란 안영이 옷과 모자를 바로하고 사과하며 말했다. "제가 어질지는 못하지만, 당신이 어려울 때 구해드렸습니다. 어찌 이토록 빨리 인연을 끊으려 하십니까?"

그러자 월석보가 말했다. "그렇지 않습니다. 제가 듣건대, 군자는 자기를 알아주지 않는 자에게는 자신을 내세우지 않지만, 자기를 알아주는 이에게는 자신의 뜻을 드러낸다고 합니다. 제가 죄인의 몸일

때 옥리들은 저에 대해 모르고 있었습니다. 그러나 당신은 느낀 바가 있어서 보석금을 내어 저를 구해주셨으니, 이는 저를 알아준 것입니다. 저를 알아주면서도 예의가 없다면, 진실로 죄인의 몸으로 있는 편이 낫습니다."

이에 안영은 월석보를 존귀한 손님으로 대접하였다고 한다. 재상인 안영은 자신을 낮추며 지극했고, 죄인이었던 월석보는 당당했다. 중국 속담에 "젊을 때부터 흰머리가 되도록 사귀었으면서도 새로 사귄 듯한 이가 있는가 하면, 길에서 우연히 만나 잠깐 이야기하고도 옛날부터 사귄 것 같은 사람이 있다"(『사기』 「노중련추양열전」)는 말이 있는데, 참으로 안영과 월석보의 사귐이 그러했다. 참된 사귐을 보여준 이들의 모습에서 안철수 씨와 박원순 씨를 보았다면, 망녕된 생각일까?

소인배는 패거리를 짓지 사귀지 않는다

제자인 만장이 '벗'에 대해 묻자, 맹자는 이렇게 대답했다. "나이 많은 걸로 거들먹대지 않고 신분이 높은 걸로 거들먹대지 않고 제 형제가 대단하다고 거들먹대지 않으며 벗하는 것이다. 벗한다는 것은 그 사람의 덕을 벗하는 것이다." 나이나 신분, 배경 따위를 내세우는 자는 진정으로 사귀려는 것이 아니다. 자신이 잘났다는 것을 자랑하려는 짓이다. 그런데 그건 자랑인 듯이 보이지만, 실제로는 사귐을 구걸하는 짓에 지나지 않는다. 왜냐하면 다른 무언가를 내세우면서 사귀려는 것은 내세울 만한 덕이 자신에게는 없기 때문이다. 덕이 없으므로 무언가 다른 것으로 자신을 포장하여 높이려 한 것이다.

덕이 없으면서 있는 척하는 자들, 재물이나 지위로써 과시하는 자들, 학연이나 지연 따위로 인연을 만들려는 자들, 그들은 군자가 아닌 소인이다. 소인이 이끗을 도모하려고 자신과 비슷한 이들과 어울리는 데서 '패거리'가 나온다. 그런 소인의 생각이 패거리 의식이다. 오늘날 중국에서 국부로 칭송받고 있는 쑨원(孫文)이 한탄한 것이 그런 패거리 의식에서 비롯된 울타리 문화였다. 그는 "중국인이 가장 숭배하는 것은 가족주의와 종족주의로, 국가주의는 없다"고 탄식했다. 그는 가족주의와 종족주의가 인정(人情)에 호소하면서 시시비비를 따지지 않고 오로지 가까운 관계냐 먼 관계냐만 따지는 패거리 문화를 만들었고, 이것이 결국 중국사회의 분열과 대립, 국가의 몰락을 초래했다고 보았던 것이다. 그런데 쑨원이 지금 이 나라에 다시 태어난다면, 아마도 똑같은 탄식을 하리라.

국민과 국가를 먼저 생각해야 할 정치가들이 같은 정당 내에서도 무슨 계(係)니 파(派)니 친(親)아무개니 하면서 끼리끼리 어울려서 서로 헐뜯고 따돌린다. 그런 그들에게 안철수와 박원순 두 사람은 두려우면서도 꺼려지는 대상이다. 내세울 만한 정치적 배경도 패거리도 없으면서 대중의 지지를 받고 있기 때문이다. 무엇보다도 두 사람은 남을 깎아내리면서 자신을 높이려 하지 않았다. 그게 그들의 미덕임에도 제 패거리를 믿고 거들먹대던 자들은 알아채지 못하고 있다. 참으로 불쌍하다. 그런데 더욱 안타까운 것은 그런 패거리 문화가 이 사회 곳곳에 이미 스며들어 있다는 사실이다.

학벌을 따지고, 서울과 지방을 가르며, 지연이나 학연으로 뭉치는 것도 결국 패거리 의식에서 비롯된 것이다. 심지어는 학문을 하고 예술을 한다는 이들 사이에서도, 소통과 화합을 외치는 문화판에서도 패거리를 지으며 대립하고 갈등한다. 진리나 깨달음을 구한다는 종교단체에서도 그런 패거리 의식이 똬리를 틀고 있다. 이런 패거리 의식은 떳떳하지 못한 자가 제 능력으로는 바랄 수 없는 이곳을 얻으려 할 때 생기고 굳어진다.

열린 시대의 사귐을 위해서는

안철수 신드롬에서 정치적 변화의 가능성만 읽어서는 안 된다. 우리는 그에게서 참된 사귐의 요체 또한 보아야 한다. 제자인 만장이 "만나고 사귈 때는 어떤 마음으로 하는지 여쭙겠습니다"라고 물었을 때, 맹자는 "깍듯함(恭)이다"[2]라고 말했다. 그렇다, 깍듯함이다. 그러나 그저 자신을 낮추는 것이 깍듯한 게 아니다. 허리를 숙이고 인사나 잘하는 게 깍듯함은 아니라는 말이다. 스스로 곧고 올바르며 떳떳해지려 애쓴 이가 저절로 남에게 자신을 낮추고 삼가며 대하는 것이 깍듯함이다. 이런 면을 안철수 씨에게서 보지 않았던가? 그래서 그에게 열광하고 있는 게 아닌가?

스마트폰 사용자가 2천만 명에 이르고 트위터와 SNS가 없는 일상을 생각조차 할 수 없는 이 시대, 공간의 제약은 허물어지고 무한한 소통의 가능성이 열렸다. 그러나 시대가 열렸다고 마음이 절로 열리지는 않으며, 소셜네트워크서비스가 있다고 절로 인간관계가 원만해지지도 않는다. 인터넷에는 근거 없는 비방과 욕설, 뜬소문이 여전히 넘쳐나고, 일상에서도 서로 따돌리며 상처를 주고 괴로워하는 일이 비일비재하다. 휴대폰은 스마트해졌는데, 사람은 아직도 스마트하지 못하다. 부끄러운 일이다. 부끄러움을 아는 것이 용기라고 했다. 이제 용기를 내자. 그리하여 먼저 자신을 돌아보고 자신을 세우자. 내가 세상의 좋은 벗이 되도록.

"한 고을의 좋은 선비는 한 고을의 좋은 선비와 벗하고, 한 나라의 좋은 선비는 한 나라의 좋은 선비와 벗하며, 천하의 좋은 선비는 천하의 좋은 선비와 벗한다."[3]

● 원문

1) 萬章問曰:"敢問友."

孟子曰:"不挾長, 不挾貴, 不挾兄弟而友. 友也者, 友其德也, 不可
以有挾也. 孟獻子, 百乘之家也, 有友五人焉. 樂正裘, 牧仲, 其三
人則予忘之矣. 獻子之與此五人者友也, 無獻子之家者也. 此五人
者, 亦有獻子之家, 則不與之友矣."(「만장」하3)

2) 萬章問曰:"敢問交際何心也."

孟子曰:"恭也."(「만장」하4)

3) "一鄉之善士斯友一鄉之善士, 一國之善士斯友一國之善士, 天
下之善士斯友天下之善士."(「만장」하8)

현재와 미래를
갉아먹는 행정

맹자가 말했다.

"백이가 포악한 주왕(紂王)을 피하여 북해의 물가에 가서 머물다가 문왕(文王)이 일어났다는 소식을 듣고 '어찌 돌아가지 않으리오? 서백(西伯, 문왕)은 늙은이를 잘 봉양한다고 들었다'고 말하면서 몸을 일으켰고, 강태공은 주왕을 피하여 동해의 물가에 가서 머물다가 문왕이 일어났다는 소식을 듣고 '어찌 돌아가지 않으리오? 서백은 늙은이를 잘 봉양한다고 들었다'고 말하면서 몸을 일으켰으니, 천하에 늙은이를 잘 봉양하는 이가 있으면 어진 이가 제 돌아갈 곳으로 여긴다. … 서백이 늙은이를 잘 봉양했다는 것은 그 마을과 밭을 잘 마름질하고, 심고 기르는 일을 가르쳐서 처자식을 데리고 늙은이들을 봉양하게 한 것이다. 쉰에는 비단옷이 아니면 따뜻하지 않고, 일흔에는 고기가 아니면 배부르지 않으니, 따뜻하지 않고 배부르지 않는 것을 가리켜 떨며 굶주린다고 말한다. 떨며 굶주리는 늙은이가 없는 것, 이를 말한다."[1]

234

해마다 가을이 깊어지면 도시 곳곳에서 벌어지는 풍경이 있다. 갑작스럽게 이루어지는 공사들이다. 가장 흔한 풍경은 보도블록을 새로 까는 일인데, 물론 예정되어 있었던 일을 하는지도 모른다. 그런데 그런 풍경을 보사마자 "올해도 예산이 남았구나!" 하는 생각이 절로 떠오르는 까닭은 무엇일까? 예산!

예산이란 말 그대로 '예상해서 계산한 것'이다. 그러니 일을 실제로 하다 보면, 예상보다 더 들 수도 있고 덜 들 수도 있다. 꼼꼼하게 계획하고 효율적으로 처리했다면, 비용은 덜 들게 마련이다. 그리고 예산이 남았다면, 그것은 칭찬할 일이다. 그런데 남아돈다고 아무 데나 써댄다면, 비난받아 마땅하다. 낭비를 일삼는 자식이 하나라도 있으면 집안이 휘청거리는데, 자치단체나 나라가 그런 행정을 일삼는다면 어찌 될까?

선후본말을 모르니 현재를 갉아먹는다

예산이 남았다고 보고를 하면 이듬해 예산이 그만큼 줄기 때문에 그렇게 한다고 말들을 한다. 그런 날명은 깡패나 하는 소리다. 예산의 책정과 실행 등에서 제도적인 허점이 있다면 진작 바로잡았어야 한다. 설령 바로잡히지 않고 있다 하더라도, 왜 하필이면 꼭 길을 파헤치고 그다지 급하거나 긴요하지도 않은 일에 쓰는가 말이다. 먼저 사람을 챙겨야 하지 않는가. 날이 추워지면 가장 고단해지는 이들이 누구던가? 홀로 된 늙은이나 고아들이 아닌가.

모름지기 일에는 순서가 있다. 먼저 해야 할 일과 나중에 해도 되는 일이 있다. 행정이란 그것을 알고 실행하는 일일 뿐이다. 무슨 거창한 일을 벌여야 하는 게 아니다. 맹자는 서백을 높이 일컬었는데, 그것은 그가 늙은이들을 잘 봉양했기 때문이다. 비단옷을 입지 않으면 따뜻하게 지내지 못하는 이들, 고기가 아니면 배부르지 않는 늙은이들을 잘 보살핀다는 것은 자칫 소외되어 고단하게 살아갈 이들을 찾아서 보살폈다는 말이다. 이것이 왕도정치의 시작이고 행정의 기본이다.

한나라 때, 급암(汲黯)이라는 이가 있었다. 그는 무제(武帝)가 태자로 있을 때에 태자세마(太子洗馬, 세마는 제사를 받드는 벼슬)였다가 무제가 즉위하자 알자(謁者, 손님을 맞이하고 대접하는 일을 맡은 사람)가 되었다. 하내에 불이 나서 집 천여 채가 탔다. 무제는 급암을 보내어 실상을 살펴보고 오라 했다. 그가 돌아와서는 이렇게 아뢰었다.

"백성의 실수로 불이 났고 집이 잇달아 있어서 탔으나, 우려할 만한 것은 못 됩니다. 그보다는 신이 하남 지방을 지나오다가 그곳의 가난한 백성 가운데 만여 가구가 홍수나 가뭄의 피해를 입어 아비와 아들이 먹을 것을 놓고 서로 싸우는 꼴을 보았습니다. 신은 삼가 부절(符節)을 가지고 임시방편으로 하남의 곳간을 열어 가난한 백성을 구제했습니다. 신은 사자의 부절을 돌려드리며 칙령을 변조한 벌을 받고자 합니다."

무제는 급암이 일을 현명하게 처리했다고 여겨서 용서해주었으니, 당연하다. 급암은 명을 받은 일에 매이지 않고 겉으로 드러난 일로 판단하지 않았다. 그 실상을 파악해서 그에 따라 조처를 취했다. 이것이 그가 할 일이었고 진정한 행정이었다. 행정이란 별다른 게 아니다. 무슨 일에서나 그러하듯이 근본과 말단, 먼저 할 일과 나중 할 일을 아는 데서 시작된다. 정치학의 교본이라 할 『대학(大學)』에서도 "물건에는 근본과 말단이 있고, 일에는 마지막과 처음이 있으니, 먼저 하고 나중에 할 것을 안다면 곧 도(道)에 가깝다"고 하지 않았던가.

현재를 갉아먹으니 미래도 등친다

맹자는 "우왕(禹王)은 천하에 물에 빠진 자가 있으면 마치 자신이 그를 빠뜨린 것처럼 생각하였고, 후직(后稷)은 천하에 굶주리는 자가 있으면 자신이 그를 굶주리게 한 것처럼 생각하였다. 이런 까닭에 그토록 서둘러서 챙긴 것이다"[2]라고 말하였으니, 우왕과 후직이 가졌던 그런 마음이 곧 복지 행정의 바탕이다. 그러나 이 나라에는 그런 바탕 위에 선 행정을 찾기가 힘들다. 4대강을 파헤치는 일도 그러하고, 예산 타령이나 하면서 무상급식을 주저하는 것도 그러하다. 이런 행정에서 과연 미래를 기대할 수 있을까?

지금 당장 해야 할 일, 바삐 처리해야 할 일을 알지 못하고 불필요하거나 급하지 않은 일에 예산을 낭비하는 일은 어쩌면 고질병이 되어 있는 게 아닐까? 멀리 갈 것 없이 부산시의 경우를 보자. '다이

내믹 부산'이니 뭐니 하면서 요란하게 떠들면서, 정작 문화시설은 전국 최악이고 경제는 천천히 추락하고 있는 이런 부산의 행정을 책임진 부산시가 2011년 8월에 공공도서관을 민간에 위탁하는 조례안을 시의회에 상정하는 일로 논란거리를 제공했고 여전히 철회하지 않고 있다. 공공도서관의 민간 위탁이라니! 현재의 시장이 시정을 책임진 이래로 부산시가 한 일들을 돌이켜보면, 그다지 기이하다고 여길 일도 아니다. 그럼에도 공공도서관을 민간에 위탁하려는 발상은 참으로 어이가 없다. '영화의전당'이 아니라 '이런 발상'을 기네스북에 등재하는 게 어떨까? 단박에 등재될 듯해서 하는 말이다.

지금 심각한 재정난과 도저히 해법을 찾지 못하는 교육문제로 골머리를 썩고 있는 미국이 그나마 지탱할 수 있는 것도 바로 공공도서관 덕분이다. 이전에 '제국 대신에 문화를 남긴 앤드류 카네기'에 대해 쓰면서 그가 미국의 3,500개 도서관 가운데 절반을 세웠다는 말을 한 적이 있다. 한 개인의 깊은 이해와 혜안이 거대한 나라의 토대를 단단하게 마련한 것이다. 그는 왜 그토록 많은 도서관을 세웠을까?

카네기도 사람이었다. 그도 행복을 추구했던 사람이었다. 그러나 거대한 제국을 이룩하고서도 흐뭇함이나 떳떳함을 느끼지 못했으니, 어찌 행복을 느끼거나 누렸겠는가? 한 사람의 재물이 늘어갈 때, 그만큼 많은 이들이 가난과 고통을 겪는다. 그도 그것을 알았던 것이다. 그래서 진정한 행복은 나눔에 있으며 그 나눔을 최상으로 실현하는 길이 도서관에 있음을 깨달았던 것이다.

도서관은 창조의 씨앗이 무궁무진하게 갈무리되어 있는 곳간이요, 현재를 즐겁게 해주면서 미래에 수확의 기쁨을 안겨주는 복전(福田)이다. 어린이에서 늙은이까지 모든 이들의 놀이터요 쉼터이며 공부방이다. 그렇기 때문에 도서관은 그 자체가 공공성을 갖는다. 민간이나 개인이 감당할 수 없는 크기의 공익성이 내재해 있으므로 재물로써 비용이나 손익 따위를 계산할 수 있는 게 아니라는 말이다. 그런데도 공공도서관을 더 늘이거나 기존의 것을 더 알차게 꾸미려 하지 않고 고작 민간에 위탁할 생각이나 했다니, 그런 생각을 한 자는 공공의 적이다. 밖에서 침입한 도적보다 더 고약하고 은밀한, 안에서 기둥과 들보를 갉아먹는 좀이다.

복지 행정을 통해 참된 성장을 이루어야

12월이면 한국의 무역수지가 1조 달러에 이른다고 한다. 참으로 엄청난 규모다. 1인당 국민소득은 2만 달러를 이미 넘었다. 이 정도면 오로지 성장을 위해 내달릴 때는 지났다는 게 분명해진다. 사실, 지나도 한참 지났다. 갖가지 지표도 성장이 둔화되었다는 사실을 여실하게 보여준다. 그럼에도 자치단체나 국가의 행정은 여전히 성장에 치우쳐 있다. 빚이 더욱 늘고 빈부의 격차도 심화되는 까닭이 여기에 있다.

아무리 전 세계가 찬사를 보내는 경제성장을 이룩하고 경제규모가 세계 10위권 안에 들었다고 해도 지금 해야 할 일이 무엇인지 알지 못하면 이제까지 한 노력은 모두 허사가 된다. 폭죽이나 쏘아대면서 공공도서관은 민간에 위탁하려 하고, 청남대에 '이명박 대통령 길'을 조성하려 하는 그런 자치단체들의 어이없는 발상, 비싼 등록금으로 아우성인 대학생들에게 물대포를 쏘고 연행하는 공권력, 재앙의 씨를 뿌린 4대강 사업과 요란한 선전 등은 이 나라 행정의 현주소다. 이 모두 선후와 본말을 모르는 데서 나온 것이니, 어찌 지속적인 성장을 기대할 수 있겠는가?

맹자는 "남에게 재물을 나누어주는 것을 은혜라 하고, 남을 가르쳐서 착하게 해주는 것을 참마음이라 하며, 천하를 위해 사람을 얻는 것을 어짊이라 한다"[3]고 말했다. 은혜와 참마음, 어짊을 구현하는 일. 이것이 복지 행정이요, 참된 성장의 근간이다.

240

● 원문

1) "伯夷辟紂, 居北海之濱, 聞文王作, 興曰: '盍歸乎來! 吾聞西伯
善養老者.' 太公辟紂, 居東海之濱, 聞文王作, 興曰: '盍歸乎來!
吾聞西伯善養老者.' 天下有善養老, 則仁人以爲己歸矣. … 所謂
西伯善養老者, 制其田里, 敎之樹畜, 導其妻子使養其老. 五十非
帛不煖, 七十非肉不飽. 不煖不飽, 謂之凍餒. 文王之民, 無凍餒
之老者, 此之謂也."(「진심」상22)

2) "禹思天下有溺者, 由己溺之也. 稷思天下有餓者, 由己餓之也.
是以如是其急也."(「이루」하29)

3) "分人以財謂之惠, 敎人以善謂之忠, 爲天下得人者謂之仁."(「등
문공」상4)

직업만 갖고
사명은 버린 기자

제나라 선왕이 경(卿)에 대해 묻자, 맹자가 말했다.

"어떤 경에 대해 물으신 겁니까?"

"경이면 다 같지 않습니까?"

"같지 않습니다. 임금의 인척인 경이 있고, 성씨가 다른 경이 있습니다."

"인척인 경에 대해 묻고 싶습니다."

"임금에게 큰 허물이 있으면 간언하고, 거듭 간언하는데도 듣지 않으면 임금을 바꿉니다."

왕의 낯빛이 벌겋게 변하자, 맹자가 말했다.

"왕은 이상하게 여기지 마십시오. 신께 물으시니, 바른 뜻으로써 대답하지 않을 수 없었습니다."

왕이 낯빛을 가라앉힌 뒤에 성씨가 다른 경에 대해 묻자, 이렇게 말했다.

"임금에게 허물이 있으면 간언하고, 거듭 간언하는데도 듣지 않으면 떠납니다."[1]

한진중공업 정리해고 사태가 해결되고 35m 높이의 크레인에 올랐던 김진숙 씨도 내려왔다. 김진숙 씨의 농성은 그야말로 계란으로 바위치기나 다름이 없었건만, 결국에는 뜻을 이루었다. 많은 동료들과 시민들의 응원과 동참이 있었지만, 그럼에도 그 스스로 해낸 일임은 부정할 수 없다. 거대 기업의 횡포에 맞서 싸웠지만, 정작 자신을 이겨내지 않으면 바랄 수 없었던 결과이기 때문이다.

그런데 크레인을 내려오는 김진숙 씨를 보면서 문득 노무현 전 대통령이 떠올랐다. 그는 왜곡을 자행하고 사리사욕을 채우던 거대 언론사들과 단신으로 맞섰다가 재임 기간 내내 그 언론사들의 왜곡된 보도로 고통을 겪었고, 마침내 퇴임 후에는 언론사들의 횡포를 앞세운 정치권력에 의해서 벼랑 끝에 내몰려 스스로 생을 마감했다.

인의를 버리고 이익집단이 된 언론사

이 나라에는 대기업이나 다름없는 언론사들이 있다. 조·중·동으로 뭉뚱그려서 일컬어지는 이 언론사들은 오랜 역사를 자랑한다. 정말로 그들은 자랑한다. 일제 강점기 때부터 지금에 이르렀으니 자랑할 만도 하다. 그만큼 이 사회에 깊이 뿌리를 내리고 있으면서 지대한 영향력을 행사하고 있다. 이런 언론사들이 사사로운 이익을 앞세우거나 왜곡과 조장을 일삼거나 정론을 외쳐야 할 때 침묵으로 일관한다면, 그것은 그대로 재앙이다. 그 재앙의 하나가 노무현 전 대통령의 죽음이었다.

제나라 선왕이 맹자에게 경(卿)에 대해 물었을 때, 맹자는 두 가지 경이 있다고 말했다. 경은 본래 임금의 인척들이 부여받은 신분이요 직위지만, 세월이 흐르면서 인척이 아니면서도 경이 된 이들도 생겨났다. 그래서 '임금의 인척인 경'과 '성씨가 다른 경'이 공존했다. 그런데 이들이 공통적으로 해야 할 책무는 임금의 잘못에 대해 간언하는 일이었다.

지존으로서 권력을 쥐고 있는 임금이 잘못을 하면 백성의 안정과 사직의 존립을 위태롭게 한다. 따라서 가까이 있는 이들이 적절한 때에 간언을 해서 바로잡지 않으면 안 된다. 맹자는 "임금을 꾸짖어 어려운 일을 하게 하는 것을 깍듯함(恭)이라 하고, 착한 것을 말하여 삿됨을 막는 것을 지극함(敬)이라 하며, 우리 임금은 '할 수 없어'라고 하는 것을 해침(賊)이라 한다"[2]고 말한 적이 있다. 바로 그런 깍듯함과 지극함을 다해야 하는 이들이 경이다.

문제는 경이 거듭 간언했을 때, 임금이 듣지 않으면 어떻게 하는가다. 성씨가 다른 경은 자신이 떠난다. 그러나 성씨가 같은 '인척인 경'은 임금을 바꾼다. 지금은 국민이 주인인 시대이니, 누구나 '인척인 경'이다. 언론사와 방송사는 가장 중요한 '인척인 경'이다. 사실과 진실을 보도해야 할 책무를 지고 있기 때문이다. 그런데 거대 언론사들은 인의를 바탕으로 정론을 펴면서 그릇된 이를 바꾼 게 아니라, 자신들의 이익에 걸림이 되는 이를 몰아붙이더니 이윽고 죽음에 이르게 했다. 간언보다 왜곡을 임무로 삼아 전임 대통령을 죽음에 이르게 했다. 깍듯함과 지극함은 없이 오로지 '해침'만 있었던

244

것이다.

사명을 버리고 직업만 가진 기자

어떻게 해서 거대 언론사들이 그런 횡포를 저지를 수 있었는가? 바로 그 구성원들인 기자(記者)들이 기꺼이 동참하고 동조했기 때문이다. 언론사란 기자들의 모임이 아닌가. 그런데 기자들이 본연의 임무를 저버리고 사측의 이끗에 따라간다면, 기자는 이미 '책무를 저버린' 기자(棄者)요, '천하를 속이는' 기자(欺者)일 뿐이다.

왜 기자가 책무를 저버리고 천하를 속이는가? 직업으로만 여기기 때문이다. 직업으로 여기므로 밥벌이에 지장이 될 만한 일은 되도록 하지 않는다. 이끗을 탐하는 언론사에 있다는 것 자체가 밥벌이를 위해 기자 노릇을 한다는 뜻이다. 이끗을 탐하지 않는 언론사나 방송사의 기자 또한 광고주의 돈줄에 얽매일 수밖에 없는 구조 속에서 역시 밥벌이를 위해 보신하고 조신하게 굴면서 어느새 기자의 사명은 잊어버렸다. 그러면서 사실만을 공정하게 전달하는 것이 기자의 임무라면서 비판적인 언사는 삼간다.

본래 기자는 역사가였다. 역사(歷史)의 '사(史)'가 바로 '일을 기록하는 사람' 곧 기사자(記事者)를 가리키는 말이었다. 과거의 일뿐만 아니라 현재의 일까지 기록하는 자가 사관이었다. 사마천의 『사기』를 보라. 사마천은 지나간 일뿐만 아니라 자신이 살았던 무제(武帝) 때의 일도 아울러 기록하고 있지 않은가. 기록만 했는가? 아니다. 은근하면서 날카로운 비판도 서슴지 않았다. 이것이 역사가로서 기자의 일이요, 사명이다. 그런데 사명을 저버리고 광고주의 눈치를 본다면, 과연 기자라 할 수 있을까?

전국시대에 제나라에서 있었던 일이다. 제나라 장공(莊公)은 대부인 최저(崔杼)의 아내인 당강(棠姜)과 사통하여 자주 그 집에 드나들었다. 이 일로 말미암아 최저는 장공에 대해 원망을 품게 되었다. 장공에게는 가거(賈擧)라는 시종이 있었는데, 장공은 그를 매질한 적이 있음에도 가까이 두고 있었다. 원망을 품은 최저가 장공을 시해할 뜻을 품었을 때, 그 가거가 최저를 위해 장공을 시해하려고 하였다. 그리고 어느 날 최저가 병을 핑계로 공무를 보지 않을 때, 장공이 그를 문병하러 갔다가 틈을 보아 당강과 은밀히 만났다. 그런데 당강은 내실로 들어가서는 최저와 함께 옆문으로 빠져나갔다. 장공은 그런 사실을 모르고 기둥을 두드리며 노래를 하고 있었다. 그때 가거가 신호하여 무장한 병사들이 뛰어들어 장공을 죽였다.

최저는 경공(景公)을 새 군주로 세우고 자신은 재상이 되었다. 그러자 기록을 맡은 태사(太史)가 죽간에 이렇게 썼다. "최저가 그의 군주를 시해했다."

이에 최저는 태사를 죽였다. 태사의 아우 중 두 사람이 계속해서 이같이 기록하다가 연이어 죽음을 당했다. 태사의 또 다른 아우가 또 그렇게 기록하자, 최저는 더 이상 죽일 수가 없었다.

물론 최저는 원망을 품었을 뿐 직접 장공을 시해하지는 않았다. 그러나 그의 마음을 읽고 장공을 시해한 가거의 죄를 묻지 않았고 그 자신은 대부가 되었으니, 그 스스로 시해한 것이나 다름이 없었다. 이것은 사실이면서 진실이다. 태사는 그 진실을 숨기지 않고 썼고, 그 대가로 죽음을 당했다. 그 아우들도 태사의 직책을 다했다. 그리고 죽었다. 자, 이 시대의 기자들도 그런 위험 속에 있는가? 진실을 말하고 쓰면 목숨이 위태로운가? 고작해야 밥줄을 잃는 것뿐이지 않은가.

침묵하면서 떠나지 못하는 기자들이여

재벌과 언론, 검찰 권력이 어떻게 결탁해 있는지를 여실하게 보여주는 삼성의 '떡값 리스트'를 공개한 혐의로 노회찬 전 의원이 대법원에서 일부 유죄판결을 받았다. 그런데 언론과 방송에서는 거의 이를 다루고 있지 않다. 이 불의를 앞에 두고 그야말로 '고요의 바다'처럼 조용하다. 미디어렙 법안과 종편 채널에 관해 그토록 반대하던 기자들은 또 어디로 갔나? 김진숙 씨 같은 기자는 없는가? 아마 기자들은 나에게 이렇게 말할지도 모르겠다. "팔자 좋은 네가 말해라!"

그렇다면, 다음의 이야기를 들려주겠다. 맹자가 (제나라 대부인) 지와(蚳鼃)에게 말했다. "그대가 영구(靈丘)의 수령을 사양하고 사사(士師)가 되기를 빈 일은 그럴듯하니, 그것은 말을 할 수 있기 때문이었소. 그런데 이제 여러 달이 지났는데, 아직도 말할 수 없단 말이오?"

지와가 왕에게 간언했으나 쓰이지 않자, 신하의 직책을 내놓고 떠났다. 이에 제나라 사람들은 "지와를 위해서 한 것은 좋지만, 맹자 자신이 그렇게 하지 않은 까닭을 우리는 모르겠다"라고 했다.

그러자 맹자가 말했다. "내 들은 적이 있다. 관직을 지키는 자는 그 직책을 다하지 못하면 떠나고, 언론을 책임진 자가 그 말을 하지 못하면 떠난다고. 나는 지켜야 할 관직이 없고 언론을 책임지지도 않았으니, 내가 나아가고 물러나는 일이야 어찌 여유작작하지 않겠는가?"[3]

● 원문

1) 齊宣王問卿. 孟子曰: "王何卿之問也?"

王曰: "卿不同乎?"

曰: "不同. 有貴戚之卿, 有異姓之卿."

王曰: "請問貴戚之卿."

曰: "君有大過則諫, 反覆之而不聽, 則易位."

王勃然變乎色.

曰: "王勿異也. 王問臣, 臣不敢不以正對."

王色定, 然後請問異姓之卿.

曰: "君有過則諫, 反覆之而不聽, 則去."(「만장」하9)

2) "責難於君謂之恭, 陳善閉邪謂之敬, 吾君不能謂之賊."(「이루」상1)

3) 孟子謂蚔鼃曰: "子之辭靈丘而請士師, 似也, 爲其可以言也. 今
   旣數月矣, 未可以言與?"

蚔鼃諫於王而不用, 致爲臣而去.

齊人曰: "所以爲蚔鼃則善矣. 所以自爲, 則吾不知也."

公都子以告.

曰: "吾聞之也. 有官守者, 不得其職則去. 有言責者, 不得其言則
   去. 我無官守, 我無言責也, 則吾進退, 豈不綽綽然有餘裕哉?"

   (「공손추」하5)

시민들이여,
상식의 시대를 열자

맹자가 제(齊)나라를 떠날 때, 충우(充虞)가 길에서 여쭈었다.

"선생님께 찐덥지 않은 낯빛이 있는 듯합니다. 지난날에 제가 듣기로, 선생님께서는 '군자는 하늘을 원망하지 않고, 사람을 탓하지 않는다'고 하셨습니다."

"그때는 그때요, 이때는 이때다. 5백 년이면 반드시 왕 노릇할 자가 일어나리니, 그 사이에 반드시 세상에 이름을 떨칠 자가 있다. 주(周)나라로부터 7백여 년이 흘렀으니, 햇수를 보면 이미 지났고, 때로써 헤아려보면 지금이 그때다. 저 하늘이 아직 천하를 화평하게 다스리려 하지 않는 것이다. 만약 천하를 화평하게 다스리려 한다면, 바로 지금 세상에서 나 말고 누가 있겠느냐. 내 어찌 찐덥지 않겠느냐."[1]

여당은 한미자유무역협정을 꼼수와 날치기로 비준하였고, 그날 국회의사당에서는 최루탄이 터졌다. 그리고 비준을 반대하여 시위를 하는 시민들에게 경찰은 물대포를 쏘았다. 그 추운 날에! 게다가 시위대 속으로 스스로 들어가서는 폭행을 당했다고 애써 주장하는 종로경찰서장도 있다. 또 최근에 교육과학기술부는 "금품과 향응수수, 성폭행, 상습폭행, 학생성적조작 등 교육현장에서 '4대 비리'를 저지른 교원은 최대 2년까지 승진이 제한된다"고 발표했다. 누구라도 저질러서는 안 되는 일을 교육자가 저질렀는데도 고작 승진이 제한된다니! 도대체 여기서 상식적으로 납득할 수 있는 게 있는가? 그런데 이런 몰상식한 사회를 만든 이는 과연 누구일까? 누가 상식을 되살릴 것인가?

혼탁한 세상에서 깨어 있는 자 누구인가

상식(常識)이란 맹자가 말한 시비지심(是非之心)과 다르지 않다. 맹자는 상식의 차원에서 왕도를 내세웠을 뿐이다. 왕도란 백성이 잘 먹고 잘 살 수 있는 길을 찾아가는 일일 뿐이다. 거기에 무슨 거창한 천하 경영이 따로 있는 게 아니다. 그럼에도 그런 길이 받아들여지지 않았으므로 맹자는 떠날 수밖에 없었다.

맹자는 충우의 물음에 대해 "그때는 그때요, 이때는 이때다"라고 말했다. 이는 때를 아는 이의 말이다. 때를 안다는 것은 세상사를 안다는 것이요, 역사를 꿰뚫어보는 통찰을 지녔다는 뜻이다. 모든 위대한 사상가는 역사에 대한 깊은 통찰을 지녔다. 그렇지 않고서야 어찌 그 시대의 병폐를 깊이 알고 치유책을 내놓을 수 있었겠는가.

또 당대에 그 주장이 받아들여지지 않은 것은 너무도, 참으로 너무도 시대를 앞섰기 때문이다. 공자가 '상갓집 개'라는 말을 들었던 것도 어쩌면 당연하다. 평생토록 애썼으나 맹자가 벼슬 한자리 차지하지 못한 것도 역시 당연하다.

"뛰어난 자들은 도를 들으면 애써 행하려 하고, 중치들은 도를 들으면 긴가민가하고, 하치들은 도를 들으면 크게 웃는다. 그런데 그들이 웃지 않으면 도라고 할 수 없다"(『도덕경』 41장)고 노자도 말하지 않았던가. 편작(扁鵲)과 같은 명의는 징후가 나타날 때에 병을 다스린다. 그러나 범부들은 그것을 모른다. 그래서 병을 더 키우고서야 비로소 의원을 찾는다. 시대의 병폐에서도 마찬가지다. 선각자들은 미리 진단하고 처방책을 내놓지만, 그 시대에 받아들여지지 않는다.

중국 전국시대 초(楚)나라에 굴원(屈原, 기원전 343~277)이 있었다. 그는 나라를 위하는 마음이 매우 깊었다. 그러나 아첨하는 무리의 모함을 받아서 쫓겨났다. 굴원은 자신이 쫓겨난 것보다 군주가 현명하지 못해서 나라가 망할까 봐 그것을 먼저 걱정했다. 어느 강가에 이르러 머리를 풀어헤치고 물가를 거닐었는데, 그의 낯빛은 꾀죄죄하고 모습은 마른 나뭇가지처럼 야위었다. 한 어부가 그를 보고 물었다. "당신은 삼려대부(三閭大夫)가 아니십니까? 무슨 일로 이곳까지 왔습니까?"

굴원이 대답했다. "온 세상이 혼탁한데 나 홀로 깨끗하고, 모든 사람이 다 취했는데 나 홀로 깨어 있어서 쫓겨났소."

결국 굴원은 결백한 사람이라 혼탁한 세상에서 취한 사람들과는 살 수 없다고 여겨서 돌을 안은 채 멱라수(汨羅水)에 몸을 던져 죽었다. 굴원의 죽음은 굴원의 불행에서 그치지 않았다. 결국 초나라는 굴원처럼 간언하는 이가 없었던 까닭에 날로 쇠약해지다가 수십 년 뒤에 진나라에 멸망당했다. 진나라에 맞설 수 있었던 초나라가 망한 것은 진나라가 더 강성해서가 아니었다. 초나라에 깨어 있는 자가 없어서 천천히 안에서부터 무너지고 있었기 때문이다.

지금 세상에 나 말고 누가 있겠는가

고결한 성품을 지니고 충정이 깊었던 굴원을 후대의 지식인들은 높이 기리었다. 그의 열전을 역사서에 실었던 사마천도 이렇게 썼다. "장사(長沙)에 가서 굴원이 스스로 빠져 죽은 연못을 바라보고 일찍이 눈물을 떨구며 그의 사람 됨됨이를 생각지 않을 수 없었다. 그는 삶과 죽음을 한가지로 보고 벼슬에 나아가고 물러나는 것을 가볍게 여겼으니, 나는 마음에 깨달은 바 있어 상쾌해지며 스스로 잘못 살았다고 생각하게 되었다." 그러나 맹자라면 과연 굴원을 그렇게 높이 일컬었을까? 아니다. 맹자는 그런 죽음을 헛된 것이라며 나무랐을 것이다. 모든 일에는 때가 있는데, 그 때를 알고 기다릴 줄 몰랐다고 하면서 말이다.

무엇보다도 맹자는 큰일을 할 사람에게는 그만큼 험난한 시련이 주어진다는 것을 알았다. 그래서 "하늘이 그 사람에게 큰일을 맡기려 할 때는 먼저 그 마음과 뜻을 괴롭히고 그 힘줄과 뼈마디를 힘들게 하며 그 몸뚱이를 굶주리게 하고 그 몸을 고달프게 하여, 하는 일마다 어지럽게 한다. 이는 그 마음을 다잡아 참고 견디는 성품을 길러주어서 이제까지 할 수 없었던 것까지 이룰 수 있게 해주려는 것이다"[2]고 말하지 않았던가. 쉽사리 이루어질 일이라면 굳이 애써 할 까닭이 없다. 맹자는 자신이 가야 할 길을 누구보다 잘 알았다. 그랬으므로 옹등그러진 마음도 없었고, 누구를 탓하는 법도 없었던 것이다. 나아가 "만약 하늘이 천하를 화평하게 다스리려 한다면, 바로 지금 세상에서 나 말고 누가 있겠느냐"고 호기롭게 말했다. 이런 호기가 어찌 갑자기 일어난 것이겠는가.

굴원에게 무슨 일로 이곳까지 왔느냐고 물었던 어부가 또 이렇게 물었다고 한다. "대체로 성인이란 사물에 매이지 않고 세상의 변화와 함께 간다고 합니다. 온 세상이 혼탁하다면, 왜 그 흐름을 따라 그 물결을 타지 않으십니까? 뭇사람이 취해 있다면, 왜 그 지게미를 먹거나 그 밑술을 마셔 함께 취하지 않으십니까? 어찌하여 아름다운 옥처럼 고결한 뜻을 지녔으면서 스스로 내쫓기게 되었습니까?"

아, 어부의 말은 옳으면서도 그르다. 그의 말대로 혼탁한 세상에서 그 흐름을 타고 가는 것은 성인이라야 할 수 있는 일이지만, 저 홀로 유유자적하며 자유롭게 노니는 일은 세상을 버리는 짓이다. 천하에 살면서 천하를 내버려두고 천하 백성들을 돌보지 않는다면, 어찌 참된 성인이라 할 수 있으랴. 천하와 백성들을 버려두고 제 홀로 즐거

254

움을 누리는 것은 성인이 할 짓이 아니다. 그래서 공자처럼 맹자도 천하를 주유했던 것이다. 맹자가 "가운데로 가는 이가 가운데로 가지 않는 이를 기르고, 재주 있는 자가 재주 없는 자를 기른다. 그러므로 사람들은 현명한 부모가 있음을 좋아한다. 만약 가운데로 가는 이가 가운데로 가지 않는 이를 버린다면, 현명한 자와 못난 자의 차이는 한 치도 못된다고 하리라"[3]고 말한 까닭도 거기에 있다.

상식의 시대는 상식의 시민이 만들어야

2011년 한국 사회의 중심에 선 인물은 안철수 교수다. 그가 던진 화두는 '상식'이다. 1995년에 안철수연구소를 세워서 컴퓨터 바이러스 백신을 개발하며 개인들에게 무료로 배포한 일에서 최근에 1,500억 원을 기부한 것까지 그가 한 일은 상식을 넘어서는 듯하지만, 한 순간도 상식을 벗어난 적이 없다. 그러했기에 그는 상식의 시대를 꿈꾸고 있고 그런 시대가 도래할 것을 믿고 있다. 그런데 문제는 몰상식에 익숙한 시민들이 그저 그를 경이롭게 바라보기만 하고 스스로 상식적인 사람이 되려고 애쓰지 않는다는 데에 있다.

시비지심이 없으면 사람이 아니라고 맹자가 말했듯이, 상식이 없고 상식대로 살지 못한다면 그 또한 사람이 아니다. 상식이 통하지 않는 사회는 그대로 병집의 소굴이다. 그런 소굴에서는 권력이나 금력을 쥔 자들이 사리사욕을 채울 뿐이다. 이제 시민이 상식으로 돌아가야 할 때다. "지금 나 말고 누가 상식의 길을 열겠는가!"라며 호기롭게 나아가야 할 때다.

"여기에 어떤 사람이 있는데, 그 힘이 닭 한 마리를 이길 수 없다고 한다면 힘이 없는 사람이 될 것이고, 이제 3천 근을 든다고 한다면 힘이 있는 사람이 될 것이다. 그렇다면 저 옛날에 장사였던 오확(烏獲)이 들던 짐을 든다면, 그 또한 오확이 될 뿐이다. 사람이 되어서 어찌 이기지 못하는 것을 걱정하는가. 스스로 하지 않을 뿐이다."[4]

● 원문

1) 孟子去齊, 充虞路問曰: "夫子若有不豫色然. 前日虞聞諸夫子曰: '君子不怨天, 不尤人.'"

曰: "彼一時, 此一時也. 五百年必有王者興, 其間必有名世者. 由周而來, 七百有餘世矣. 以其數, 則過矣. 以其時考之, 則可矣. 夫天未欲平治天下也. 如欲平治天下, 當今之世, 舍我其誰也? 吾何爲不豫哉?"(「공손추」하13)

2) "故天將降大任於是人也, 必先苦其心志, 勞其筋骨, 餓其體膚, 空乏其身, 行拂亂其所爲, 所以動心忍性, 曾益其所不能."(「고자」하15)

"中也養不中, 才也養不才, 故人樂有賢父兄也. 如中也棄不中, 才也棄不才, 則賢不肖之相去, 其間不能以寸."(「이루」하7)

4) "有人於此, 力不能勝一匹雛, 則爲無力人矣. 今日擧百鈞, 則爲有力人矣. 然則擧烏獲之任, 是亦爲烏獲而已矣. 夫人豈以不勝爲患哉? 弗爲耳."(「고자」하2)

에
필
로
그

해석이
고전을 만든다

공도자(公都子)가 물었다.

"다른 사람들은 모두 스승께서 따지기를 좋아한다고 일컫는데, 감히 여쭙겠습니다. 왜 그러시는지요?"

맹자가 대답했다.

"내가 어찌 따지기를 좋아하겠느냐. 어쩔 수 없어서다. 세상에 사람이 나온 지 오래되었는데, 한 번 다스려지고 한 번 어지러워졌다. … 나 또한 사람의 마음을 바로잡고 삿된 주장을 그치게 해서 그릇된 행위를 막고 어긋난 말들을 내쳐서 세 성인(우왕·주공·공자)의 뜻을 이으려고 하는 것이니, 어찌 따지기를 좋아하겠느냐. 어쩔 수 없어서다."[1]

우리나라 사람들이 예사로 하는 말 가운데 하나가 "좋은 게 좋다"는 말이다. 제법 학식이 있다는 자들이 그런 말을 내뱉을 때는 다시 한 번 그 낯짝을 들여다보게 된다. 과연 이 말이 이치에 닿는다고 여겨서 그렇게 말하는가 하고 말이다. 정말로 좋은 게 좋은가?

261

아니다. 그런 말을 하는 이의 낯빛을 한 번 자세히 보라. 유쾌한 표정이나 상쾌한 얼굴로 그렇게 말하는가? 아니다. 무언가를 얼버무리고 얼렁뚱땅 넘겨버리려는 얄팍한 속내가 그 낯빛에 묻어난다. 그것은 이 말이 옳고 그름을 분명하게 따지고 가려내야 하는 일을 흐리멍덩하게 만드는 짓임을 스스로도 느끼고 있기 때문이다. 맹자가 말한 시비지심을 원천적으로 봉쇄해버리는 막말이다. 그런데 이런 말이 사회 곳곳에 스며들면서 무책임과 책임회피 또한 예삿일이 되어버렸다.

맹자가 제후들에게 "백성이 귀하고 임금은 가볍다"고 단호하게 말한 까닭도 무책임과 책임회피를 추궁한 것이다. 그리고 이는 백성에 대한 측은지심에서 비롯되었으면서 동시에 백성이 귀하고 임금이 가벼운 것이 실상이기도 했기 때문이다. 그렇지 않은가? 임금 없는 백성은 있어도 백성 없는 임금은 존재할 수가 없지 않은가. 그런데도 그 단순한 이치를 망각하고 임금이 제멋대로 권력을 휘두르면서 백성을 죽음으로 내몰고 천하를 어지럽히고 있으니, 어찌 몰아붙이지 않을 수 있겠는가.

그런데 맹자의 말을 당시 사람들은 '따지기를 좋아하는 심사'에서 비롯된 것으로 여겼던 모양이다. 제자인 공도자도 그런 말을 자주 들었던 터에 "왜 그렇게 따지십니까?" 하고 물었던 것인데, 맹자는 "내가 어찌 따지기를 좋아하겠느냐"라고 대답했다. 그렇다. 따지기를 좋아해서가 아니라, 병증이 깊은 어지러운 시대이기 때문이다. 어지러운 시대란 애매하거나 모호해서는 안 되는 것이 애매하고 모호해진 시대다. 따진다는 것은 그 애매하고 모호해진 것을 또렷하게 밝히는 일이다. 그러니 어지러운 시대에 어찌 따지지 않을 수 있겠는가.

불가(佛家)에서는 "분별심을 버려라"라고 가르친다. 지당한 말이다. 그런데 가소롭다. 이 말을 과연 아무에게나 할 수 있을까? 분별심을 버리기 위해서는 먼저 분별심을 가져야 한다. 없는 분별심을 버릴 수는 없기 때문이다. 애초부터 분별심이 없는 사람에게 분별심을 버리라는 것은 거지에게 기부하면서 살라고 하는 것과 다르지 않다. 세상사에 들볶이며 사는 이들에게는 무엇보다도 분별심, 곧 시비지심이 더 필요하다. 나중에 그 분별심의 한계를 자각하여 버리기 위해서라도 지금은 분별심을 가져야 한다. 지금이 그런 시대다!

맹자는 시대가 부른 사상가다

맹자의 어조가 섬뜩하게 느껴질 수도 있는데, 그것은 그만큼 그 시대와 지배층의 병증이 깊었다는 뜻이다. 『맹자독설』의 어조가 서늘하게 느껴졌다면, 그것은 이 시대의 병폐가 그만큼 크고 깊다는 의미다. 진실은 말하기도 어렵지만 듣기는 더욱 어렵다. 심지어는 괴롭다. 그러나 듣지 않으려 하거나 괴로워한다면 더욱 진실을 말해야만 한다. 병증이 깊으면 그만큼 처방도 독해지는 법이다.

"시에서 '하늘이 (주 왕실을) 자빠뜨리려 하니 그렇게 떠들면서 몰려다니지 말라(無然泄泄)'고 하였으니, 예예(泄泄)는 답답(沓沓)

과 같다. 임금을 섬기면서 올바름이 없고, 나아가고 물러남에 예의가 없으며, 말을 했다 하면 선왕의 길(이치)을 비방하는 것을 '답답'이라 한다. 그래서 '임금을 꾸짖어 어려운 일을 하게 하는 것을 깍듯함(恭)이라 하고, 착한 것을 말하여 삿됨을 막는 것을 지극함(敬)이라 하며, 우리 임금은 할 수 없다고 하는 것을 해침(賊)이라 한다' 고 한다."[2]

수많은 은자들이 공자를 가리켜 "안 될 줄 알면서도 하려는 사람"이라며 혀를 끌끌 찼다. 그러나 유가의 무리들은 세상을 버릴 수 없었다. 세상에 태어났으니 세상에서 어울려 사는 길을 모색해야 했다. 은자들처럼 해보기도 전에 "안 된다"고 지레짐작하는 것은 이기적인 처세일 뿐이다. 시대의 흐름을 간파하고 그 병통을 꿰뚫어본 이라면, 어찌 그것을 외면하겠는가? 더구나 삿된 자들이 그런 틈을 노려서 제 이끗만을 챙기며 백성을 도탄에 빠뜨리는데, 어찌 제 한 몸만 건사하겠는가.

시대가 혼란해지면, 그릇된 말을 지어내는 자들이 반드시 있다. 병통이 깊으면, 지식인들이 제 구실을 못하고 도리어 그릇된 짓을 앞서 한다. 맹자가 말한 '올바름이 없고 예의가 없으며, 말을 했다 하면 이치에 어긋나는 짓' 을 예사로 하면서도 부끄러운 줄을 모른다. 시비지심이나 사양지심도 없을 뿐 아니라 수오지심조차 없다. 한마디로 짐승 소굴이 되어버린다. 그런 때가 되면 천하는 한 번 뒤집힐 수밖에 없다. 그게 또한 역사의 법칙이었다.

천하가 뒤바뀌어야 할 때가 되면 먼저 저 광야에서 외치는 자가 나

264

온다. 이른바 '먼저 깨친 자' 곧 선각자다. 맹자는 전란이 끊이지 않고 혼란이 극에 달했던 시대가 부른 선각자였다. 그러했기 때문에 "하늘은 이 백성을 내면서 먼저 안 자가 나중에 아는 자를 깨우치고, 먼저 깨친 자가 나중에 깨치는 자를 깨우치게 하였다. 나는 하늘이 낸 백성 가운데서 먼저 깨친 사람이다. 나는 앞으로 이 도리로써 이 백성을 깨우칠 것이니, 이들을 깨우치는 일을 내가 아니면 누가 하겠는가?"[3]라고 말했던 것이다. 시대의 아픔을 느끼고 그 시대의 소명을 받아들였으므로 맹자는 당당하고 호기롭게 제후들을 만나 칼날보다 날카로운 세 치 혀를 놀렸던 것이다. 말하자면, 맹자는 그 시대에 응답했을 뿐이다.

아이러니하게도 선각자는 대접을 받지 못한다. 대접을 받지 못한다고 다 선각자는 아니지만, 선각자는 대체로 대접을 받지 못한다. 시대를 앞서 가고 있기 때문이다. 아니, 정확하게는 그 시대 사람들보다 더 깊이 보고 더 멀리 내다보기 때문이다. 그래서 시대의 병통을 치유할 수 있는 방책을 내놓지만, 그 시대에는 쓰이지 못한다. 뒤늦게 그 가치와 효용을 알아챈 이가 나타나야만 비로소 빛을 발한다. 맹자가 바로 그런 선각자고, 『맹자』는 그 선각자가 걸었던 길을 보여주는 책이다. 그래서 『맹자』가 고전으로 일컬어지는 것이다.

고전은 '지금 여기'에서 만들어진다

2011년은 나를 비롯해 여러 사람들에게 의미 있는 해였으리라 생각한다. 죽은 줄 알았던 맹자가 되살아나 현대도시를 활보하면서 때로는 비애감을 때로는 통쾌함을 선사했기 때문이다. 만약 『맹자』를 끌어온 일이 적절하고 절묘했다고 한다면, 그것은 『맹자』가 고전이기도 하지만 동시에 그만큼 이 사회의 병증이 깊었다는 것을 의미한다. 그래서 기쁘기도 하지만 안타깝기도 하다.

때로 『맹자』를 나 자신에게 유리하게 아전인수(我田引水) 격으로 해석하거나 필요한 부분만 끌어와서 단장취의(斷章取義)했다고 비난하실 분들도 계실 것이다. 맹자의 말로써 대답하자면 이렇다. "『서경(書經)』을 있는 그대로 믿는다면 『서경』이 없는 것만 못하다. 나는 「무성(武成)」편에서 필요한 것 두세 쪽만 가져왔을 뿐이다. 어진 사람에게는 천하에 대적할 자가 없다. 지극한 어짊으로 지독하게 어질지 못한 자를 치는 일이니, 어찌 그 피가 절굿공이를 떠내려가게 하는 일이 있겠는가."[4]

고전이 고전이 되는 까닭은 바로 끊임없는 해석의 연속에 있다. 시간과 공간을 넘어서 늘 새롭게 해석될 여지가 있어서 고전이 되는 것이다. 그럴 여지가 없다면, 그것은 고전이 아니라 그저 '오래된 책'으로서 고서(古書)일 뿐이다. 고전의 가치는 '지금 여기를 사는 사람'에게 달려 있다. 고전은 태어나는 게 아니라 만들어진다. 새로운 해석을 통해서. 그리고 새로운 시대마다 거듭 새롭게 해석되면서 오래도록 고전의 명성을 누린다. 새롭게 해석되지 못한다면, 그것은 고전이 아니다. 죽은 자의 찌꺼기로 남을 따름이다. 감히 말하건대, 20세기에 『맹자』는 한낱 찌꺼기였다. 그러다가 21세기에 현대도시

266

를 거닐면서 비로소 찌꺼기가 아닌 고갱이였음이 입증되었다.

이 시대에 너도나도 인문학이니 고전이니 말들을 한다. 그러나 인문학도 고전도 말만으로 살릴 수 있는 게 아니다. 마음가짐이 먼저 달라져야 한다. 그 삶이 먼저 바뀌어야 한다. 송나라 때 사상가인 장재(張載, 1020~1077)가 한 말이 그래서 의미심장하다.

"세상을 위해 마음을 정하고, 백성을 위해 사명을 다한다. 앞서간 성현들을 위해 끊어진 학문을 잇고, 만세를 위해 태평성세를 연다."

맹자가 그러했고, 이제 우리가 그래야 할 때다.

● 원문

1) 公都子曰: "外人皆稱夫子好辯, 敢問何也?"

孟子曰: "予豈好辯哉? 予不得已也. 天下之生久矣, 一治一亂. …
我亦欲正人心, 息邪說, 距詖行, 放淫辭, 以承三聖者, 豈好辯哉?
予不得已也." (「등문공」하9)

2) "詩曰: '天之方蹶, 無然泄泄.' 泄泄猶沓沓也. 事君無義, 進退無
禮, 言則非先王之道者, 猶沓沓也. 故曰, 責難於君謂之恭, 陳善
閉邪謂之敬, 吾君不能謂之賊." (「이루」상1)

3) "天之生此民也, 使先知覺後知, 使先覺覺後覺也. 予, 天民之先
覺者也. 予將以斯道覺斯民也. 非予覺之, 而誰也?" (「만장」상7)

4) "盡信書, 則不如無書. 吾於武成, 取二三策而已矣. 仁人無敵於
天下, 以至仁伐至不仁, 而何其血之流杵也?" (「진심」하3)

268

정천구

1967년생. 부산대학교 국어국문학과를 졸업하고 서울대학교 대학원에서 석사와 박사 학위를 받았다. 삼국유사를 연구의 축으로 삼아 동아시아 여러 나라의 문학과 사상 등을 비교 연구하고 있으며, 현재는 대학 밖에서 '바까데미아(바깥+아카데미아)'라는 이름으로 인문학 강좌를 열고 있다.

저서로『논어, 그 일상의 정치』『맹자, 시대를 찌르다』『중용, 어울림의 길』『대학, 정치를 배우다』『한비자, 난세의 통치학』『맹자독설』『한비자, 제국을 말하다』『삼국유사, 바다를 만나다』등이 있고, 역서로『차의 책』『동양의 이상』『밝은 마음을 비추는 보배로운 거울』『원형석서』『일본영이기』『삼교지귀』등이 있다.

:: 산지니 · 해피북미디어가 펴낸 큰글씨책 ::

문학

북양어장 가는 길 최희철 지음

지리산 아! 사람아 윤주옥 지음

지옥 만세 임정연 지음

보약과 상약 김소희 지음

우리들은 없어지지 않았어 이병철 산문집

닥터 아나키스트 정영인 지음

팔팔 끓고 나서 4분간 정우련 소설집

실금 하나 정정화 소설집

시로부터 최영철 산문집

베를린 육아 1년 남정미 지음

유방암이지만 비키니는 입고 싶어 미스킴라일락 지음

내가 선택한 일터, 싱가포르에서 임효진 지음

내일을 생각하는 오늘의 식탁 전혜연 지음

이렇게 웃고 살아도 되나 조혜원 지음

랑(전2권) 김문주 장편소설

데린쿠유(전2권) 안지숙 장편소설

볼리비아 우표(전2권) 강이라 소설집

마니석, 고요한 울림(전2권)

페마체덴 지음 | 김미헌 옮김

방마다 문이 열리고 최시은 소설집

해상화열전(전6권) 한방경 지음 | 김영옥 옮김

유산(전2권) 박정선 장편소설

신불산(전2권) 안재성 지음

나의 아버지 박판수(전2권) 안재성 지음

나는 장성택입니다(전2권) 정광모 소설집

우리들, 킴(전2권) 황은덕 소설집

거기서, 도란도란(전2권) 이상섭 팩션집

폭식광대 권리 소설집

생각하는 사람들(전2권) 정영선 장편소설

삼겹살(전2권) 정형남 장편소설

1980(전2권) 노재열 장편소설

물의 시간(전2권) 정영선 장편소설

나는 나(전2권) 가네코 후미코 옥중수기

토스쿠(전2권) 정광모 장편소설

가을의 유머 박정선 장편소설

붉은 등, 닫힌 문, 출구 없음(전2권) 김비 장편소설

편지 정태규 창작집

진경산수 정형남 소설집

노루똥 정형남 소설집

유마도(전2권) 강남주 장편소설

레드 아일랜드(전2권) 김유철 장편소설

화염의 탑(전2권) 후루카와 가오루 지음 | 조정민 옮김

감꽃 떨어질 때(전2권) 정형남 장편소설

칼춤(전2권) 김춘복 장편소설

목화—소설 문익점(전2권) 표성흠 장편소설

번개와 천둥(전2권) 이규정 장편소설

밤의 눈(전2권) 조갑상 장편소설

사할린(전5권) 이규정 현장취재 장편소설

테하차피의 달 조갑상 소설집

무위능력 김종목 시조집

금정산을 보냈다 최영철 시집

인문

범죄의 재구성 곽명달 지음

역사의 블랙박스, 왜성 재발견

신동명 · 최상원 · 김영동 지음

깨달음 김종의 지음

공자와 소크라테스 이병훈 지음

한비자, 제국을 말하다 정천구 지음

맹자독설 정천구 지음

엔딩 노트 이기숙 지음

시칠리아 풍경 아서 스탠리 리그스 지음 | 김희정 옮김

고종, 근대 지식을 읽다 윤지양 지음